Frédéric Beigbeder

DER
ROMANTISCHE
EGOIST

Frédéric Beigbeder

DER ROMANTISCHE EGOIST

Roman

Aus dem Französischen
von Brigitte Große

Ullstein

Titel der französischen Originalausgabe:
L'ÉGOÏSTE ROMANTIQUE
Copyright © Éditions Grasset & Fasquelle, 2005
Französische Originalausgabe 2005
by Bernard Grasset, Paris

ISBN-13: 978-3-550-08636-6
ISBN-10: 3-550-08636-9

Copyright © der deutschen Ausgabe
Ullstein Buchverlage GmbH, Berlin 2006
Alle Rechte vorbehalten
Gesetzt aus der Guardi bei Leingärtner, Nabburg
Druck und Bindung: Bercker, Kevelaer
Printed in Germany

»Welcher ist der, den man für mich hält?«

Louis Aragon
Le Roman inachevé, 1956

»Was ist ein ›Tagebuch‹? Ein Roman.«

Jacques Audiberti
Dimanche m'attend, 1965

Für Amelie

»Ich will leben mit dir
und sterben mit dir.
Heiraten könnten wir
heute um vier.«

17. Juni 2003

Sommer
Reise ans Ende der Nacht

»Gott schenkt dem Schriftsteller nicht die Gabe der Poesie,
sondern das Talent zu einem schlechten Leben.«

Sergej Dovlatov

Montag

Du denkst, ich hätte was zu sagen? Du denkst, ich hätte etwas Besonderes erlebt? Vielleicht, vielleicht auch nicht. Ich bin nur ein Mann. Mit einer Geschichte wie jeder andere. Wenn ich eine Stunde auf dem Laufband laufe, fühle ich mich wie eine Metapher.

Dienstag

Mir gehen diese ewig mißgelaunten Kommentare auf den Keks. Nichts langweiliger als all die Redakteure, die mit Meckern ihr Geld verdienen und im Akkord mit den Zähnen knirschen. Keine Zeitschrift ohne mehr oder minder berühmte Gastkolumnisten, die sich auf Kommando aufregen können. Links oben auf der Seite sieht man ihr Foto: mit gerunzelter Stirn, um ihrer Empörung Nachdruck zu verleihen. Von ihrem pseudo-originellen (tatsächlich aber von den Kollegen abgekupferten) Standpunkt aus geben sie zu allem und jedem ihren Senf. Sie lassen sich nicht den Mund verbieten – uiuiui, da wird die Welt aber Augen machen.

Und jetzt bin ich dran. Haß im Sieben-Tage-Rhythmus. Jede Woche einen neuen Vorwand zum Maulen erfinden. Mit 34 werde ich ein alter Nörgler auf Honorarbasis. Ein junger Jean Dutourd (nur ohne Pfeife). Nein, es bleibt dabei: Ich will das nicht, ich will lieber mein Tagebuch veröffentlichen.

Mittwoch
Es gibt doch eine Gerechtigkeit: Frauen kommen stärker als wir, aber seltener.

Donnerstag
Der Geschmack der Reichen wird doch immer schlechter. Das Geld mit seinen Tausenden klunkerklimpernden Klamotten, der obszönen Jacht und den Badewannen mit den goldenen Wasserhähnen. Heutzutage sind die Armen eleganter als die Reichen. Dank der neuen Billigmarken wie Zara oder H&M haben die minderbemittelten Schnittchen tausendmal mehr Sex als die betuchten Schicksen. Geld ist der Gipfel der Vulgarität, weil es jeder haben will. Meine Hausmeisterin ist schicker als Ivana Trump. Was finde ich am allerabstoßendsten? Den Ledergeruch in englischen Nobelkarossen. Es gibt nichts Ekelhafteres als Rolls, Bentley oder Jaguar. Am Ende dieses Buchs erkläre ich, warum.

Freitag
Für die Entwicklung der Filmgeschichte wäre es heute gut, einen Porno zu drehen, wo die Akteure während des Akts sagen: »Ich liebe dich«, statt »Das gefällt dir, du Fotze!« Sowas soll vorkommen im Leben.

Samstag
Die Midlife-Crisis kommt bei mir zwanzig Jahre zu früh.

Sonntag
Ich bin auf Formentera, bei Edouard Baer, dem einzig wahren Genie, das ich kenne. Er hat hier eine Villa am Strand

gemietet. Ein blauer Morgen, Sonnenbrand am Kinn. Zu viele Algen verhindern das Baden, außerdem hat mich eine Qualle am Fuß erwischt. Wir lassen uns ständig mit Kas-Gin oder Marquès de Càceres vollaufen. Wir begegnen Ellen von Unwerth, Anicée Alvina, Maïwenn Le Besco mit ihrer Tochter Shana Besson, Bernard Zekri und Christophe Tison von Canal+, Schauspielerinnen, die jede Nacht das Haus wechseln, und Produzenten, die uns im Boot zu Schlammbädern mitnehmen, und dann, auf einer Party, wo Bob Farrell (der Sänger der *Petits boudins)* zehnmal seine letzte CD auflegte:»Ich möchte dich von hinten nehmen/wie letzten Sommer/hinter den Felsen«, sehe ich eine herablassende Schöne namens Françoise in einem malvenfarbenen Kleid, nackter Rücken wie Mireille Darc, goldbraun wie der Strand. Atemstillstand. Sie hat kein Wort zu mir gesagt; und doch war es gerade ihretwegen ein gelungener Urlaub.

Montag
Ich wüßte gern, was Bridget Jones für ein Gesicht machen würde, wenn Philippe Sollers sie in den Tempel der sokratischen Weisheit aufnähme. Das fällt mir nur ein, weil ich eben auf der Île de Ré angekommen bin, wo ich ständig damit rechne, den Autor der *Passion fixe* zu treffen. Es ist schön, ich bin allein, ich werde, glaube ich, im »Buckingham« Girlies anbaggern. Das Buckingham ist die Disco vor Ort. Alle nennen sie »Book«, weil das hier eine Insel der Literaten ist.

Dienstag
Grauenhaft, wie glücklich die Ré-Bewohner sind. Ihnen erscheint alles leicht: Man braucht doch bloß ein Glas Rosé des dunes, ein Dutzend milchige Austern, ein Segelboot, eine Villa mit acht Zimmern, wo alle Kinder in Cyrillus herumlaufen, dann kommt das Glück ganz von selbst.

Die Île de Ré ist ein platter Kiesel voll von strahlenden, kinderreichen Familien. Für diese Menschen müßte man eine neue Spielshow erfinden: »Wie verliere ich meine Millionen?«

Hier heißt jeder Geoffroy. Das ist praktisch. Ruf am Strand »Geoffroy«, und jeder dreht sich um, außer dem Verleger Olivier Cohen und seiner Autorin Geneviève Brisac, was es ermöglicht, sie im Vorbeigehen zu grüßen. Hallo allerseits! Ich bin Oscar Dufresne, Kultautor, romantischer Egoist und netter Neurotiker. Ich starre Blondinen auf dem Fahrrad nach. Ich mag gegrillten Hummer, verbotenes Kraut, Sandkuchen, große Brüste mit Aprikosenhaut und das menschliche Unglück.

Gestern abend wurde dem, der seine musikalischen Vorlieben gestand, aufs schändlichste mitgespielt:

Ich (mit gesenkten Lidern): »Manchmal mag ich Fleetwood Mac.«

Ludo (ausweichender Blick): »Äh ... ich höre ab und zu Cabrel.«

Seine Frau (zu Boden sehend): »Lenny Kravitz hat ein paar hübsche Melodien ... kann man gut in der Badewanne hören, oder nicht?«

In dem Moment kam Ludos Nichte ins Zimmer: »Wo ist meine Lorie-CD?«

Und schon herrschte wieder Einigkeit.

Mittwoch

Nach Boris Vians »Ich werde auf eure Gräber spucken« neige ich eher zu: »Ich werde all eure Töchter poppen.«

Donnerstag

Kater. Île de Ré, was für ein blöder Name. Ré ist eine Note mit falschem Klang. Die Kinder sagen hier die ganze Zeit »toll«, um sich einzureden, daß ihr Leben nicht rott ist. Bei den Armen finden die Kinder alles »kraß« statt »toll«, und das ist kein Zufall; sie sehen die Dinge klarer. Ich wohne bei linken Freunden von der Provence-Fraktion. Ich bin noch immer nicht zum Schuß gekommen, seit ich hier bin. In Wirklichkeit heißt die Disco hier »Bock«, weil es so müffelt.

Ich fühle mich schrecklich allein in dieser Familie, die mich an mein Versäumnis erinnert, eine eigene zu gründen.

Freitag

Das Meer, der Wind, die Sonne – unmöglich zu entscheiden, woher es kommt: Meine Nase schält sich, und meine Haare werden kraus. Dieser Urlaub bringt mich um. Es ist ein Urlaub, von dem man gleich wieder Urlaub braucht. Gestern abend habe ich endlich Sollers und Kristeva im »Balaine Bleue«, dem In-Bistro, entdeckt. Ich küßte Philippe zur Begrüßung und gab Julia die Hand. Werde ich jetzt schwul?

Samstag

Statt der Liebe zu frönen, lese ich die Korrespondenz Flauberts. »Der Anblick einer großen Menge von Bürgern erdrückt mich. Ich bin nicht mehr jung genug noch gesund genug für solche Spektakel« (Brief an Amélie Bosquet vom 26. Oktober 1863). Ich habe mir ein kleines Fischerdorf gesucht, um Ruhe zu finden: Ars-en-Ré. Da hatte ich aber die Rechnung ohne Lionel Jospin (den französischen Premierminister) gemacht, der vor zwei Tagen mit seiner Frau Sylviane hier eintraf. Beim Einkaufen auf dem Markt folgen ihnen Fotografen von *Paris Match,* aber mein Ärger ist schnell verflogen: Mein Tagebuch wird in der Zeitschrift VSD erscheinen. Bin nicht mal neidisch.

Sonntag

Gestern morgen eine Karte von Claire bekommen: »Lieber Oscar, ich liebe dich nicht. Ich liebe dich nicht. Ich liebe dich nicht. Ich liebe dich nicht. Ich liebe dich nicht.« Das ist der schönste Liebesbrief, den ich je bekommen habe.

Montag
Lionel Jospin diniert auf der Terrasse des Café du Commerce in Ars-en-Ré. Er trägt einen Pullover über den Schultern. Die Halbinsel Ré (ich möchte daran erinnern, daß sie seit dem Fall der Berliner Mauer durch eine Brücke mit La Rochelle verbunden ist) ist das Reich der Menschen, die Pullover über den Schultern tragen. Dieses seltsame Volk fürchtet die Zugluft. Die Typen haben kurze Haare und Docksides by Sebago, die vermutlich in dem Jahr modern waren, in dem sie ihr Segelboot gekauft haben. Die Weiber haben einen dicken Hintern, auf dem sich durch die marineblaue Hose der Slip abzeichnet. Was will ein sozialistischer Premierminister eigentlich auf einer so konservativen Insel?

Dienstag
Seit Wochen habe ich eine Schachtel Präser in der Tasche. Die Cellophanhülle ist noch drauf. Meine Gummis tragen Präser! Ich gehe allmorgendlich allein zu Bett und muß mich davor hüten, Claire zu simsen.

Mittwoch
Das Grauen! Ich dachte, ich wäre ihn los, doch er verfolgt mich: Der schaurige Pantomime vom Boulevard Saint-Germain steht, als Tut-ench-Amun verkleidet, am Hafen von Saint-Martin! Seine einzige Leistung besteht darin, sich den ganzen Tag nicht zu rühren. Er schaut starr vor sich hin wie ein Horseguard (als sei er einem Roman von Christian Jacq entsprungen). Passanten werfen ihm Münzen hin. Die Welt, in der ich lebe, ist so beschleunigt, daß ihre Bewohner bereit sind, für das Schauspiel der Reglosigkeit zu bezahlen. Eigentlich bewundere ich den Kerl in

seinem ägyptischen Kostüm, der es auf sich nimmt, in der prallen Sonne bei lebendigem Leibe zur Mumie zu erstarren, nur um den Touristen zu zeigen: Ihr bewegt euch zuviel.

Donnerstag

Gestern abend im Bastion mit Camperinnen geknutscht, deren Deo versagte. Sie hatten Haare unter den Achseln. Sie schmusten miteinander und schwitzten sehr. Es war eine »Wet-T-Shirt-Party«. Ich strich über ihre feuchten Titten und brachte sie dazu, sich diese gegenseitig mit herausgestreckter Zunge zu liebkosen. Davon bekam ich einen solchen Ständer, daß ich das Gefühl hatte, mein Schwanz sei riesengroß (dabei waren nur die Jeans beim Waschen eingelaufen). Ich hätte sie nach Hause bringen sollen, aber ich schämte mich für meinen zu teuren Wagen. Schade, sicher haben sie im Zelt Dinge getrieben, die Schickis nie tun würden. Anmache ist die Fortsetzung des Klassenkampfs mit anderen Mitteln. Wie Houellebecq bin ich ein Sexualmarxist. Es gibt also eine soziale Durchmischung in Neuilly-sur-Atlantique, vorausgesetzt, man trägt ein Queen-T-Shirt und zappelt zu *Lucky Star* von Superfunk. (Was ich für Mühen auf mich nehme, um mich jünger zu machen!)

Freitag

Am Plage de la Conche glotze ich lange auf die großen weißen Brüste von Sandrine Kiberlain, während Vincent Lindon mit fünfjährigen Kindern Fußball spielt (und verliert). Sie hat eine sehr blasse Haut, einen Engländerinnenteint. Und wenn sie recht hätten? Sie wirken harmonisch. Familien, ich hasse euch nicht, hätte Chimène André Gide erwidern können. An diesem Strand schauen die Ehemänner allen außer ihrer Frau nach. Mist, jetzt muß ich schon wieder an Claire denken, die Mutter einer

Familie, die ich nicht wollte. Eine unglückliche Alleiner-
ziehende von zwei Kindern mit roten Haaren, großen
weißen Brüsten (daher die Gedankenassoziation), bunten
Handtaschen, absurden Schuhen und schriller Stimme.
Meine Erin Brokovich. Frauen werden immer früher mit
zwei Kindern sitzengelassen. Ich glaube, ich bin noch nicht
geheilt.

Samstag
Alarm: Qualleninvasion in Trousse-Chemise (ein wenig
ansprechender Strand mit vielsagendem Namen). Quallen
gab es auch auf Formentera. Es steht fest, ich fahre nach
Paris zurück. Adieu. Vor der Abreise sehe ich Stern-
schnuppen barfuß durch den Sand laufen. Ich fühle mich
schlapp, müde, kosmisch.
    Das Leben ist wie ein langes Wochenende mit Bourbon-
Cola und Barry White.

Sonntag
Tagebuchschreiben heißt beschließen, daß das eigene
Leben aufregend ist. Was mir widerfährt, betrifft die ganze
Welt.

Montag
Paris ist so leer wie der Kopf des Moderators vor dem erlo-
schenen Teleprompter.

Dienstag
Ardisson ruft an. Er kommt aus Griechenland, wo er die
letzten zehn Tage mit Frau und Kindern verbracht hat.
Ich hasse Griechenland, sage ich, 50 Grad Hitze und nur
ekliges Essen mit Wespen. »Ja«, sagt er, »aber dort kennt
mich keiner!« Und plötzlich macht es Tilt in meinem
Kopf: Das ist die Stärke von Thierry: Er verbringt seine
Ferien im Ausland, um wieder ein normaler Mensch zu

werden. Jeden Sommer macht er ein Praktikum als Niemand. Er stellt sich im Restaurant an, seine Koffer gehen am Flughafen verloren. So entdeckt er wieder, was es heißt, ein Scheißleben zu führen. Das Leben eines Fernsehzuschauers.

Mittwoch

Ich höre von einer Veranstaltung mit 1,5 Millionen junger Menschen aus aller Welt, davon 80 000 Franzosen zwischen 16 und 35, an 130 Begegnungsstätten und in 32 Sprachen. Das ganze heißt WJT und findet in Rom statt, ein gigantischer Heiratsmarkt à la »Ein Herz und eine Krone«. Ich beschließe hinzufahren. Ich ziehe meine Lodenshorts und mein Baden-Powell-Outfit an. Bin schön wie ein Papst … könnte ihn glatt besuchen.

Donnerstag

Rom, verlassene Stadt statt dolce vita. Die Einwohner sind geflohen und haben den Pilgern Platz gemacht. Die orangefarbenen Straßen sind voller Plakate mit einem zähnebleckenden Berlusconi. Im Bus 714 wirkt alles ganz normal, bis die Passagiere anfangen, Lieder zu singen und in die Hände zu klatschen wie Patrick Bouchitey in *Das Leben ist ein langer ruhiger Fluß*. Weltjugendtag: eine Atmosphäre von gutartigem Fanatismus mit Fahnen und Rucksäcken an den Ufern des Tiber. Der Menge folgend, lande ich bei einem Gratiskonzert von Angelo Branduardi auf der Piazza San Giovanni in Laterano. Zweifellos wollte der Herr mir eine Prüfung auferlegen. Ich spreche ein paar herumhopsende Pfadfinderinnen an:

»Wollen wir uns verpartnern?«

Uuups. Daneben.

»Ähm, ich meine, wollt ihr mich heiraten und mit mir acht Kinder ohne Präser machen?«

Keine Antwort. Ich lasse mich nicht beirren.

»Ich kann euch auch meine Sammlung kratziger Schottenröcke zeigen und euch einen guten Preis für Hermès-Tücher machen, garantiert 30 % billiger.«
Totaler Flop.

Freitag

Ich bin enttäuscht: Kaum pickelige Brillenträger in Sandalen beim WJT. Der Look ist eher Strohhut und gelbe Bandana. Sicher, ich habe einen Mönch in Badelatschen dabei ertappt, wie er einen höllischen Rock hinlegte (wenn man das so sagen darf), aber er blieb die Ausnahme. Viel erstaunlicher sind die vielen Ebenbilder von Monica Bellucci, die Sophia oder Martina heißen und singen: »Du bist voll der Anmut und Liiiebe«, wahrscheinlich vom Satan hierher entsandte Geschöpfe, die auf den Vespern Verwirrung stiften sollen. (Glücklicherweise stehen 300 ambulante Beichtstühle für eventuelle Sünder bereit.) Ich schlage ein Treffen am Kreuzweg inklusive eucharistischer Geißelung vor:

»Seid gebenedeit unter den Weibern. Dies ist mein Leib, den ich für euch und für die Massen gab. Wahrlich, ich sage euch, nehmt mein Panini und eßt alle davon.«

Da passierte etwas Seltsames. Die klägliche Gotteslästerung ließ mich schwindeln. Mein Blick trübte sich, ich hörte die Glocken läuten, und ich fragte mich: War das die lang erwartete Offenbarung, oder war ich vollkommen besoffen?

Samstag

Im Moment höre ich keine göttliche Stimme, sondern nur das Handy klingeln. Ich wache gerädert auf. Heute will ich die französischen Besitztümer inspizieren: die elfenbeinfarbene Villa Medici (mit der Académie de France) und den von Grund auf restaurierten Palazzo Farnese (mit der französischen Botschaft). Bei mir wäre eine Fassadenüber-

holung dringend geboten. Und wenn Blaise Pascal seine
Wette gewonnen hätte? Ich würde so gern an etwas glauben. Die große Abendveranstaltung des WJT habe ich mir
geschenkt, um die römischen Clubs abzugrasen: das Wave
(via Labicana), das Radio Londra (auf dem Monte Testac-
cio) und vor allem das Alibi (selbe Adresse), ein Lokal voller
ungläubiger Schwuler, die ich nur mit großer Mühe auf den
rechten Weg zurückführen konnte. Eine Drag Queen, die
mir schöne Augen machte, schrie ich sogar an:
»Weiche, Satan! Unreine Kreatur! Wirf dich nieder vor
deinem Gott!«
Als sie begann, an meinem Hosenschlitz herumzufin-
gern, ging ich nach Hause schlafen.

Sonntag
Gott ist Liebe. Er wird mir meine Sünden vergeben. In den
paar Tagen Rom habe ich endlich den wahren Sinn der
Wendung »auf der Erde wandeln wie eine verdammte
Seele« verstanden. Ich bewundere die Ruinen, sie sind
meinesgleichen.

Montag
Ich spaziere in einer violetten Cordsamthose herum. Eines
Tages werden alle violette Cordsamthosen tragen. Das hat
Ludo gesagt. Ludo ist mein vernünftiger Freund: verheiratet, eine Tochter, ein Renault Espace. Wir betrinken uns
oft gemeinsam: ich, um zu vergessen, daß ich kein Kind
habe, er, um zu vergessen, daß er eines hat. (Und wir beide,
um zu vergessen, daß wir mitten im Sommer Samthosen
tragen.)

Dienstag
Emmanuel de Brantes hat sich in Saint-Tropez anschei-
nend von Régine ohrfeigen lassen. Ein echter Ritterschlag.
Eine Ohrfeige von Régine ist wie ein Medaille, eine Aus-

zeichnung, die Bestätigung dafür, daß man Sinn für Humor hat. Im Café de Flore sind Ende August die Stammgäste wieder da: Chiara Mastroianni lächelt dem Spiegel zu, Raphaël Enthoven streichelt Carla Brunis Kinn, Jeremy Irons herzt seine Frau, André Téchiné schweigt, Caroline Cellier sieht mich an. Bald werde auch ich berühmt sein, und ich hoffe, daß Régine mich dann auch ohrfeigt.

Mittwoch
Abendessen mit meiner Mutter. Ich erzähle ihr von der Île de Ré.

»Stell dir vor, statt ›Essen kommen!‹, rufen die Mütter dort: ›Lancelot! Eloi! It's miam-miam's time!‹«

Wir lachen gemeinsam. Dann spricht sie das Thema an, das ich vermeiden wollte:

»Triffst du dich immer noch mit dieser Claire?«

»Nein. Wir haben uns nur noch angeschnauzt. Und uns dauernd getrennt. Laß uns von etwas anderem reden. Sie ist verrückt. Völlig uninteressant. Sie ist mir total egal. Mit uns ist es endgültig aus.«

»Ach … so sehr liebst du sie also …«

Donnerstag
Pénélope ist in Cannes. Sie ruft mich an, um mir zu sagen, daß sie sich an dem überfüllten Strand nach mir sehnt. Sie liegt zwischen zwei fetten Leibern mit Goldkettchen um den Hals, die Schmalzgebäck in sich hineinstopfen. Sie berichtet, daß in Cannes die Kinder nicht Geoffroy oder Lancelot heißen, sondern Shanon oder Madison und sehr früh mit dem Biertrinken anfangen. (Wie ihr Vorname verrät, ist Pénélope Model, trinkt also Cola light.) Ich eröffne ihr, daß ich ein Tagebuch schreibe. Sie sagt, ich soll *Bridget Jones* lesen, ich sage, sie sollte lieber das *Tagebuch des Verführers* lesen. Und verspreche ihr nach ihrer Rückkehr einen UGV (ungeschützten Geschlechtsverkehr).

Freitag

Ich lungere im leeren Paris herum. Ludos Frau ist zurückgekommen, also kann er mich nachts nicht mehr begleiten. Seine Existenz ist eine einzige lang anhaltende Frustration mit dem Namen Glück. Sein Leben ist zu einfach,
meines zu kompliziert. Ich kann mein ganzes Adreßbuch
durchgehen, E-Mails in alle Ecken der Stadt versenden,
mich sogar herablassen, all die Würstchen anzurufen, an
die sich nur noch mein Nokia erinnert, es hilft alles nichts.
Ich irre so lange allein durch die Touristenmassen, bis ich
kläglich zusammenbreche und in einer nach Desinfek-
tionsmittel riechenden Peepshow in ein Kleenex spritze.
Und da sagt Ludo, er beneide mich um meine Freiheit! All
meine Freunde klagen, ob sie allein sind oder zu zweit. In
einem Punkt sind Ludo und ich uns aber einig.

Ich sage: »Jede neue Frau ist besser als die Einsamkeit.«
Und er erklärt: »Jede neue Frau ist besser als meine.«
Daran ist Rousseau schuld, der behauptet hat: »Man ist
nur vor dem Glücklichsein glücklich.« Den Satz habe ich
in *Julie oder die neue Héloise* gefunden. Ich liebe Sätze, die ich
nicht verstehe.

Samstag

Man denkt ja, daß das Alter härter macht, aber das stimmt
nicht: Man verliebt sich jeden Tag, weil ein Blick einen
streift oder weil ein kristallines Lachen eine Erinnerung
wachruft. Man hält sich nur zurück, weil man weiß, wohin
das führt. Endlich verstehe ich den Satz Rousseaus: Stellen Sie sich vor, Kristin Scott-Thomas wäre am Schluß des
Films *Der englische Patient*, als der Schönling Ralph Fiennes
endlich kommt, um sie zu retten, nicht in ihrer Höhle ver-
hungert. Was hätten sie dann gemacht? Picknick in der
Wüste? Trekking durch die Dünen? Sahara-Sandkuchen
backen? Man ist nur glücklich vor dem Glücklichsein;
danach kommen die Scherereien.

Sonntag
Ich habe zuviel UGV mit mir selbst.

Montag
Lange Zeit bin ich früh schlafen gegangen. Jetzt habe ich nicht einmal mehr die Zeit, depressiv zu sein. Wer bin ich? Manche versichern, ich sei Oscar Dufresne; andere denken, mein wahrer Name sei Frédéric Beigbeder. Manchmal habe ich Probleme, mich darin wiederzufinden. Im Grunde bin ich der Ansicht, daß Frédéric Beigbeder gern Oscar Dufresne wäre, sich das aber nicht traut. Oscar Dufresne ist Frédéric Beigbeder, nur schlimmer; warum hätte der ihn sonst erfunden?

Dienstag
Ich habe Pénélope abbestellt. Der UGV ist gestrichen. Statt dessen habe ich die aktuellen Abendveranstaltungen besucht: den Launch von *Zurban*, einem neuen City-Magazin, das online und auf Papier erscheint, im Institut du Monde Arabe, und die *Amazon.fr*-Party auf den Fracht-kähnen, die am Fuße der Bibliothèque François-Mitter-rand auf der Seine vor Anker liegen. Zwei Cyberpartys, wo selbst die Stimmung virtuell war. Ich begegnete dort Inter-nauten, die wie ich so sehr daran gewöhnt sind, zu Hause allein vor dem Bildschirm zu sitzen, daß sie auch in der Menge isoliert bleiben, starren Blicks, ein leeres Glas in der Hand, und keinen mehr suchen. Zu sehr gewöhnt an ihr modernes Zombie-Dasein in gläsernen Häusern. Unfähig, sich für irgendwen zu interessieren. Einsamkeit ist die logische Folge des Individualismus. Unser ökonomischer Egoismus ist zur Lebensart geworden. Wie soll man in einem Gespräch mit einem menschlichen Gegenüber glän-zen, wenn man sich üblicherweise eine Viertelstunde Zeit nimmt, um schriftlich zu antworten? Das Virtuelle ist un-sere Zuflucht vor dem Echten.

Mittwoch

Ich verbringe meine Tage und Nächte mit dem Versuch, Claire zu vergessen. Das ist eine Vollzeitbeschäftigung. Morgens beim Aufwachen weiß ich, daß ich bis zum Abend nichts anderes tun werde. Ich habe einen neuen Beruf: Claire-Vergesser. Vor ein paar Tagen beim Mittagessen hat Jean-Marie Périer es mir richtig gegeben:

»Wenn du weißt, warum du jemanden liebst, dann liebst du ihn nicht.«

Ich schreibe diesen Satz mit geschlossenen Augen nieder, um meine Tränen zurückzuhalten.

Donnerstag

Wahnsinnsnacht im Café Latina an den Champs-Élysées, wo Tito Puente im Hintergrund singt und Horden von Sekretärinnen im Jennifer-Lopez-Look sich die Brüste mit Mojitos beträufeln, während Vorstadtjungs mit vergoldeten Gliederarmbändern ihre Adidas vergleichen. Ein Mädchen mit jungfräulichem Aussehen saugt an zwei Fingern meiner Hand und flüstert mir etwas Spanisches ins Ohr. Ich kriege sofort einen Steifen. Diese Party ist wie ein Bounty: Sie schmeckt nach Paradies. Was finde ich besonders sexy an einer Frau? Ihr Alter, sofern sie 18 ist. Dann massenhaft Orgien, die ich hier nicht näher schildern kann, da ich ja für die ganze Familie schreibe.

Freitag

Ich kenne viele Menschen, die in Bali waren. Was gibt es dort so Besonderes? Halluzinogene Pilze, große Häuser mit Pool, Raves am Strand und all diese Menschen, die sagen: »Du ahnst ja nicht, wie schön das ist, die lebend gegrillten Gambas, der heiße Sand, und die Boys putzen, während du im Liegestuhl Cocktails schlürfst ...« Ich frage mich nur, warum sie dann zurückgekommen sind.

Samstag

Ich mag Sätze, die mit »ich mag« anfangen (was ich hiermit beweise).

Sonntag

Um subversiv zu sein, muß man subjektiv sein.

Montag

Ich probe vor meinem Spiegel eine mediengerecht bescheidene Miene (der Trick dabei ist, daß man die Lider senkt und gleichzeitig die Augenbrauen hochzieht).

Dienstag

Abendlicher Anruf. Ludo jammert über Frau und Kind:

»Es ist schon hart genug, immer dieselbe Frau zu nageln, aber wenn dann noch das Kind im Nebenzimmer brüllt, ist es nicht auszuhalten.«

»Du kannst deiner Tochter daraus keinen Vorwurf machen. Das ist doch das erste, was ein Mensch tut, wenn er geboren wird: Er weint.«

»Gott hat die Welt schlecht eingerichtet. Babys müßten lachen, wenn sie das Licht der Welt erblicken.«

»Warum denn, sie sind wie du und ich: Sie wollen lieber in den Bauch ihrer Mutter zurück.«

Er seufzt. Man kann sich vorstellen, wie schwierig es für einen depressiven Vater ist, sein Kind ständig schreien zu hören. Ich versuche trotzdem, ihn zu trösten:

»Andererseits, wenn wir tot wären, könnten wir uns nicht über das Leben beklagen.«

Mittwoch

Im Tanjia sinkt mit dem Fortschreiten des Abends auch die Hemmschwelle. Früher hieß es: »Guten Abend, mein Fräulein, wie geht es Ihnen? Sie sehen reizend aus. Darf ich Sie auf ein Getränk einladen?« Heute sagt man: »Steh mal auf, du Schlampe, ich will deinen String sehen und an deinen Titten lutschen.«

Donnerstag

Festival in Deauville = Meisterschaft der Vereinsamung in der Menge. Auf der Terrasse des Hotels Normandy ertrinken die Langustinen in Mayonnaise, und keiner kommt ihnen zu Hilfe. Ich sitze zwischen Christine Orban und Philippe Bouvard. Lieber säße ich am Nebentisch zwischen Brian de Palma und Elli Medeiros. Heute morgen habe ich *Hollow Man* von Paul Verhoeven gesehen, ein Remake von *L'Homme invisible*, dessen Drehbuch auch unsichtbar ist.

Ich bin ständig gedopt. Meine Gesundheit mag darunter leiden, aber ich kenne nur wenige Produkte, die mir das Gefühl geben, mein Tod sei ein nebensächliches Ereignis.

Freitag

Gestern abend Clint Eastwood auf der Ferme Saint-Siméon getroffen. Der Titel seines letzten Films stammt aus meinem Lieblingssong von Jamiroquai: *The Return of the Space Cowboy*. Überall amerikanische Stars: Donald Sutherland, Morgan Freeman, Tommy Lee Jones, André Halimi. Am Strand von Deauville bin ich sogar Régine begegnet, die mich noch immer nicht geohrfeigt hat. Jeder filmt jeden mit Sony DV. Wer wird Zeit finden, sich all diese Kassetten anzusehen? Einmal dachte ich, ich hätte Al Pacino gesehen, dann habe ich meine Brille wieder aufgesetzt: Es war Laurent Gerra im schwarzen Anzug. Ich muß wirklich sehr kurzsichtig sein.

Samstag

Das Problem von Deauville ist, daß man sich sogar bei schönem Wetter eine Erkältung holt. Der Wind, die Möwen und die Geländewagenbesitzer verursachen bei mir einen ständigen Niesreiz. Manche Menschen haben Heuschnupfen, mich macht das Les Planches krank. Zuviele Blondinen verwechseln ihre Sonnenbrille mit einem Haarreif. Laut Elisabeth Quin gibt es hier eine Überdosis SIP (Schnitten in Pantoletten). Nichts dagegen: Sie bringen mich auf andere Gedanken, weil sie so tun, als würden sie meine Witze verstehen, während sie nach jemand Berühmterem Ausschau halten. Die Amerikaner nennen die Pantoletten »Fuck Me Shoes«; ich kultiviere meine »Suck My Dick«-Attitüde. Hier kenne ich alle außer den wirklich Bekannten: Clotilde Courau mit dem unbeständigen Blick, Monica Bellucci feierlich in Jeansweste und eine zerrupfte Sandrine Kiberlain, die mich seit der Île de Ré verfolgt: Jetzt kommt sie aus der Normandie mit Suzanne im Kinderwagen und einer rattenscharfen Babysitterin an ihrer Seite, die offenbar Marie-Douce heißt. Wenn ich berühmt bin, werden sie mich grüßen, und ich werde den Gruß nicht erwidern; so ist das Spiel.

Sonntag

Mittagessen mit Anne Ornano, der Bürgermeisterin von Deauville, es gab Melone mit Fliegen. Ich dachte an Claire, meine Ex, und an Pénélope, meine Zukünftige. Männer stehen immer zwischen einer Ex und einer Zukünftigen, weil die Gegenwart sie nicht interessiert. Sie schwanken lieber zwischen Nostalgie und Hoffnung, zwischen Verlust und Traum. Wir stecken immer zwischen zwei Abwesenden.

Herbst
Geschichte des Regens
im Lauf der Jahrhunderte

»Ein Schriftsteller ist ein Mensch,
der es nie schafft, erwachsen zu werden.«

Martin Amis »Experience«, 2000
(»Die Hauptsachen«, 2005)

Montag

Frauen wollen ihre Liebhaber zu Ehemännern ummodeln, was darauf hinausläuft, sie zu kastrieren. Männer sind nicht besser: Sie machen aus ihren Geliebten Putzfrauen und Vamps zu Müttern. Aus lauter Angst, an der Liebe zu leiden, versuchen Männer und Frauen unbewußt, sie in Langeweile zu verwandeln. Langeweile aber ist auch eine Form des Leidens. Man sagt, daß bei einem Paar immer einer leidet und der andere sich langweilt. Ich glaube, es ist besser, man leidet, dann langweilt man sich wenigstens nicht, während der, der sich langweilt, auch leidet.

Dienstag

Claire hat mich angerufen! Claire hat mich angerufen! Claire hat mich angerufen! Ich laufe auf Grund – was für eine Frau! Es ist mir schwergefallen, Gleichgültigkeit zu heucheln. Meine Erregung war im ganzen SFR-Netz zu spüren. Dieses Jahr hat mein Sommer am 19. September begonnen. Um 10 Uhr abends war es noch lau. Ich habe mit ihr in einer beleuchteten Gasse zu abend gegessen. Auf der Speisekarte: Zungensuppe, Finger im Mund, Knüppel in der Hose. Kann mir jemand sagen, warum in Restaurants der Kellner immer in dem Moment auftauchen muß, wo ich sehr persönliche Dinge mit der Frau mir gegenüber zu erledigen habe? Nach dem Essen schlenderten wir durch die Straßen von Paris, ein laues Lüftchen wehte, ich war ein bißchen rot im Gesicht, und um das Gespräch in Gang zu bringen, fragte ich sie, ob sie mich heiraten will. Ich Idiot!

Mittwoch

Ich habe Claire nicht zurückgerufen. Ich habe Claire nicht zurückgerufen. Ich habe Claire nicht zurückgerufen. Scheiße, wie macht man das noch, eine Frau zu lieben?

Donnerstag

Meinen Geburtstag im Cabaret gefeiert. Wenn man keine Freunde hat, feiert man eben in einem Nachtclub Geburtstag. Thema: natürlich Bali. Russische Models überall, deren Kleidung »mehr mit Philatelie als mit Prêt-à-porter zu tun hat«, wie Didier Porte sagen würde. Klar kenne ich sie nicht, sie sitzen alle am Tisch eines benebelten Dealers. Als wäre man mit Octave Parango, diesem Angeber, in Miami. Seit fünfunddreißig Jahren strample ich mich ab, um diese Schnitten auf mich aufmerksam zu machen, aber da ich weder Chef einer Modelagentur noch Discjockey bin und auch keine Schokoriegel an meinem einsneunzig Meter großen Luxuskörper unter dem enganliegenden schwarzen T-Shirt mit V-Ausschnitt zu bieten habe, bewege ich mich in ihrem Blickfeld wie der *Hollow Man*. Die Typen sehen unglaublich aus: lange blonde Haare, überall Ohrringe (außer in den Ohren), im »people from Ibiza«-Stil geknotete Tücher, überpigmentierte Gangstervisagen wie in einem Abel-Ferrara-Film. Ich habe das Gefühl, nicht in Paris zu sein. Elisabeth Quin, abfällig: »Das Cabaret profitiert von seinem Sonderstatus; es ist das Liechtenstein der Nacht.« Mittlerweile ist es so gut besucht, daß man sich wie in einer Sardinenbüchse fühlt, und in der Schwüle, wo jeder am anderen klebt, praktizieren gelangweilte Mädchen ungewollt Bodychecks im Stehen. Franck hatte die gute Idee, Hip-Hop statt House aufzulegen, was die Leute aufheizt und noch enger aneinanderdrängt. Eine aberwitzige Alkoholikerin küßt mich, und ich wende angewidert den Kopf ab, weil ich Küsse hasse, die nach Champagner riechen. Da gehe ich lieber allein nach Hause. Ich werde wieder zwölfmal masturbieren müssen, bevor ich einschlafen kann. Nächstes Mal nicht vergessen: Vor Zungenküssen prüfen, ob die Frau ausschließlich Wodka getrunken hat.

Freitag
Ich habe schreckliche Dinge erlebt, gelitten, geschuftet, Staub gefressen, den kürzeren gezogen, ich wurde schon verlassen, besiegt, erniedrigt und durch den Dreck geschleift, aber noch nie, niemals wurde mir soviel abverlangt, wie dich nicht anzurufen. Claire, niemand wird jemals wissen, wie schwer es mir gefallen ist, dich einfach NICHT ANZURUFEN. Mit dem Lieben aufzuhören ist noch schlimmer als mit dem Trinken aufzuhören.

Samstag
Dabei suche ich nicht das Glück, sondern nur ein wenig Harmonie und ab und zu Ekstase.

Ludo kommt vorbei. Jeden Sonntagabend streitet er mit seiner Frau, weil er sich seit achtundvierzig Stunden langweilt. Wir jammern im Duett und hören dabei die letzte Platte von Etienne Daho, der zu der schönen Musik von Carly Simon ständig wiederholt: »Lernen, nicht mehr allein zu sein«. Hat eine Frau das Recht, einen Mann einzusperren, nur weil sie mit ihm ein Kind hat? Ist der moderne Mann total am Ende? Wie soll er denn die Welt beherrschen, wenn er keine Kontrolle über den eigenen Körper hat?

Montag
Als ich anfing, diesen Satz zu schreiben, war ich aufrichtig davon überzeugt, ich hätte etwas Interessantes zu sagen, und das ist nun das Ergebnis.

Dienstag
Der Himmel ist schmutzig. Pénélope langweilt sich zwischen zwei Orgasmen. Sie sagt das nicht, um mich eifersüchtig zu machen, aber es nervt trotzdem. Sie habe die unbeschnittenen Kerle satt, sagt sie, »sie kommen zu schnell, und häßlich ist es außerdem, mit der ganzen überflüssigen Haut, die aussieht wie ein verschrumpelter Luftballon«. Sie erzählt mir in allen Einzelheiten von ihrer ersten Nacht mit einem verheirateten Mann vorgestern. »Das erste Mal ist immer peinlich, aber der war schweinisch genug, mich anzutörnen, und zugleich schüchtern genug, so daß ich dann die Schlimmere war. Normalerweise sind die ersten Male immer öde, aber dieses Mal, ich schwöre dir, dieses Mal ... dabei hatte er eine Vorhaut!« Diese Schlampe.

Ich werde vielleicht sterben. Vielleicht sollte ich das »vielleicht« in dieser Aussage streichen.

Donnerstag
Mittagessen mit einem gutgelaunten Ludo. Er hat offenbar die Lösung für all seine Probleme gefunden.

»Was wir brauchen, ist ein Butler. Da bin ich mir sicher.«

»Einen Butler?«

»Ja, so einen in Uniform, der bei dir zu Hause wohnt, dir morgens das Frühstück ans Bett bringt und erzählt, was es Neues gibt, wie das Wetter ist, was du für Termine hast den ganzen Tag, all so was. Abends, wenn du aus dem Büro kommst, sagst du zu ihm: ›Übrigens habe ich vergessen, Ihnen zu sagen, daß wir heute abend sechzehn Leute zum Essen erwarten‹, und er muckt nicht auf, sondern kümmert sich um alles. Ein Butler ist genau das, was wir brauchen, das sag ich dir!«

»Du willst einen Butler zusätzlich zu deiner Frau?«

»Nein, anstatt!«

»Sorry, wenn ich das Thema wechsle, aber Pénélope hat mit einem verheirateten Kerl gepoppt, das warst doch nicht du?«

»Wer ist Pénélope? Kennt sie einen Butler?«

»Ah! Du bist rot geworden! Arschloch!«

Freitag

Je mehr Geld ich verdiene, um so erbärmlicher ist mein Leben.

Samstag

Humanité-Fest in La Courneuve. Man muß nicht mehr durch den Schlamm waten, aber sonst ist noch alles wie früher, der Gestank von angebranntem Fett, die hübschen Proletarierinnen und die chilenischen Folkloregruppen (das einzige Zugeständnis an das kapitalistische System besteht darin, daß sie das Lied *Titanic* von Céline Dion auf der Panflöte spielen). Das ist doch mal was anderes als das ewige Poloturnier um die Trophée Lancôme in Saint-Nom-La-Bretèche. Dieses Wochenende hatte ich die Wahl zwischen José Bové und Uma Thurman, die zwar weniger schnauzbärtig ist, aber dafür globaler. Ich habe mich für ein Lager entschieden. Ich denke, es wäre interessant, das *Humanité*-Fest einmal auf dem Golfplatz von Saint-Nom und die Trophée Lancôme in La Courneuve auszutragen. Nur so, um zu sehen, was passiert. Das wäre doch eine wunderbar verkehrte Welt: Inès Sastre mit Merguez-Pommes-Sandwich und Robert Hue, der Vorsitzende der kommunistischen Partei, im Polohemd von Ralph Lauren – so sieht die nächste Revolution aus.

Sonntag

Immer noch *Humanité*-Fest. Ich liebe die Kommunisten, weil sie sich weiterhin weigern, Sklaven zu sein. Weil sie gegen die Globalisierung kämpfen, indem sie die *Internationale* singen. Und die Frauen haben mehr Sex-Appeal als diese Hühner mit Geld wie Heu, das ist mir schon aufgefallen: Sie sind natürlich, weil sie sich ein SIP(Schnitten in Pantoletten)-Leben nicht leisten können. Sie heißen Michèle oder Cécile, tragen Turnschuhe, riechen nach Patschuli, rasieren sich nie die Möse, trinken Weißwein, wissen um die Existenz von Nick Drake und gehen gleich am ersten Abend ohne Mätzchen mit dir ins Bett, vorausgesetzt, du redest nicht zu schlecht über Fidel Castro. La Courneuve ist völlig zuplakatiert mit dem Slogan: »Eins, zwei, drei, wir glauben an Neun-Drei« (wie man nur an eine Postleitzahl glauben kann!), wovon ich, Oscar Dufresne, mich mit Grausen wende, denn ich komme natürlich, wie Alain Minc, aus Sieben-Fünf, Paris.

Pénélope hat heute morgen angerufen, um mir ihre bevorstehende Hochzeit anzukündigen und mich zu bitten, sie nicht mehr in meinem Tagebuch zu erwähnen. Ich nenne sie von nun an Jeanne. Das ist bei weitem nicht so sexy, aber sie hat es ja so gewollt: Die heilige Freiheit des Chronisten zensieren zu wollen! Das wird ihr eine Lehre sein. Sollte mein Geschreibsel eines Tages zu einem Buch werden, könnte ich es ja »Jeanne und der unperfekte Mann« nennen.

Dienstag

Die Kokser mit den erschrockenen Augen am Ausgang der Toiletten, ihre sorgenvolle Miene, wenn sie ein halbes Gramm intus haben. Warum verschleudern sie ihre Kohle, um sich Angst zu machen? Ich schäme mich, dieser erbärmlichen Bruderschaft bestürzter Nachteulen anzugehören. Ihre kodierte Sprache, wenn sie Stoff suchen: »Hast du Feuer? Hast du was? Kommst du mit aufs Klo? Schieben wir noch mal was nach?« Und warum fragen sie immer mich? Ich habe das Gefühl, das wird durch dieses Buch nicht besser werden.

Mittwoch
KARRIERE EINES SCHRIFTSTELLERS
Mit 30 Jahren heißt es, du bist »brillant«.
Mit 40 Jahren heißt es, du hast »Talent«.
Mit 50 Jahren heißt es, du bist »genial«.
Mit 60 Jahren heißt es, du bist »has-been«.
Mit 70 Jahren heißt es, du bist »noch nicht tot?«

Donnerstag
Geburtstag von Emmanuelle Gaume im Monkey. Der Hip-Hop-DJ schreit ins Mikrofon: »Mach weiter so!« und wagt dann den Mix dieses Jahrhundertanfangs: von Michael Jacksons *Billie Jean* zu *Celebration* von Kool & The Gang. Meine Hochachtung für den DJ und MC Solaar, der mit seinen Converse nie die Bodenhaftung verliert. Wir sind mittlerweile alt genug, um bei der Musik, die wir vor zehn Jahren grauenhaft fanden, wehmütig zu werden. Wenn einen die eigene Jugend rührt, zeigt das doch, daß man ausgedient hat, oder?

Freitag
Als sie mir ihren Mann vorstellte, drückte Jeanne sich an mich, damit ich ihre Brüste an meinem Oberkörper spürte. Kotze kann sehr romantisch sein. Beispiel: ein Typ, der sich auf der Hochzeit seiner Geliebten übergibt (vor allem, wenn er sich ziemlich sicher ist, daß sie nur heiratet, um Ludo zu ärgern, seinen ebenfalls verheirateten Freund).

Ich muß an Claire denken. Die Amerikaner sagen:
»Nice to meet you.« Ich hätte zu ihr sagen sollen: »Sad to
leave you.«

Samstag
Meine Liebeserklärungen kommen entweder zu früh oder
zu spät. »Ich liebe dich«, sage ich nur, um jemanden zu
verführen oder zu besänftigen.

Sonntag
Auf ihrer Hochzeit hat Jeanne mir eine charmante, in ihrer
unschuldigen Grausamkeit wirklich hübsche Gemeinheit
zugeflüstert: »Wie schade, daß ich so glücklich bin ... mit
dir hätte ich so unglücklich werden können.« Das ver-
schlug mir die Sprache. Mein Gott, bin ich feige, lasch, ein
Bettvorleger. Ich habe es satt, ich zu sein. Ich wette, Liebe
ist unmöglich. Wenn ich gewinne, gewinne ich nichts.
Wenn ich verliere, verliere ich alles. Eines Tages wird ein
Exeget ein Buch über »Dufresnes Wette« schreiben. Einen
Essay mit limitierter Auflage.

Montag
Unter einem feuchten Himmel fährt der TGV Thalys
durch belgische Vororte. Lauter gleich große Schrebergär-
ten liegen nebeneinander an den Gleisen. Wieso nehmen
Menschen so ein Leben hin, wo sie doch alle im Fernsehen »Célébrités« sehen können? Ich empfinde eine unglaubliche Zärtlichkeit für die wallonischen Spießer. Ich
sollte aus dem Zug steigen, bei diesen Belgiern an der Tür
klingeln und sagen: »Finanziell gesehen verachte ich Sie«,
damit sie mich ein für allemal schlachten.

Das war zu der Zeit, als Brüssel nicht mehr brüsselte.
Ich hatte einen Schal aus Regen um den Hals. Ich wohn-
te im Hotel Amigo nahe der Grand Place. Auf MTV lief
Spinning around, der neue Videoclip von Kylie Minogue.

Hochglanzlippen, hohe Wangenknochen, zu kurze Lamé-Shorts, runder Hintern, hochhackige Sandalen, lackierte Fingernägel, falsche Wimpern, herausgestreckte Zunge – ich drehe durch. Wie soll ich da ruhig bleiben? Ich gehe noch aus heute abend, alleine, trinken, glotzen, lügen, träumen, vielleicht auch knutschen, fummeln und kommen – und sicher bereuen.

Dienstag

Bilanz über Brüssel by night: Erst helles Bier zu Ostender Scholle getrunken. Dann ein unwiderstehlicher Drang, auf das Manneken Pis zu pinkeln (das uns schließlich seit 400 Jahren anpißt). Gesagt, getan – ein belgisches Remake von Louis Lumières *Arroseur arrosé*. Nach ein paar Scherereien mit der Gendarmerie in einer Bar mit lauter Alkcholikern gelandet, im Archiduc, dann weiter ins Homo Erectus, Pablos Disco, Living Room … Brüssel ist eine hippere Stadt als Paris. Später, in der Avenue Louise, verkauften russisch anmutende Studentinnen ihren Körper dem Meistbietenden, und im Moda Moda bekamen ein paar Europa-Beamte Wachs auf ihre Nippel wie in einem Artikel von Eric Dahan.

Mittwoch

Die Belgier sagen »wissen« statt »können«. »Ich kann das nicht« heißt hier: »Ich weiß nicht«. Für sie ist Impotenz also bloß Ignoranz.

Donnerstag

Ich weiß jetzt, was der Trick ist: Beim Flirten muß man dem Nein widerstehen. Die meisten großen Verführer haben dem Durchschnittsmann nichts voraus. Sie nehmen nur die Zurückweisung hin, um gleich wieder zum Angriff überzugehen. Beim ersten Versuch sagt keine Ja. Nachdem sie dir einen Korb gegeben hat, gehst du für fünf Minuten weg (und gibst ihr damit die Zeit, ihre Entscheidung zu bereuen), dann kommst du zurück und versuchst dein Glück noch einmal und immer wieder. Große Playboys haben keinen Stolz, nur die unerträgliche Leichtigkeit des Tölpels. Bei ihnen heißt Nein niemals Nein. Am Ende kommen sie dank Zermürbung zum Kuß.

Freitag

Niemand wird zur Berühmtheit gezwungen. Also sollte man nicht darüber jammern, daß man bekannt ist, wenn man sich sein Leben lang darum bemüht hat. Ich will schnell berühmt werden, um mich darüber zu beklagen, was ich alles dafür getan habe.

Samstag

Auf dem Queen-Programm finde ich eine Frage, die Jeanne sich hätte stellen können:
»Ab wie vielen Typen pro Monat ist man eine Schlampe?«

Sonntag

Ich fühle mich richtig wohl im Tierreich, Stamm Chordaten, Unterstamm Wirbeltiere, Klasse Säugetiere, Unterklasse Plazentatiere, Ordnung Primaten, Unterordnung Affen, Teilordnung Altweltaffen, Überfamilie Hominoiden, Familie Hominiden, Gattung Mensch.

Montag

»Ich bin für alles offen, seit ich bemannt bin!«
Pénélope, pardon, Jeanne ruft an und schlägt mir einen Deal vor: Wenn ich einen schönen Schwarzen für sie finde, poppt sie mit ihm vor meinen Augen. Ich nutze also diese Seite für eine Annonce: Wenn Sie ein hinreißender, breitschultriger Schwarzer sind und auch »offen«, dann schreiben Sie mir; Sie könnten in die Auswahl für eine Sexnacht

mit einer Frischvermählten im Plaza Athénée kommen (keine Sorge, ich mache nicht mit, ich werde mich damit begnügen, die Rechnung zu zahlen, in meiner Ecke zu sitzen und mich zu fragen, was ich da soll).

Dienstag

Eine traurige Meldung im *Parisien* gelesen: In einer Wohnung wurde das Skelett einer vierzigjährigen Frau gefunden. Nach dem Datum der Zeitung zu schließen, die neben der Toten lag, war sie schon seit über einem Jahr tot. Niemand hatte sich Sorgen um sie gemacht; es gab weder Familie noch Nachbarn oder Freunde. Ledige leben gefährlich: Wem würde es auffallen, wenn ich auf der Stelle tot umfiele? Meine sterblichen Überreste würden nach einem Jahr unter einem Stapel alter People-Magazine entdeckt, und um den Todeszeitpunkt festzustellen, bedürfte es nicht der Karbon-14-Methode, sondern nur eines Blicks auf die letzte Nummer von *Voici*.

Verliebt sein heißt staunen. Wenn das Staunen verschwindet, ist es das Ende. In der Liebe stehen 90 % Neugier gegen nur 10 % Angst, einsam zu sterben wie ein Stück Dreck.

Mittwoch

Das Anmachen in Nachtclubs erfordert einen langen Atem, der meistens schlecht riecht.

Eines Abends warf mir eine feurige Polin namens Eva, der ich – in der einen Hand meinen Wodka-Shot, in der anderen ihre – eine poetische Liebeserklärung machte, die scharfsinnige Bemerkung an den Kopf:

»Ich würde mich freuen, wenn du so romantische Sachen zu mir sagst und dabei Wasser trinkst!«

Da ließ ich mich nicht lumpen: Ich goß meinen Shot in den Aschenbecher und bestellte eine Flasche Wasser. Sie hatte eine rauhe Zunge wie eine Katze. Ich mochte die knochige Struktur ihres Gesichts mit den hervorstechenden Wangenknochen wie bei einem Totenschädel.

Donnerstag

»Wenn man sie nur lange genug ansieht, werden die Dinge interessant«, schrieb Gustave Flaubert. Ich habe das oft festgestellt: Es gibt keine Inspiration, Warten ist alles.

Ich amüsiere mich im Moment zu sehr, um schreiben zu können.

Samstag

Wie jedes Wochenende ruft Ludo mich hilfesuchend an. (Klar, Pénélope ist nicht mehr frei, denke ich wie eine verbitterte alte Geliebte). Hinter ihm höre ich einen Sportwagen aufjaulen.

»Wwwwrrrrrrrruuuuuummmmmmmm!«

»Läuft bei dir Formel 1?«

»Wwwwwrrrruuuummmm! Nein, das ist nur meine Tochter, die den Fernseher angemacht hat, und das Motorsportprogramm war noch drin, weil wir gestern abend *XXL* geguckt und Joints geraucht haben.«

»Und habt ihr's getrieben?«

»Nein, Hélène ist eingeschlafen, und ich habe ins Laken gewichst, wie jeden Freitag.«

»Ehe ist doch was Schönes.«

Sonntag

Mein größter Traum: In mir die Kraft zu finden, Monotonie auszuhalten.

Montag

Ich habe sie geliebt, weil sie immer Blasenentzündungen hatte. Auf meiner Vespa, sagte Claire, verkühle sie sich die Muschi. Ich habe sie geliebt, weil sie bei unserer ersten

Begegnung ihre Kippe in meinem Glas ausdrückte, ohne sich zu entschuldigen. Weil sie vom Sofa aufstand und unauffällig ins Bad ging, um ihre Kontaktlinsen in physiologische Kochsalzlösung einzulegen. Und weil sie eine Zahnspange hatte, als sie klein war. Ich habe sie geliebt, weil ihre Haare jedesmal, wenn ich sie sah, die Farbe gewechselt hatten: mal rot, mal braun, mal blond, mal violett ... Ich habe sie für ihre Spleens geliebt, für ihre Fehler, ihre Ticks. Ich mag die Luder nicht mehr, ich ziehe die Luschen vor.

Dienstag
Merkwürdig: Politisch bin ich mit Daniel Cohn-Bendit einer Meinung, was eine europäische Föderation angeht, mit Jacques Attali bezüglich einer Weltregierung, mit Viviane Forrester über den Terror der Ökonomie, mit Ralph Nader über verantwortlichen Konsum, mit Gébé über das Jahr 01 und mit Michel Houellebecq über die Privatisierung der Welt. Merkwürdig, daß ich mit all diesen Menschen, die untereinander uneins sind, derselben Meinung bin.

Donnerstag
Und wenn am Donnerstag nichts passiert ist, soll ich es trotzdem erzählen?

Freitag
Bordeaux by night. Man hatte mir gesagt, Bordeaux sei eine düstere Stadt voll bürgerlicher Ausbeuter, die alle Chaban-Delmas ähnlich sähen. Quatsch: Bordeaux ist »Auch City«, der heißeste Ort überhaupt. Der Quai Paludate ist ein Miami Beach an der Garonne: Techno-Bars, Latin-Discos, Neonlichter, die glitzern wie am Ocean Drive, lärmende Autoschlangen und sturzbetrunkene Trash-Schlampen um 4 Uhr morgens. Lydie Violet schreit:

»Die Typen hier sind ja Babys! Die sind noch nicht mal volljährig – die reinste Kinderkrippe!«

Der Idealmann, sage ich, ist ein Baby mit riesigem Schwanz. Im Pachanga klettert die schwerbebuste Barfrau – ein Ebenbild von Vanessa Demouy – auf den Tresen und wackelt mit den Hüften. Sämtliche Babys männlichen Geschlechts warten mit offenem Mund auf die Brust. Ich glaube, ich bin seit zehn Minuten in sie verliebt, als mich plötzlich ein Macho aus Bordeaux anbrüllt:

»Hör auf, meine Frau anzuglotzen.«

»Frauen wie deine sollten verboten werden.«

Da ihm anscheinend nicht nach Spaßen ist, besinne ich mich eines Besseren:

»Nun, ich meine, sie sollten nicht mit dir verheiratet sein.«

Seine Freunde hindern ihn daran, mir die Gurgel durchzubeißen. Der Trottel hat mir meinen Caipirinha aufs Hemd geschüttet. Egal, war eh schon klebrig von der Hitze.

Samstag

Bordeaux by night (Fortsetzung). Cocktail-Empfang von Alain Juppé im Rathaus, in geschlagenen zehn Minuten war die ganze Gänseleber von den Honoratioren verputzt. Es gibt nichts Erbärmlicheres als eine Horde provinzieller Krautjunker, die sich ihre Steuern vom Büffet des Bürgermeisters zurückholen wollen. Schmerbäuchige Manager, in Schale geschmissene Ruheständler, vernachlässigte Ehefrauen, perlenbehängte Baronessen ... sämtliche Mitglieder des Rotary-Clubs mit ihren Gattinnen, die wie die Kesselflicker um drei Austern und eine Scheibe Bayonne-Schinken streiten. Viel später auf der Scream-Party im Nautilius, dann im White Garden, fiel mir wieder das Paris Pékin (Rue Merci) ein, eine Bar im alten Bordeaux, deren Klimaanlage zu wünschen übrigläßt, und das Restaurant von Père Ouvrard, wo mein Verzehr vor allem aus Wein bestand. Anschließend im Hotel Majestic kostenloser Orgasmusaustausch mit einer herben, dunkelhäutigen Brünetten.

Sonntag
Moral: Eine Frau ist okay, drei Frauen – oje.

Montag
Unverhoffte Begegnung über den Wolken. Gespräch mit Yann Moix, dem jungen Genie (gesprochen »Jean Genie« wie in dem Song von Bowie), in einem Airbus. Wir sind beide auf Tournee als Reise-Vertreter unserer Bücher. Ich: »Hey, hast du die Stewardeß gesehen? Da hebt man ja glatt ab ...«
Moix: »Ich habe nur Augen für sie.«
Ich: »Ich würde sie gern auf den Mund küssen.«
Moix: »Das ist aber langweilig, mein Alter. Man müßte sie auf den Mund küssen, ihr dabei die Hand halten, an ihren Ohren hören, an ihrer Nase riechen, sie in die Zähne beißen, ihr auf den Fuß treten, ihr auf den Arsch scheißen, ihr in die Augen schauen und ihr die Zunge lecken.«
Ich: »Das Wichtigste hast du vergessen: sie an den Nägeln kratzen.«
(Das Gute an meinem Tagebuch ist, daß ich immer das letzte Wort habe.)

Dienstag
Gestern *Egoïste*-Cocktail zu Ehren von Richard Avedon in der Botschaft der Vereinigten Staaten. Ich komme pünktlich, das heißt, zu früh im Verhältnis zu den anderen Gästen von Nicole Wizniak. Komisch: Beim Botschafter gibt es keine Ferrero Rocher Gold! Jean-Jacques Schuhl schleppt mich in die Eingangshalle, um die von Jasper Johns gemalte amerikanische Flagge zu besichtigen. Ich gebe Ingrid Caven (die nicht nur seine Frau, sondern auch

sein letzter Roman ist) einen Handkuß, Jacqueline de Ribes einen Schmatzer, Justine Levy ein Küßchen und Inès de la Fressange einen Smack. Bernard Frank spricht gut von Fitzgerald und Pierre Benichou und schlecht von Vialatte. Ich spreche schlecht von Pierre-Jean Remy seiner Frau gegenüber und Alain Robbe-Grillet gegenüber gut von mir. Jetzt ist Schluß, sonst verkomme ich noch zu einer Society-Klatschtante. Die einzigen, die noch egoistischer waren als ich (also die Ehrlichsten von allen), waren die zwei Hunde des Botschafters, die sich auf den Teppich fläzten.

Später in der Plaza-Bar gibt Thierry solide Cocktails (Jelly Shots) mit Wodka aus, so was wie Sushi für Säufer. Am besten ist der B52: Bailey's/Kalhua/Grand-Marnier-Geschmack wird genuckelt wie ein Haribo-Krokodil, und das Ganze für einen Euro. Ich erkläre Sandra (bis zum Ende des Buches »die unbekannte Tusse« genannt), weshalb ich Urwald-Mösen hasse (ich kann es einfach nicht leiden, hinterher lauter Haare zwischen den Zähnen zu haben). In ihrer gewohnt offenen Art gibt sie zurück:

»Keine Angst, ich hab eine Kojak-Muschi!«

Das ist mein Leben, so ist es, und ich würde es gegen kein anderes tauschen (hab sowieso keine Wahl).

Donnerstag

Gestern abend nach der *VSD*-Party im VIP Room in einer 40er-Jahre-Bar voller 80er-Jahre-Weiber gelandet (besser so als andersrum). Gedopt wie Richard Virenque auf dem Paß Tourmalet.

»Bin fertig!« lallte ich.

Eine goldbraune Puppe neben mir rieb, da wir dicht gedrängt standen, unabsichtlich ihr Knie an meinem. Ich machte sie sehr höflich darauf aufmerksam:

»Beenden Sie unverzüglich diesen unlauteren Kontakt mit einem schwachen Geschöpf männlichen Geschlechts, da es dies sonst als Angebot verstehen könnte ...«

Und wissen Sie, was mir die Anmutige frech zur Antwort gab?

»Dann mußt du mit beinlosen Krüppeln ausgehen!«

Frauen sind ohnehin schon stärker als wir – wenn sie aber auch noch über Humor verfügen, sind wir verloren.

Freitag

Aufruf an Industrielle und Politiker in aller Welt: Bitte hinterlassen Sie die Welt so, wie Sie sie beim Betreten vorgefunden haben.

Samstag

Halleluja. Claire hat mir geschrieben. Ein Schopenhauer-Zitat: »Wozu der Lärm? Wozu das Drängen, Toben, die Angst und die Not? Es handelt sich ja bloß darum, daß jeder Hans seine Grete finde.«

Sonntag

Herr, sei barmherzig. Morgen sehe ich sie wieder. Ich glaube, ich habe sie immer geliebt; warum kann ich es ihr nicht sagen? Ich fliehe, was mir gefällt, ich fürchte, was mich anzieht, ich meide die, die mich liebt, und mache die an, der ich gleichgültig bin.

Montag

Claire ist schwanger. Sie hat es mir ohne Umschweife gesagt und mich aufmerksam beobachtet, um zu sehen, wie ich reagiere. Ich zwang mich zu einem Lächeln und fragte immer wieder: »Bist du sicher? Bist du sicher?«, aber sie ahnte, daß ich dachte: »Ist es von mir? Ist es von mir?«. Ich versuchte sie zu beruhigen, aber es war, als ob in fetten Lettern auf meiner errötenden Stirn stand: »ABTREIBEN, SCHLAMPE!« Ich glaube, der Dialog zwischen Männern und Frauen ist nicht so schnell wiederhergestellt. Der gravierendste Unterschied ist, daß sie unsere Gedanken lesen können und wir nichts von dem denken, was sie wollen. Sie fing an zu weinen und beschimpfte mich als schwule Sau, was aber nicht stimmt: Wäre ich eine, hätte das alles nicht passieren können.

Dienstag
Wenn ich einen Schnupfen habe, denken alle, ich habe Drogen geschnupft. Das nennt man Leumund.

Mittwoch
Ich schwanke zwischen Claire umbringen oder Claire heiraten. Der Abtreibungstermin ist in drei Wochen. Was für eine Verschwendung! Genau in dem Moment, wo ihre Brüste zu wachsen anfangen, will sie wieder nichts mehr von mir wissen; ich habe also nicht einmal was davon. Ihr Brustumfang und ihr Haß haben sich zeitgleich verdreifacht.

Donnerstag
Es gibt Tage mit und Monate ohne.

Freitag
Schon wieder ein Doping-Skandal. Ich habe diese Heuchelei satt! Ich bin für Doping. Die meisten Schriftsteller dopen sich mit Alkohol, Kokain, Amphetaminen; warum wird Sportlern angekreidet, was Künstlern erlaubt ist? Man stelle sich einmal vor, die Jury für den Prix Goncourt ließe Jean-Jacques Schuhl einen Urintest machen, um festzustellen, ob er *Ingrid Caven* unter dem Einfluß verbotener Substanzen geschrieben hat! Schluß mit dem Drogen-Puritanismus! Warum stellt der Mensch Doping-Produkte her, wenn nicht, um sie zu benutzen? Ich bin für die totale, vollständige Legalisierung sämtlicher Drogen, inklusive der harten, und zwar mit dem Ziel, die Mafia durch den Gesundheitsminister zu ersetzen.

Samstag

Ich habe ziemlich viele Gangster-Freunde auf Korsika. Was ich nur lustig finde, ist, daß sie Bomben legen für die Unabhängigkeit, aber wenn ich zu ihnen sage:»Wir geben euch eure Unabhängigkeit, los, hopp, ihr seid keine Franzosen mehr, ist uns doch scheißegal«, zielen sie mit großkalibrigen Waffen auf mich und halten mich für völlig abgedriftet.

Sonntag

Das Ende der Welt kommt ohnehin spätestens 2050. Wenn es in dem Rhythmus weitergeht, gibt es in zehn Jahren kein Benzin mehr (und zehn Milliarden Einwohner) auf unserem Planeten. Der Mensch wird aussterben wie die Dinosaurier. Intelligenz macht nicht glücklich (kein Eigenlob).

Montag

In Night-Clubs trinkt man, um zu flirten, und es funktioniert: Alkohol vertreibt die Schüchternheit, und am Ende macht man alle Frauen an. Das Problem ist nur, daß Alkohol auch die Erektion vertreibt. Deshalb stimmt es nicht, wenn die Regierung behauptet:»Zuviel Alkohol gefährdet die Gesundheit.« Im Gegenteil, er schützt vor Aids!

Dienstag

Es ist 4 Uhr 15 morgens; und die Realität wieder mal außer Reichweite.

Mittwoch

Im Café de Flore wird der gleichnamige Preis nach einer endlosen Veranstaltung an Nicolas Rey verliehen, den Raymond Radiguet der Jahrtausendwende. Er ist 26 Jahre alt und vereint das Unvereinbare: Philippe Djian und

Antoine Blondin. Jeden Morgen nimmt er Abschied von seiner Jugend, und jeden Abend läuft er ihr hinterher. Sein Roman »*Mémoire courte*« ähnelt dem modernen Menschen: Romantiker und Triebtäter in einem. Es ist vor allem ein Buch über die Unmöglichkeit des Ehebruchs. Wenn du deine Frau betrügst, hast du, grob gesagt, zwei Möglichkeiten: Entweder du bleibst, und es funktioniert nicht, oder du gehst, und es funktioniert nicht.

Donnerstag
Wir glotzen friedlich auf ein paar vom Himmel gefallene Schönheiten, da dreht sich Georges Wolinski zu mir um und sagt zusammenfassend:
»Meine Frau ist die einzige, die ich zwei Abende nacheinander ertrage.«

Freitag
Amélie Nothomb ist gar nicht so häßlich. Sie hat graugrüne Augen und sehr hübsche weiße Hände mit langen, schmalen Fingern. Ich bin fasziniert und von ihrer sanften Mythomanie so verblüfft, daß ich buchstäblich verstumme. Als ich ihr sage, daß sie aussieht wie Christina Ricci, sagt sie: »Ich weiß.« Als ich sie frage, wie es ihr geht, antwortet sie: »Ich weiß nicht.« Da wird sie sehr schön.

Samstag
Wir sind in Brive-la-Gaillarde, wo es richtig munter zugeht. Ich werde noch immer schwach bei Amélie Nothomb (ich habe den Mund voll Foie gras, während ich mit ihr rede). Wir haben vor zu heiraten, nur um ein Schloß zu kaufen, in dem wir jeder in einem Flügel wohnen und ausschließlich über unsere äußerst unterwürfigen Dienstboten miteinander kommunizieren.
Sie: »Wir könnten jeder ein Buch über den andern schreiben.«

Ich: »Meins wäre besser.«

Sie: »Ja, weil der Gegenstand interessanter ist.«

Diese Frau hat etwas Geheimnisvolles. Alles, was ihr widerfährt, ist merkwürdig. So ist sie einmal mit einem Fallschirm abgesprungen, der sich nicht geöffnet hat; sie fiel 300 Meter tief und hat nicht einen Kratzer davongetragen. Sie behauptet, sie sei aus Gummi, und verdreht zum Beweis ihre Daumen um 180 Grad. (Ich habe ihr ohnehin aufs Wort geglaubt. Wie sollte sie sonst ihren Erfolg verkraften, wenn sie nicht so biegsam wäre?)

Sonntag

Im Gegensatz zu Miss Nothomb kann ich mich nicht an meine frühe Kindheit erinnern. Nur daß ich im Alter von ein bis vier Jahren immer geflogen bin. Mein Vater nahm mich auf den Arm und rannte brummend wie ein Flugzeug mit mir durch die Wohnung. Ich flog über das Parkett, kurvte zwischen den Kommoden herum, streifte die weißen Wände, stieß steil Richtung Boden hinunter und machte im Wohnzimmer Loopings. Erst wenn mein Vater ging, bin ich gelandet.

Montag

Nur wirklich selbstgefällige Wesen ertragen den Erfolg. Weil sie ihn ganz normal finden. Abnorm, unbegreiflich, obszön ist für sie die Namenlosigkeit. Und wenn das, was sie tun, auf einmal zu funktionieren anfängt, drehen sie nicht durch, sondern denken bloß: »Endlich, wurde aber auch Zeit!« Kurz, der einzige Grund, nicht großkotzig zu werden, ist, daß man es schon immer war.

Dienstag

Bei Petrossian fragt mich Linda:

»Könntest du mein Game-Boy sein?«

Ich antworte ihr:

»Nur wenn du mit meinem Joystick spielst.«

Der Rest des Gesprächs ist privat (dies ist ein Tagebuch, keine Peep-Show).

Mittwoch

Und ich dachte, die Welt ist ein Geschenk an mich! Aber die Welt verschenkt sich nicht – sie verkauft sich.

Donnerstag

Nicht zu wissen, warum man lebt, ist nicht das Problem. Sondern wie man es schafft, die Frage zu umgehen.

Freitag

Abendessen mit Ludo im Ami Louis, neben Vanessa Paradis und Johnny Depp.

Beim Anblick des hübschen Paars wird Ludo, mein verheirateter Freund, nur noch depressiver:

»Wie machen die das nur? Meine Frau leidet so darunter, mit mir zusammenzusein … Am schlimmsten ist die Angst in ihren Augen.«

»Angst? Bist du gewalttätig?«

»Nein, aber ich glaube, sie fürchtet sich ständig vor dem Verlassenwerden. Das ist total stressig. Daß wir nicht mehr ficken, ist mir egal, aber ihre Angst stürzt mich in ein schwarzes Loch. Ich fühle mich wie ein Monster. Du kannst das nicht verstehen, du Single …«

»Nur weil man Single ist, jagt man den Frauen nicht weniger Angst ein, im Gegenteil: Sie fürchten meine Freiheit, meine Gemeinheit, sie fürchten, sich in mich zu verlieben, sich Pilze zu holen oder, noch schlimmer, gar nichts zu empfinden. Und ich bin sicher, daß ich seltener zum Schuß komme als ein Ehemann.«

»Ja, außer er ist treu!«

»Weißt du, ich glaube, daß ich sexuell richtig krank werde.«

»Wieso? Bist du SM, zoophil, pädophil?«

»Nein, noch perverser. Ich will geliebt werden. Und was ist mit Pénélope? Siehst du sie noch?«

»Nein, das macht mich nicht mehr an, seit es sie zu sehr anmacht.«

Samstag

Wenn du brav warst, kommst du nach deinem Tod ins Maï Taï (Route de Bandol 1370 in Sanary-sur-Mer). Es gibt dort drei Etagen (kubanische Bar, Techno-Disco und Funky-Soul-Etage). Die Weiber sind aufgebrezelt wie in deinen wüstesten Träumen. Die Gläser werden nie leer. Das Paradies ist ein Ort, wo der DJ genau die Platte auflegt, auf die du gewartet hast, und das von jetzt bis in alle Ewigkeit. Ein Beispiel: Sogar *Ces soirées-là* von Yannik Noah kann ohne größere Probleme auf *Belsunce Breakdown* folgen. So ein Mix ist erst nach dem Tode möglich. Am Eingang schickt dich der schwarze Türsteher nicht ins Fegefeuer, sondern zur Garderobe.

Jetzt mußt du nur noch mit den Frauen ins Gespräch kommen:

»Nach meinem Tod möchte ich in dir wiedergeboren werden.«

Oder mit den Jungs:

»Hier herrscht ein ungeheurer Mösenschwund.«

Und den Moment der Ewigkeit nutzen (das heißt, lächelnd auf dem Boden liegen und mit Mündermassen Zungenküsse austauschen).

Sonntag

Der Satz der Woche ist wie so oft von Angelo Rinaldi: »Was macht man mit einem Roman anderes, als aus der Namenlosigkeit ins Vergessen überzugehen?«

Montag

Fassen wir zusammen: Ich liebe Claire, aber sie will mich nicht mehr sehen; Pénélope begehrt mich, aber ich will sie nicht mehr sehen. Ich reise viel, seit mein letztes Buch überall übersetzt worden ist. Ich profitiere von den Groupies in den Nachtlokalen. Ich kultiviere eine gewisse Bitterkeit, die mir als Geschäftsgrundlage dient. Statt zuzugeben, daß ich Glück habe, jammere ich die ganze Zeit herum. Ich hasse jeden, der mir entfernt oder aus der Nähe ähnelt. Die Welt kommt mir eintönig vor, da ich nur auf Flughäfen und in Discos verkehre. Überall spielt im Hintergrund dasselbe Lied. Die Globalisierung trifft zuerst die Musik. Die Erde ist zum Dancefloor geworden. Dieses Tagebuch legt Zeugnis von einem neuen Ereignis ab: der Clubbisierung der Welt. Eine neuere Untersuchung hat ergeben, daß die Disco, was die Ausgaben betrifft, zur wichtigsten Freizeitbeschäftigung der 18–34jährigen geworden ist (weit vor Kino, Theater, Konzerten ... und Büchern).

Dienstag

Claire hat abtreiben lassen, ohne mir bescheid zu geben. Ich habe versucht, das Krankenhaus anzurufen, aber die Nachtschwester durfte mir die Namen der Patientinnen nicht nennen. Ein Besuch ist ausgeschlossen: Heute um 15 Uhr wurde ein Embryo ins Nichts abgesaugt, aus dem er nie hätte heraustreten dürfen. Wie soll ich mich je wieder mit der Frau versöhnen, der ich das angetan habe? Ist es normal, jemandem soviel Leid zuzufügen unter dem Vorwand, daß man ihn zu sehr liebt, um ihm ein Kind zu machen?

Mittwoch

Schreiben heißt warten. Einem Schriftsteller geht es oft wie einem Filmschauspieler zwischen zwei Takes: Er sitzt auf seinem Stuhl und wartet auf seinen Auftritt.

Donnerstag

Lille by night. Da ist Capucine, die sagt: »Ich bin ein Futon: ein Drittel Latex, ein Drittel Pferdehaar, ein Drittel Watte.«

Es ist wirklich das erste Mal, daß ich einer Frau begegne, die sich brüstet, ein Bett zu sein. Sie erklärt mir auch, warum Roland Barthes nicht doof ist: »Auf subjektiver Ebene ist er in der Diffraktion.« Glücklicherweise trägt sie ein tief ausgeschnittenes Top! Oder Samantha, die Rosenverkäuferin, die ihre Tour durch die Restaurants macht. Diese Liller Institution ist eine Fee mit geschlitztem Rock. Wir sind in der Pirogue, einer Rumbar, die mißratene Caipirinhas serviert, wo aber trotzdem jeder jeden anfaßt. Anschließend gehen wir ins Amnésia, einen Technoschuppen mit gemauerten Wänden und Kerzenlicht, wo die Mädels, obwohl sie hetero sind, ihre Freundinnen auf den Mund küssen, was solls. Ein Raum voller blitzender BH-Träger. Warum erregt mich das so, Weibchen unter sich zu beobachten? Weil es die einzige mir bekannte Art ist, sozial ausgeschlossen zu sein. Dann steigen wir im Network ab. All diese prachtvollen Städte, von denen ich nur die lauten Keller kenne! Hier reden alle nur von der Wahl der »100 Schwänze, die Lille bewegen«, im Mum's (einer Schwulen-Bar). Und da gibt es Menschen, die lieber nachts schlafen, Denkmäler besichtigen, ein Leben haben!

Freitag

Der feinsinnigste Witz der Woche: Kennen Sie den Unterschied zwischen einer Frau, die ihre Tage hat, und einem Terroristen? Mit einem Terroristen kann man verhandeln.

Samstag

Heute ist einkaufsfreier Samstag: Die WAW (Widerstand gegen aggressive Werbung)-Gruppe hat ihre Mitglieder zu einer Demonstration vor den Kaufhäusern aufgerufen. Wir sind nicht viele, aber entschlossen. Wir stehen im Regen. Wir verteilen Nichtkaufbons an Kunden in Regenmänteln. Es gibt mehr Kameras als Demonstranten. Ich brülle den Slogan von Douglas Coupland (aus seinem Roman *Generation X):* »I am not a target of the market!« (»Ich bin keine Zielscheibe des Markts!«). Hat das alles einen Sinn? Ich habe den Eindruck, daß eine Bewußtwerdung bei den Konsumenten anfängt. Im großen und ganzen gibt es nur die folgende Alternative: Entweder man akzeptiert das Ende der Welt im Jahr 2050 (und nichts hindert einen daran, sich bis dahin zu amüsieren), oder man hört mit allem auf und denkt nach (das ist die Utopie in *L'An o1* von Gébé). Ich bin zwischen beidem hin- und hergerissen: Die »destroy« Version auf dem hedonistischen Ego-Trip ist natürlich (kurzfristig) verführerischer als die »romantisch-moralisierend-jansenistische«. Das eigentliche Problem ist: Wie kann man Ökologie attraktiv, ja glamourös machen? Denn die Devise von Keynes gibt den Nihilisten recht: »Langfristig betrachtet sind wir alle tot.«

Sonntag
Ich glaube, ich sollte aufhören nachzudenken. Ich habe lange nachgedacht, bis ich zu diesem Schluß gelangt bin.

Montag
Wer zuviel auf Messers Schneide steht, wird am Ende durchgeschnitten.

Dienstag
Ich nehme meinen ganzen Mut zusammen und mein Nokia in die Hand und rufe Claire an. Pech, ihr Sohn nimmt ab. Unangenehmes Gefühl.

»Hör mal, ist die Mama in der Nähe? Sag ihr doch einfach: ›Mama, da ist jemand für dich!‹«

»Ach, du bist es, Oscar? Ich geb sie dir.«
Plötzlich ist Claire am Hörer:
»Was ist los? Hast du was vergessen?«
»Ja, dich.«
»Hör zu, mein neuer Liebhaber ist da, adieu.«
»Warte. Ich kann ohne dich nicht leben.«
»Zu spät. Fick dich!« Biep, biep.
Sie sagt biep, biep, und ich werde zum Koyoten, der den
Mond anheult.

Mittwoch
Der geistige Vordenker unserer Zeit ist Pontius Pilatus.
Der Feigling, der vor seiner Verantwortung flieht, der sich
die Hände in Unschuld wäscht, um der Entscheidung
auszuweichen, das sind *Sie*. Wir alle sind wie Pontius Pilatus, resigniert, überfordert, gelangweilt von der Idee, Zweifel an dieser Welt zu äußern, der wir nicht gewachsen sind,
und an deren Rätseln, die wir nicht einmal mehr vorgeben
zu verstehen. Roland Barthes sagte: »Pontius Pilatus ist kein
Herr, der weder ja noch nein sagt, er ist ein Herr, der ja sagt.«
Wir murren, aber in Wahrheit stimmen wir schweigend
zu. Und hoffen, daß wir uns die Hände nicht schmutzig
machen.

Donnerstag
Im Korova, dem Restaurant von Jean-Luc Delastreet, ißt
Albert von Monaco mit Claire Nebout zu abend und
Cécile Simeone mit mir. Wir verschwenden unsere Zeit –
beide sind ihren Kerlen treu. Ich probiere ein Coca-Cola-
Huhn (das Gericht ist gut, aber dumm). Sandra (ich habe
ihre Nummer anfangs unter »unbekannte Tusse« abge-
speichert, und jedesmal, wenn sie mich anruft, erscheint
»unbekannte Tusse« im Display; mittlerweile ist das ihr
Adelstitel) erzählt, daß sie in ihrer Zeit als Kellnerin im Les
Bains Münzen als Trinkgeld immer mit dem Ausruf zu-

rückwies: »He! Ich bin doch kein Sparschwein!« Am Ende war ihr Höschen immer voller Fünfhunderter. Ihre Freundin Manu hängt ihre erlesenen Brüste in den Teller. Ich wäre gern ihr Teller. Jean-Yves Bouvier will nicht mit mir knutschen, spendiert aber trotzdem Gin-Tonics. Edouard Baer ist aus Ouarzazate zurück (wo er *Asterix und Kleopatra* dreht) und will weiter in die Mathis Bar (wo ein Zaubertrank serviert wird). Es ist 23 Uhr, als Cécile aufsteht und zu ihrem Mann zurückkehrt. Ich lecke ihren Stuhl an der Stelle ab, wo sie gesessen hat. Ich beneide Teller und Stühle; ich wäre gern ein Teeservice, ein Sitz in einem Austin Mini, ein Bademantel im Hotel Lutetia. Ich kritisiere den Konsumwahn, aber ich träume davon, als Gegenstand wiedergeboren zu werden.

Freitag
Die verblödeten Kids prügeln sich in den Geschäften um eine PlayStation2 und um den letzten *Harry Potter*. Ich glaube, man kann die Behauptung wagen, daß die Message vom einkaufslosen Samstag die Jugend nicht ganz erreicht hat. Es gibt noch viel zu tun, bei den 15–24jährigen.

Samstag
Bin heute zu faul, von den mythischen Abenteuern Oscar Dufresnes im Technitrain zu berichten, der am 25. November 2000 siebenhundert Partypeople nach London brachte. Da müssen Sie sich schon bis Montag gedulden ...

Sonntag
Fünf Zentimeter vor dem Gesicht einer Frau, die man vielleicht küssen wird, ist alles so wunderbar. Man sollte sich nie von dort fortbewegen. Alles weitere ist zwangsläufig weniger perfekt.

Ich hätte mich nie über Claire beugen sollen, als ich sie das erste Mal sah in dieser Frühlingsnacht mit ihrer gesunden weißen Haut. Ich hätte die Distanz der Ewigkeit wahren sollen.

Montag

Ich würde mich gern an den Nachttrip erinnern – es soll ja die Nacht des Jahres gewesen sein. Mir scheint, ich bin in diesem von *Technikart* und La Fabrique gemieteten Eurostar mitgereist. Ich meine mich auch an das Lächeln mancher Menschen zu erinnern: Yves Adrien mit dem Schal eines post-atomaren Inders als Turban um den Kopf, Mazarine Pingeot, die schon sehr früh das Handtuch warf (um ihren Artikel für die *Elle* zu schreiben?), Jacno mit dem eingeschmuggelten Wein, Patrick Eudeline und Ann Scott (der Romain Gary mit der Jean Seberg von heute). Zwischen zwei Downtempo-DJ-Sets spielte das Orchester von Don Carlos *La Bamba*. Die restliche Londoner Nacht ist mir nur noch undeutlich in Erinnerung. Da war diese hellsichtig *Apocalypse* betitelte Ausstellung, dann ein dreistöckiger Nachtclub, wo ein paar gute alte Platten liefen (*When I'm with you* von den Sparks und *To cut a long story short* von Spandau Ballet), da lagen Kissen, auf die ich mich beim Trinken lümmelte, dann sind Quetsch le Moult und Guillaume Allary gegangen, und eine Moderedakteurin von *Jalouse* küßt mich sehr gut und berührt dabei die Beule an meiner Hose. Herr im Himmel, und dann schlafe ich in einem Bus ein, und da ist auch schon der Zug zurück, dann nichts mehr, nur ein schwarzes Loch, ist es das, was man »Kollaps« nennt, oder ist es nur der Tunnel unterm Ärmelkanal?

Dienstag

Ich zupfe Gänseblümchen und denke an Claire:
»Sie ist blöd, sie ist nicht blöd, sie ist blöd ...«
Mein Schmerz ist unverändert – ich kann sie nicht vergessen. Jedesmal, wenn ich sie sehe, ist sie weniger toll,

aber jedesmal, wenn ich sie nicht sehe, ist sie noch viel toller. Sie lacht zu schrill, sie ist laut, ordinär, verrückt, unmöglich angezogen, eine Marlène Jobert für Arme, eine drittklassige Nicole Kidman, sie trägt Pantoletten mitten im Winter, fährt ein peinliches Auto mit Kindersitzen, hat zwei Gören von verschiedenen Vätern, poppt wie eine Irre, zwei-, drei-, viermal hintereinander sind ihr noch nicht genug, sie schreit und nimmt die Finger zu Hilfe, sie ist unersättlich und doch blasiert; nichts amüsiert sie, Claire ist traurig, Claire fehlt mir, ich fühle mich immer so leer, wenn ich sie verlassen habe. Jemand ist durch mein Leben gegangen. Es ist so selten, daß mir jemand begegnet.

Mittwoch
SMS sind die neue Form der Kommunikation. Alle schicken sich gegenseitig kurze Nachrichten aufs Handy. Wir kehren zum Telegramm zurück, zur Briefliteratur, zu den gefährlichen Liebschaften. Beispiel:
Ich vermisse dich.
Deine Hände fehlen mir.
Meine Lippen erforschen deinen Körper.
Je t'aime.
Ich werde ganz feucht.
Ich bin so alt, wie du willst, ich heiße so, wie du willst.
Gehen wir ins Couine?
O.k., o.k., das ist noch nicht Choderlos de Laclos, aber wir sind auf dem Weg dahin. Die Schnelligkeit und Unaufdringlichkeit dieser kleinen Botschaften verleiten dazu, Gefühle und Wünsche zu übertreiben. Gestern hat sich schon eine Freundin beklagt:
»Ich habe genug von diesen ›SMS lovers‹!«

Donnerstag
Revolution in Frankreich, und niemand spricht darüber! Endlich hat die Nationalversammlung die Vasektomie

erlaubt. Das bedeutet, daß bald Legionen von Oscar Dufresnes sich freiwillig sterilisieren lassen, um ficken zu können, ohne an Verhütung oder Kinder denken zu müssen. Welche Freude, welche Wonne! Dann werden sich die Egoisten auch nicht mehr reproduzieren. Und wann übernimmt die Krankenkasse die Kosten?

Freitag

Valérie Lemercier sagt:
»Ich bin jung, ich will nicht den Rest meines Lebens vor der Glotze verbringen!«

Das ist das Problem meiner Generation: Wir wollen das Leben, das unsere Eltern für uns vorgesehen haben, nicht. Wir sind wie sie: Wir würden uns gern auflehnen, sind aber zu faul, Pflastersteine zu schmeißen.

Samstag

Ich sitze neben Robbie Williams im VIP Room. Er trägt einen taillierten Nadelstreifenanzug wie ein Banker aus der City. Gute Nachrichten: Wenn sich Rockstars jetzt schon als Yuppies verkleiden, dann heißt das, ich kann endlich meine alten, angeberischen 8oer-Jahre-Klamotten wieder herauskramen und aussehen wie ein Star.

Sonntag

Ich habe einen Trick gefunden, um kostenlos Brüste zu betatschen: Du behauptest einfach, sie seien falsch. Die Mädels sind stockbeleidigt. Plötzlich heben sie ihr T-Shirt und bitten dich, es nachzuprüfen. Gib nicht gleich nach, mach es professionell. Sag:

»Ist die OP gut verlaufen? Hey, man spürt das Silikon ja gar nicht.«

»Was? Die sind echt! Pack fester an!«

Gratis-Striptease mit garantiertem Busengrapschen. Dank wem? Dank Oscar!

Montag

Wäre schön, wenn mir heute etwas Interessantes widerfahren würde. Ich glaube, das würde allen auf dieser Seite helfen.

Dienstag

Ich gehe mit der kleinen Schwester einer Freundin zu Chen (ins beste Chinarestaurant von Paris). Als sie die Karte sieht, ruft sie:

»Da steht ja viel zuviel drauf, da komm ich in den totalen Entscheidungsstreß!«

Die Jugendlichen drücken sich heutzutage immer bizarrer aus. Sie vertauschen die Silben und sprechen sie dann auch noch rückwärts. Keine Ahnung, wie das bei einem Wort wie »*anticonstitutionellement*« funktionieren soll. Das Essen verlief mangels Gesprächsthemen im Sand. Seit Claire bin ich so gepanzert. Deshalb habe ich sie verloren. Solange ich Frauen mit panischer Angst vor möglichem Schmerz begegne, werde ich mich nicht mehr verlieben. Manchmal denke ich, daß sich in einem solchen Jahrhundert niemand mehr verlieben wird. Wozu soll das gut sein? Schutzpanzergeneration. Insektenwelt. Armee von Rüstungsrittern. Die Liebe: Wie viele Divisionen?

Mittwoch

Straßburg ist wie Amsterdam ohne frei verkäufliche Joints (aber Elsässer Wein ist erlaubt). Ich knabbere Brezeln und denke an Europa. In dieser gotischen Stadt berauscht zu sein ist köstlich; das silbrige Wasser des Kanals spiegelt die Häuser mit den Taubenschlägen und die Overknees der estnischen Huren wider. Das Ambiente im Living Room (Rue des Balayeurs 11) ist ziemlich Straß-bürgerlich. Ich summe *You are my high*, den Hit der eisigen Nacht. Es ist gefährlich, im Sitzen zuviel zu trinken – man spürt die Wirkung erst, wenn man aufsteht. Dann kann man nicht mehr gehen, also setzt man sich wieder hin, und jetzt fangen die wahren Probleme erst an. Ein Sauerkraut später landet man im Aviateurs (dessen Adresse ich vergessen habe). Warum muß man sich immer zwischen Blonden, Brünetten und Rothaarigen entscheiden? Ich will mit einer Blondetten, einer Brünen, einer Bloten ausgehen! Schon 7 Uhr früh; unfähig, einen hochzukriegen. Zu der Uhrzeit gehen die Armen zur Arbeit.

Donnerstag
Eine Amerikanerin hat mich geküßt, dann wälzten wir uns zu einer Platte von Avril Lavigne auf ihrem Bett – die besten Stücke waren die 3 und die 10; heutzutage interessiert sich ja keiner mehr für die Namen, nur für die Nummern, die man per Fernbedienung als Endlosschleife einprogrammieren kann –, sie erzählte mir von ihren Fehlgeburten und ihrer Ehe mit einem Vollidioten, ich biß in ihre gebräunten Schultern und ihre wohlgerundeten Arme, und während ich sie leckte wie eine Icecream, dachte ich: »Paß auf dich auf« – »take care«, und das denke ich immer noch, und es tut mir so leid, daß ich sie nicht nach ihrer Telefonnummer gefragt habe. »Paß auf dich auf.« Diese Amerikaner sagen zu jedem »take care«, trotzdem finde ich es intimer als »I love you«. Paß auf dich auf, denn ich werde dich nie wiedersehen. Traurig sind diese Abenteuer für eine Nacht, aber sehr angenehm. Man wagt Sachen, die man normalerweise erst nach Monaten ausprobiert. Man sagt unanständigere Worte in einer fremden Sprache: »Give me your pussy«, »lick my balls«, »I want your ass«, »swallooooooow!« Die Schüchternheit verfliegt dank der Flüchtigkeit des Augenblicks. Wenn ich gewußt hätte, daß ich das täglich haben kann, wäre ich nicht so stark gekommen.

Winter
Die klare Stille leuchtender Wasser

»Empfindsame Herzen, die Treue nur schlagen,
Wollt ihr die leichtere Liebe jetzt schmähn?
Endet eure herben Klagen:
Ist der Wechsel ein Vergehn?
Zwei Flügel trägt Gott Amor wohl,
Damit er sie benutzen soll!

[»Figaros Hochzeit« von Beaumarchais;
zitiert von Jean Renoir als Motto
seines Films »Die Spielregel«]

Freitag

Du wirst berühmt, um mehr Chancen bei den Frauen zu haben, und dann ist es gerade deine Prominenz, die sie einschüchtert, vertreibt und eine Art unüberwindbares Hindernis bildet zwischen euch. Nur karrieregeile Weiber werden davon angezogen, die auf schäbige Vorteile schielen, vom Neid zerfressene, bösartige Zicken oder komplexbeladene Geisteskranke. Mein letzter Roman steht in den Bestsellerlisten an erster Stelle. Solange ich unbekannt war, habe ich mich nicht getraut, jemanden anzusprechen. Jetzt, wo ich bekannt bin, traut sich niemand, mich anzusprechen. Ich entdecke, daß Berühmtsein einengt, Zwänge auferlegt, das Leben beschränkt: Es ist ein Gefängnis. Man kann sich nicht mehr frei bewegen, nicht mehr spontan handeln. Man muß stets der gleiche sein. Man darf nur noch man selbst sein. Viele Prominente gehen ins Ausland, weil sie es leid sind, sich selbst zu spielen, um ihrem Image zu entsprechen. Berühmt sein heißt beschränkt sein.

Samstag

Pénélope hat ein Telefon, das vibriert. Man müßte ihr einen Vibrator schenken, der klingelt.

Sonntag

Es gibt keine sechsunddreißig Methoden, andere in sich verliebt zu machen. Man muß nur so tun, als wäre es einem total egal. Die Strategie wirkt todsicher. Darin gleichen sich Männer und Frauen: Sie verzehren sich nach den Gleichgültigen. Ich liebe Claire, weil sie nicht einmal mehr so tut als ob: Sie macht sich wirklich nichts aus mir. Oder sollte ich besser sagen: Ich bin ihr aus ganzem Herzen egal? Das ist Liebe: die Person, nach der du dich mehr sehnst als nach allem anderen auf der Welt, glauben zu machen, daß sie dich vollkommen kalt läßt. Liebe heißt, die Komödie der Gleichgültigkeit zu spielen, das pochende Herz zu verbergen, das Gegenteil von dem zu sagen, was man fühlt. Im Grunde genommen ist die Liebe ein Betrug.

Montag

Ich bin ein Vampir: Ich bemächtige mich des Lebens anderer, um es als mein eigenes auszugeben. Ich sauge Existenzen aus. Ich schreibe dieses Tagebuch stellvertretend. Ich muß mich in einer Sex-Entzugsklinik anmelden. Nur weil mein Leiden lächerlich ist, ist es darum nicht weniger real. Ich leide und lasse leiden. Ich komme nicht zur Ruhe. Meine Raserei ist nur zu besänftigen, wenn ich auf der Rückbank eines Taxis den Ledergeruch meiner Jugend atme und »Love is all around« von den Troggs vor mich hin summe.

Dienstag

Preisverleihungsfeier im George V.: The Best. Gunter Sachs unterhält sich mit Régine, die (zum Glück für Brantes) versprochen hat, heute abend keine Ohrfeigen zu verteilen. Die neue Miss France strahlt zu sehr: Man müßte ihr sagen: Ist ja gut, du bist schon gewählt, du mußt nicht mehr ständig grinsen wie ein Honigkuchenpferd. Alexandre Zouari ist auch da; jedesmal, wenn ich ihn irgendwo sehe, fühle ich mich wie in dem Film *Jet Set*: Er spielt in diesem Film mit, seit ich ihn kenne. Organisiert wurde dieses Dîner vom Autor eines Buches, das dem Ereignis seinen Namen gab: Massimo Gargia, von seinen besten Freunden »Greta Garbos Gattin« genannt. Stéphane Bern spottet: »Er hat einen falschen Valentino und eine falsche Liz Taylor eingeladen, und jetzt kommt das Schlimmste: die echte Gina Lollobrigida!«

Ursula Andress verleiht mir das Diplom für Eleganz. Ich heuchle Verblüffung, finde aber diese Auszeichnung absolut verdient. Carole Bouquet ist schamrot, weil sie sich mit dieser Snobiety eingelassen hat. Jemand sagt:

»Sie ist so erotisch wie eine Waschmaschine.«

So ein Quatsch! Im Schleudergang kann man mit einer Waschmaschine sehr viel Spaß haben. Jean-Jacques Schuhl und Ingrid Caven sitzen mit mir am Tisch. (Ob ich in ihrem nächsten Roman endlich vorkommen werde?) Massimo Gargia stellt uns eine hinreißende Brünette vor:

»Nina. Schauspielerin. Italienerin. 22 Jahre. Neu.«

Sie steht oft vom Tisch auf. Entweder sie kokst, oder sie hat eine winzige Blase.

Béatrice Dalle versteckt ihr Tattoo nicht mehr. Sie erinnert sich an mich (ich habe sie für die Zeitschrift *VSD* interviewt). Ich frage sie, wie es ihr geht: »Schlecht«, sagt sie. Ich mag Leute, die mit Hilfe von Höflichkeitsfloskeln um Hilfe rufen. Christine Deviers-Joncour sagt, sie würde gern Theater spielen. »Wie Bernard Tapie?« frage ich. Ups, daran hat sie gar nicht gedacht. Sie wird darüber noch einmal nachdenken. Frédéric Taddei filmt ausnahmsweise niemanden. Wie langweilig: Dann kann man ja sagen, was man will, und tun, was einem einfällt, und es wird nie irgendwo ausgestrahlt! Wenn es nicht aufgenommen wird, sage ich nichts Interessantes mehr. Ich bin übrigens überzeugt davon, daß es auf der Welt sehr still wird, wenn man alle Kameras abschaltet.

Mittwoch

Damit Nina sich nicht bei mir einnistet, behaupte ich, in meinem Bett sei eine Bombe versteckt.

»Sie explodiert um 4 Uhr früh, ich schwör es dir, DU MUSST GANZ SCHNELL HIER RAUS!«

Es hat funktioniert: Sie ist abgehauen. Kaum ist sie fort, vermisse ich ihren Duft. Sie hatte einen Sinn für tiefe Küsse und spannte dabei ihre Zunge so hübsch über meine Zähne. Und es fehlt mir, wie sie ihre falschen Brüste mit dem Laken abwischte und gurrte, als würde sie mir ein Kompliment machen:

»Oscar, you are so selfish ...«

Ich bin echt krank. Es wäre gut, wenn mein Bett WIRK-LICH um 4 Uhr früh explodierte.

Donnerstag

Ich bin ein Lurch. Ich habe den IQ von Wasser. Diese SMS habe ich eben auf meinem Nokia empfangen. Die andere Nachricht war netter:

»Die Ratschlüsse des Herrn sind undurchdringlich, im Gegensatz zu mir. Linda.«

Ich möchte gern lieben, aber das geht nicht auf Befehl. Bin ich vielleicht schon zu alt?

Freitag

Ich suche Gründe, um mich zu beklagen, aber ich finde keine. Das ist doch schon ein Grund.

Samstag

An den Weihnachtsfeiertagen hänge ich total durch. All diese vereinten Familien mit dem Tannenduft. »Le père Noël est une ordure« ... der Weihnachtsmann ist ein Dreckskerl.

Sonntag

Allein in der Bar, bestellt der familienlose Single Wodka. Der Barman antwortet ihm:

»Nimm lieber einen Mojito. Da kann man den Anstieg besser kontrollieren.«

Selbst die kleinen Angestellten fürchten den Absturz.

»Mach dir keine Sorgen: Mein Glas ist in zehn Minuten leer.«

Montag

Um der Angst des Singles vorm Weihnachtsabend zu entgehen, mache ich mich auf in das schönste Hotel der Welt: The Datai auf Langkawi, einer kleinen Insel im Nordwesten Malaysias, gleich unter Thailand. Ein paar vereinzelte entzückende Villen an einem weißen Sandstrand, umrahmt von einem exotischen Wald mit Affen, die Tarzan spielen und dabei kleine, spitze Laute ausstoßen. Alles hier ist von erlesenem Geschmack, außer den Gästen; eigentlich ist es nicht das schönste Hotel der Welt, sondern das für die versnobtesten BoBos. Im letzten Monat waren Jodie Foster und sogar Phil Collins hier. Auch Chirac hat sich hier aufgehalten (allerdings diskreter als im Royal Palm auf der Insel Mauritius). Kaum habe ich mich am Rand des Pools ausgestreckt, wen sehe ich da? Noel Gallagher von Oasis! Seine neue Braut sieht aus wie Meg Ryan. Noel Gallagher in Flip-Flops! Das ist doch ein starkes Stück, da flieht man vor Weihnachten bis ans Ende der Welt und trifft dann doch wieder den Weihnachtsmann.

Dienstag

Ich habe sechzehn Stunden geschlafen. Wenn es heiß ist, kühlt der Tourist sich im Meer ab, aber was tun, wenn es so warm wie eine Badewanne ist? Dieses Paradies wurde mir von meinem Guru Elisabeth Quin empfohlen, die ich kürzlich warnte, sie solle nicht immer den asiatischen Film verteidigen, sonst würde sie noch Schlitzaugen kriegen. Und wissen Sie, zu welcher Entgegnung sie das inspirierte? »Lieber Schlitzaugen als Schlupflider.« Die Erinnerung an ihre Schlagfertigkeit bringt mich zum Lächeln, während ich mein indonesisches Frühstück am Strand verzehre. Zwei Wochen später habe ich die ideale Antwort: »Und ich bin ich kein Nazi, sondern ein Nasi goreng.« Weiche, gelbe Vögel picken von meinem Teller.

Mittwoch
Weiß hingelegt, rot aufgewacht. Ich verbringe viel Zeit damit, in der Sonne zu lesen und dabei Insekten zu töten, die auf mir herumlaufen (rote Ameisen, kleine Sandkrebse, winzige Spinnen, vertrocknete Blätter, die in Wahrheit lebendige Schmetterlinge sind, und sonstige unbekannte Flugobjekte). Noel Gallagher ist abgereist. Schade, so bin ich gar nicht dazu gekommen, ihn zu fragen, was er eigentlich meinte mit: »Babyyyy / You're gonna be the one that saves meee / and after aaaalll / You're my wonderwaaaall.« Was soll das bedeuten: »Du bist die Mauer meiner Träume, die mich retten wird«? Durch einen dieser Zufälle, die das Leben so zauberhaft machen, finde ich die Antwort eine Stunde später in einem Roman von Patrick Besson, *Accessible à certaine mélancolie*: »Er liebte die Frauen nicht, er glaubte an sie. Er war sicher, daß eine von ihnen – eine unter Milliarden – ihn retten würde. Er wollte sie finden, bevor er starb.«

Donnerstag
In französischen Zeitungen lese ich, daß das Codewort, das man nennen mußte, um von Alfred Sirven Koffer voller Banknoten zu bekommen, »Oscar« war. Man brauchte nur bei Elf anzurufen und zu sagen: »Ich brauche Oscars Dienste«, und erhielt ein Päckchen aus Genf. Ich fühle

mich geehrt, als Paßwort gedient zu haben. Aber Sie sollten wissen, daß Sie von mir keinen Cent bekommen! Obwohl ... wenn ich es mir recht überlege ... falls Sie eine hinreißende junge Frau sind, sollten Sie nicht zögern, mir zu schreiben, dann haben Sie vielleicht ein Anrecht auf »Oscars Dienste« ... (Ich habe nie verstanden, warum man immer nur drei Pünktchen machen darf, wo man auch zwölf machen könnte, aus denen noch viel mehr schlüpfrige Andeutungen herauszulesen wären.)

Freitag
Bin immer noch nicht als Geisel in diesem muslimischen Land genommen worden. Das wird langsam beleidigend.

Samstag
Ich liebe den Namen des malaysischen Staatsoberhaupts: Salahuddin Abdul Aziz Shah Alhaj Ibni Ahmarhum Sultan Hishamuddin Alam Shah Alhaj. »Hallo, wie heißt du?« Da sind dem Flirten in Clubs enge Grenzen gesetzt.

Sonntag
Nächste Woche erzähle ich Ihnen von Kuala Lumpur by night ...

Montag
Wenn New York eine aufrechte Stadt ist, dann ist Kuala Lumpur eine fluoreszierende Stadt – mit dem glitzernden Schmuckstück namens Petronas Twin Towers (den höchsten Wolkenkratzern der Welt). Riesige Einkaufszentren versorgen den ganzen Hinteren Orient mit Prada, Gucci, Chanel und Hermès: Die Avenue Montaigne geht rund um die Welt. Im Wind und in der Ra City Bar singt man die echte Céline Dion falsch. Ich trinke ein Singha-Bier zur Erinnerung an Phuket. Draußen verdeckt ein riesiges L'Oréal-Plakat ein ganzes Gebäude: Virginie Ledoyen ist

30 Meter groß. Wissen Sie, wie man »weil ich es mir wert bin« auf malaysisch sagt? »Kerana diriku begitu berharga.« Wen soll ich ins Regent Hotel abschleppen? Die Kellnerin aus dem Back Room oder die Nutte aus dem Liquid Club? Keine von beiden, heute abend komme ich mit einer Französin nach Hause, die gar nicht schlecht ist und Delphine Vallette heißt. Ich fühle mich wie Guillaume Canet in *The Beach* ohne Leonardo diCaprio, der mir womöglich meine hübsche Landsmännin abspenstig machen würde.

Dienstag

Aus Kuala Lumpur nach Paris zurückkehren heißt, ein paar Jahrhunderte zurückdrehen bis zu dem Moment, in dem die restliche Welt das Jahrtausend wechselt. Ich leide unter dieser Zeitverschiebung. Ich weiß nicht einmal mehr, ob ich Guten Tag oder Guten Abend sagen soll. Um mir das Leben zu erleichtern, sage ich »Frohes neues Jahr«. Die Leute scheinen damit zufrieden zu sein; danach kann ich am Tisch einschlafen und wieder die klare Stille der leuchtenden Wasser sehen.

Mittwoch

Ich spüre es nicht, dieses neue Jahr. Kubrick hat es lang und breit erzählt: Es wird Affen geben, einen schwarzen Stein auf dem Mond, walzertanzende Weltraumstationen, einen Computer, der durchdreht, und ein unverständliches Ende. Ich würde mich besser fühlen, wenn wir direkt ins Jahr 4001 übergehen könnten (wenn nicht SCHNELL-STENS jemand das Programm ändert, ist es so gut wie sicher, daß KEINER VON UNS das Jahr 4001 erlebt).

Donnerstag

Ich bin schon wieder zu einem schicken Essen im Hotel eingeladen, Rue des Beaux-Arts, zur Feier eines anderen Oscar (Wilde), der ebendort gestorben ist. Ich entkleide mich in seinem Sterbezimmer und gehe im Bademantel zum Essen. Ich liefere Fotografen verkäufliche Motive. Diese geschenkten Abendessen sind super. Sobald jemand reich wird, bezahlt er nichts mehr. Er geht von kostenlosen Büffets zu gesponserten Partys. Das Geld der Reichen soll auf gar keinen Fall ausgegeben werden, das wäre zu einfach. Man erkennt einen Reichen im Restaurant daran, daß er der einzige ist, der die Rechnung nicht bezahlt (entweder, weil er vom Pressesprecher eingeladen wurde, damit sein Foto in der *Gala* erscheint, oder weil ihm der Laden gehört).

Freitag
Ich bin der Don Juan der Boulevardpresse, der Casanova der Prisma-Gruppe. Mein Problem besteht darin, daß ich mich verliebe, sobald ich blau bin. Die Liste der Damen, in die ich zur Zeit verliebt bin: Louise, Caroline, Alexandra, Laetitia, Léa, Nicole, Eva, Sabine, Nina, Elena. »Warum sollte man selten lieben, um stark zu lieben?« fragte Albert Camus im *Mythos des Sisyphos*.

Samstag
Das Over Side in der Rue du Cherche-Midi 92 ist der neue In-Swingerclub. Eine Art Castel des 3. Jahrtausends. Die Mädchen sind jung und süß, die Typen ungefähr einunddreißig (zufällig ist heute der 13.). Es ist wie eine Nobeldisco, nur daß die Leute hierher nicht zum Tanzen gehen, sondern zum Poppen. Ohne Kleidung ist es noch schwieriger, elegant zu sein. Thierry Ardisson findet die richtigen Worte:
»Im 21. Jahrhundert werden aus dance floors fuck floors.«

Sonntag
Ich werde von Lesern gefragt, warum Oscar Dufresne berühmt ist. Was macht er eigentlich? Nur seine Bücher? Woher hat er seine NK (Neue Kohle)? Warum bitten Pas-

santen ihn um Autogramme? Ich antworte, daß Menschen in dieser neuen Welt von heute auf morgen reich und berühmt werden, weil sie prominent sind. Ich muß mich nicht rechtfertigen, ich verkörpere die Ungerechtigkeit.

Montag

Liebe verändert das Wetter. Es regnet, du bist deprimiert, du läßt die Namen auf deinem Handy Revue passieren. Plötzlich stößt du auf den Namen der Frau, an die du gerade gedacht hast, drückst die grüne Taste und sagst ihr aufs Band: »Ich habe gerade an dich gedacht«, und plötzlich scheint die Sonne hinter den Wolken, die Vögel zwitschern im Regen, und du wirst ganz und gar gaga, du deutest einen Tanzschritt an, grinsend wie ein besserer Gene Kelly, und die Passanten stehen fassungslos da ... Es kann minus 12 Grad haben, aber du glühst vor Hitze, weil du ihre Stimme auf dem Anrufbeantworter gehört hast.

Dienstag

Ein Typ hält mich auf der Straße an, um mir zu sagen, daß ich nette Sachen schreibe. Ich bedanke mich, ein paar Schritte weiter denke ich darüber nach und sage mir, daß das mein Problem ist: daß ich nette Sachen schreibe. Wann werde ich etwas Schönes schreiben?

Mittwoch

Alle regen sich über den unlesbaren Thomas Pynchon auf. Phony! Ich muß an die drei Sorten Menschen denken, die Holden Caulfield in JD Salingers *Fänger im Roggen* trifft: »bastards«, »jerks« und »phonies«. Die Menschheit unterteilt sich in diese drei Kategorien: Ärsche, Deppen und Angeber. Sie lassen sich auch kombinieren. Ich bin davon überzeugt, daß Salinger über uns wacht und sich oft eins grinst in seiner Hütte in Cornish, Massachusetts (noch ein amerikanischer Eremit). Salinger verdient einen Orden.

Donnerstag
Als Ali, dem legendären Zeitungsverkäufer, die Verkaufs-
argumente für *Le Monde* ausgehen, brüllt er:
»Heinrich IV. von Ravaillac ermordet!«
Plötzlich stürzen sich alle auf ihn, und bald ist der ganze
Stapel verkauft.

Freitag
Ein paar modische Abkürzungen aus dem Veranstaltungs-
programm des Queen:
DVD: Diors verführerische Dekolletés
GKR: Ganzkörperrasiert
DMA: Der Morgen after
BDS: Bar der Strapse

Samstag
Geburtstag von Thierry Ardisson im Chandelles (ein über-
heizter Swingerclub, damit alle Besucherinnen schnell aus
den Klamotten kommen). Ich fasse eine schrecklich bunt
schillernde Blondine ins Auge.
»Wie heißt du?«
»Elsa. Das schreibt sich wie Zelda, nur ohne Z am
Anfang und einem S statt dem D.«
»Just call me Scott. Weißt du, daß ich dich gleich fressen
werde?«
»Das will ich hoffen ...«
»Das Chandelles ist wie das antike Rom, aber nicht so
romantisch.«
»Ich bin im Rock gekommen, weil das den Zugang
erleichtert«, sagt Elsa. »Hat hier einer 'n chewing gum?«
(Das ist das Codewort für Präservativ.)
Sie nimmt meine Hand und führt mich ans Ende des
Flurs. Einige (peinliche) Augenblicke später:
»Was ist? Bist du impotent?«
»Nein, verliebt.«

Sonntag

»Alle Frauen, die mich entflammen könnten, sind leider ausgegangen.« Ich bin sauer, daß der Satz der Woche nicht von mir ist, sondern von Moix.

Montag

Ich beschließe, ein Anti-Hipness-Programm zu erfinden, das den Grundstein für eine neue Hipness legen wird. Ich läute die Sonderwoche »Das einfache Frankreich« ein. Heute beispielsweise bin ich auf ein Glas ins Balto gegangen, eine verrauchte Kneipe an der Porte de Clignancourt. Ich habe sogar ein Rubbellos abgerubbelt, aber nichts gewonnen. Nicht vergessen: einen neuen Literaturpreis fürs nächste Jahr gründen, den »Prix Balto«. Beim Gehen achte ich darauf, daß der *Parisien* aus meiner Tasche schaut. Am Kiosk habe ich *Djihad* gekauft, das neueste SAS-Produkt.

Dienstag

Ludos Frau, die ihn nach einem Streit verlassen hat, ist zurückgekommen. Jetzt ist Ludo angeschmiert: Er hat gerade dank meiner Hilfe die Freuden des Singledaseins wiederentdeckt. Man kennt das ja: eine gewonnen, zehn verloren. Ansonsten war ich mit Ann Scott, die von meinem superschicken Antischick-Konzept ganz begeistert ist, am Gare du Nord ein köstliches Kebab essen. Ich mit weißer Sauce, sie mit Harissa. Ich liebe Frauen, die Harissa mögen. Es rührt mich. Sie hat dreimal nachgenommen, während mir schon vom Hinsehen das Wasser in die Augen schoß.

Mittwoch

SAS ist wirklich großartig. De Villiers hätte den Balto-Preis verdient. Abends Soirée Catherinettes im Centre Espagnol von Belleville. Passend zum Altjungfernfest trage ich eine weiße Hose und weiße Westernstiefel. Der DJ legt *Il tape sur les bambous* von Philippe Lavil auf. Slow mit einer Kosmetikerin aus Garches zu *L'Été indien*.

Donnerstag
Abendessen im Kamukera, einem afrikanischen Klasserestaurant unter der Leitung von Ketty, einer ehemaligen »Claudette«. Wir schwelgen eine Weile in der Erinnerung an Claude François und sind wie elektrisiert, als wir das Restaurant verlassen. Neo-Schick verpflichtet, also lieben wir uns zum Soundtrack von *Midnight Express* von Giorgio Moroder.

Freitag
Ich würde gern wüst mit Tanis füßeln. Statt dessen halte ich schüchtern ihre Hand.

Samstag
1 SVS (Schöne Vollbusige Sexsüchtige), 1 VISA (Verderbte Indonesierin Sine Apriori), 1 SPA (Süchtige Porno-Aktrice), 1 HB (Heiße Blondine), 1 SSSV (Schamlose Schnell Schluckende Vagabundin) kennengelernt. Schnell aufgerissen und abgekürzt. Wir leben in einer Welt der Abkürzungen. Dann Pharma-Abend im Festsaal von Nogent-le-Rotrou. Eine gewisse Manuela verarztet meinen Spleen. Kaum bei ihr, fühlte ich mich nur noch in ihr zu Hause. Beim Aufwachen festgestellt, daß sie häßlich war. Man nennt den Orgasmus einen kleinen Tod, weil man danach nie wieder aufwachen sollte. So ist es eben: Manchmal machen wir alle Liebe, und manchmal macht uns die Liebe alle.

Sonntag
Nicht Claire fehlt mir, mir fehlt das Fehlen von Claire aus der Zeit, da sie mir noch nicht fehlte. Abwesenheit ist

nichts anderes als eine Überdosis Leere. Was ich am Leben im allgemeinen kritisiere, ist meine Existenz im besonderen. Ich wollte mit meiner schicken Antischick-Woche angeben und muß erkennen, daß Anti-Nichts wieder Nichts ist.

Montag
Montréal ist New York auf Französisch. Ein ultramoderner Ameisenhaufen, Hyperfashion, total hype und underground im wahrsten Sinne des Wortes (bei −20°C leben wir unter der Erde). Québec ist Frankreich in zehn Jahren. Selbst den komischen Dialekt der Eingeborenen vergißt man schnell, und das patriarchalische Gebaren des arroganten Parisers verwandelt sich in einen Minderwertigkeitskomplex. Es ist klar, daß die frankophonen Kanadier den einzig intelligenten Widerstand gegen die Amerikanisierung leisten: Sie behalten, was ihnen an diesem Kontinent gefällt (Schnelligkeit, Effizienz und Technologie) und schmeißen den ganzen Rest weg (Käuflichkeit, Anglizismen und Roch Voisine).

Dienstag
Ich trinke Portwein im Sofa (Rachel West 451), umringt von jungen Frauen, die in Gefahr sind, sich den Nabel zu verkühlen. Draußen herrscht Eiseskälte, und sie müssen ihre zu kurzen T-Shirts anziehen. Später, wenn ich in meiner Suite im Reine Elizabeth eingeschlafen bin, werde ich von niesenden Nabeln träumen. (Ich sollte mich ein bißchen bremsen mit dem Kraut von Maurice G. Dantec: zuviel THC.)

Mittwoch
Hier nennt man Frauen, die Männer anmachen, Nervtöterinnen. Es ist doch immer der gleiche Schmerz: der Schönheit ins Gesicht zu sehen, und sie schaut weg. Wie

schade um all den Schnee, der nicht schmilzt. Das beste Mittel, ein hübsches Mädchen loszuwerden, ist, es zu poppen. Die Québecer haben recht: Die Anmacherinnen nerven uns, und das Problem ist, daß wir diese Nervensägen so begehren.

Freitag
Abendessen im Continental mit Isabelle Maréchal, einer Fernsehmoderatorin mit dem Aussehen von Ophélie Winter und dem Hirn von Anne Sinclair, die auf Christine Bravo macht. Charmant, aber zuviel um die Ohren, um noch mitzukommen, als Herby, Felipe und ich uns auf unsere nächtliche Inspektionsrunde begeben: Sofa, Living und Jai Bar, wo wir gegen 3 Uhr morgens rausfliegen (einer der wenigen Fehler Québecs ist die Sperrstundenregelung, die sie von den Briten übernommen haben).

Samstag
Mein Geheimnis? Ich tue so, als würde ich schreiben, und weil ich dann schon dabei bin, schreibe ich wirklich.

Sonntag
Claire hat mir geschrieben:»Ich werde mein ganzes Leben auf dich warten, sofern du mich sofort zurückrufst.« Aber es ist zu spät, ich erinnere mich lieber an unser gemeinsames Leiden, als unsere unmögliche Leidenschaft in unverträgliche Liebe zu verwandeln. Ich lebe in Hinblick auf meine Zukünftige. Deshalb muß ich so oft wechseln: Ich suche keine neue Frau, sondern die letzte. Ich weiß, daß irgendwo eine Frau, die ich noch nicht kenne, auf mich wartet.

Montag
Zwanzig Jahre später das Gefühl wieder haben, das in mir die Stücke von Elton John auslösten, als ich fünfzehn war:

Friends, Border song, Tiny dancer, Skyline pigeon, Mona Lisa and Mad Hatters, Levon, Grey Seal, I need you to turn to, This song has no title, Goodbye yellow brick road, Sixty years on, Michelle's song, Into the old man's shoes, We all fall in love sometimes, Pinky – die schönsten Melodien meines Lebens. Der Leser, der diese Stücke aus den Siebzigern nicht kennt und Elton John bloß für irgendeinen Fettkloß mit lächerlicher Brille im englischen Show-biz hält, wird gebeten, dieses Buch umgehend zuzuklappen. Ich saß oft stundenlang allein in meinem Zimmer vor den mit grünem oder blauem Stoff bespannten Wänden und sah, wie sich die Platten meiner Mutter auf dem Teller drehten – sie kratzten noch nicht so wie heute –, und mir wurde warm im Bauch, ich war glücklich und unglücklich zugleich und in alle Mädchen am Lycée Montaigne verliebt … Ich bin ein sexbesessener Romantiker. Das ist durchaus miteinander vereinbar, wie man an mir sieht, außerdem liege ich oft barfuß und weinend auf meinem Bett.

Dienstag
Die drei Sätze, die man sagen muß, um sich zu trennen: »Ich verlasse dich«, »Mit uns ist es aus« und »Ich liebe dich nicht mehr«. Solange sie nicht ausgesprochen sind, ist noch alles möglich. Man kann sich anbrüllen, soviel man will, und sich alles mögliche an den Kopf werfen. Aber an dem Tag, an dem diese Sätze gesagt sind, ist es vorbei; sie wirken wie ein Schnappschloß – man kann nicht mehr dahinter zurück. Es sind Paßwörter für die Sackgasse: das »Sesam, schließe dich!« der Liebe.

Mittwoch
Die Erde hat sechs Milliarden Einwohner, davon 3,5 Milliarden Frauen. Wenn man annimmt, daß auf 1 000 Frauen eine Granate kommt (eine sehr pessimistische Schätzung), ergibt das 3 500 000 hinreißende Frauen auf der Welt, für

die jeder Heterosexuelle ohne zu zögern sein Leben geben würde. Von diesen 3,5 Millionen sind vielleicht hundert Filmstars und weitere hundert Topmodels, was einen Rest von 3 499 800 unbekannten atemberaubenden Schönheiten für uns ergibt. Um mit allen zu schlafen, habe ich errechnet, müßte man 1000 Jahre lang zehnmal täglich poppen. Verteilt man diese Zahl allerdings auf 2,5 Milliarden geile Kerle, dann kommt man auf einen Prozentsatz sexueller Befriedigung von 3 499 800 geteilt durch 2 500 000 000 = weniger als eine Chance auf tausend. Mathematisch betrachtet werden also 999 von 1000 männlichen Erdbewohnern von der Diktatur der Schönheit frustriert. Nicht umsonst nennen wir sie Granaten oder Sexbomben: Jede Femme fatale ist eine potentielle Dicke Bertha!

Donnerstag
Ich bekomme alles in zu jungen Jahren, und alle sind mir deswegen böse. Wie der arabische Scheich in der Renault-Clio-Werbung klopfen sie mir auf die Schulter und sagen: »Später, mein Sohn!«

Freitag
Mein Gott, ich bin nicht würdig, daß du eingehst unter mein Dach, aber sage nur ein Wort, und ich werde sauer.

Samstag
Um Laetitia aus Lille zu ärgern, sage ich, daß ich mit einer anderen ins Bett gehen und dabei an sie denken werde. Sie lächelt zärtlich – sosehr ich mich auch bemühe, nichts an mir kann sie zur Verzweiflung bringen – und sagt mit ihrer zuckersüßen Stimme:
»Es ist mir lieber, wenn du mit ihr poppst und dabei an mich denkst, als daß du mich poppst und dabei an sie denkst.«

Sonntag
Jean Eustache hatte recht: Man sucht eine Mama und eine Hure zugleich. Aber die Frauen sind genauso: Sie wollen einen Papa und einen Gigolo.

Montag
Peinlich: an einem stark besuchten Ort auf eine Frau zu warten, mit der man verabredet ist (hoffnungsvolle Blicke auf Unbekannte, die das Café betreten, sich nach jeder Enttäuschung zwanghaft kämmen und trotz alledem den Anschein von Würde wahren). Auch peinlich: am selben Ort keine Verabredung zu haben, auf die man wartet. Das einzige, was schlimmer ist, als versetzt zu werden, ist, daß einen niemand versetzen könnte.

Dienstag
Claire getroffen – große Enttäuschung. In der Erinnerung war sie sehr viel schöner, und ich liebte sie sehr viel mehr; ich habe jede Sekunde mit ihr genossen (mit ihr waren die Sekunden länger als Sekunden). Und da auf einmal, pffft, war die Magie verpufft, wirkte der Zauber nicht mehr. Wir hatten uns aus Trägheit, Stolz und Angst vor dem Leiden voneinander entfernt, nun waren unsere Gefühle vergessen und nicht mehr wiederzubeleben. Ich sah bloß eine hysterische Rothaarige mit schlaffen Brüsten, ordinären Klamotten und zuviel Schminke. Nur das Schmetterlings-Tattoo auf ihrem Bein überzeugte mich, daß es wirklich die war, nach der ich mich noch vor ein paar Wochen wie ein Wahnsinniger gesehnt hatte. Ich mußte an das denken, was Paul-Jean Toulet in *Meine Freundin Nane* schrieb: »Denn er wußte auch, daß es ein unverzeihlicher Frevel ist, ein Verhältnis mit einer Frau nach langer Unterbrechung wiederaufzunehmen. Das ist, als wenn man einen Jurançon-Wein offen stehenläßt, nachdem man davon gekostet hat: Er verliert sein Bukett und ist bald nur noch

eine schale topasfarbene Flüssigkeit.« Das ist eine der grausamsten Wahrheiten, die je über das Entlieben geschrieben wurden, die lauwarm gewordene Leidenschaft, der bräunlich verfärbte Grand Cru. Das Ende der Leidenschaft ist immer ein Sakrileg, eine Todsünde der Unterlassung. Wenn man die Person verachtet, die man einmal geliebt hat, verunglimpft man sich selbst.

Mittwoch
Sie hat mich angeschrien:
»Du wirst einsam verrecken wie ein Stück Scheiße!«
Ich habe ihr geantwortet:
»Besser einsam verrecken als *mit* einem Stück Scheiße verrecken!«

Donnerstag
Pénélope ruft mich an, um mir zu sagen, daß sie endlich glücklich war, letzten Samstag von 21.17 Uhr bis 21.42 Uhr. Ich flehe sie an, es mir nicht zu erzählen. Ich bin gegen das Glück. Man müßte Demos gegen glückliche Menschen organisieren. Schweigemärsche, auf denen alle Depressiven mit hängenden Mundwinkeln mitlaufen und Transparente hochhalten: »Nein zur Lebensfreude!«, »Stoppt das Glück!«, »Hedonismus, nein danke!«
Ich hätte mich mit Pénélope zusammentun sollen, als sie mich noch wollte. Sie ist schalkhaft und wunderschön. Mir war nur ihr Busen zu klein. Und dann hat sie noch mit Ludo gefickt, ohne es mir zu sagen. Blöde Kuh! Hätte sie mir das erzählt, es hätte mich total erregt. Darüber hätte ich glatt den kleinen Busen vergessen!

Freitag
Gestern abend hat mein Freund Guillaume Rappeneau irgendeinem Trottel, der ihn nach seiner E-Mail-Adresse fragte, geantwortet: Rappeneau@fickdichinarsch.com.

Daraufhin allgemeine Schlägerei, blaue Flecke für jeden und eine Runde Blutergüsse.

Samstag

Ludo ist traurig.

»Warum bist du traurig?«

»Ich habe meine Geliebte verlassen.«

»Ach so, und hast du jetzt eine neue Geliebte?«

»Ja klar, wozu bin ich sonst verheiratet?«

»Und warum hast du sie dann verlassen?«

»Weil sie zu stark parfümiert war.«

»Hä?«

»Ähm ja, also immer wenn ich nach Hause kam, hat meine Frau mich beschimpft, da habe ich lieber Schluß gemacht.«

Mesdames, Mesdemoiselles, verehrte Leserinnen: So Ihr Geliebter verheiratet ist, haben Sie Mitleid mit seiner Frau, und tragen Sie keine schweren Parfums. Nicht »Coco«, nicht »Poison«, nicht »Obsession« und auf keinen Fall »Rush«. Seien Sie barmherzig! Herzlichen Dank im voraus im Namen der Gatten und Gattinnen.

Sonntag

Es ist übrigens ganz leicht, alles kaputt zu machen, wenn man sich mit jemandem wohl fühlt. Man braucht nur zu sagen: »Ich liebe dich.«

Montag

Ich lerne lauter junge Idioten kennen, die sich »keinen Kopf machen« wollen. Während ich, wenn ich es mir recht überlege, mit meinen fast vierzig Jahren (und also bald ausgemustert) ausschließlich daran Vergnügen finde, mir »einen Kopf zu machen«: auseinanderzupflücken, was in meinem Scheißleben nicht rund läuft, und die Welt rundherum wieder zusammenzuflicken. Wer existieren will, muß sich »einen Kopf machen«. Um damit gegen die Wand zu rennen. Descartes würde heute sagen: »Ich mache mir einen Kopf, also bin ich.«

Dienstag

Ludo erwartet ein zweites Kind! Die Sterbensmiene, mit der er mir das verkündet, geht mir auf die Nerven.
»Das ist das typische Eheproblem: Ficken ohne Gummi. Scheiße, mußt du den ganzen Planeten bevölkern?«
»Ach, laß mich in Ruhe, ich bin zufrieden! Es ist wunderbar, Kinder zu machen.«
Das glaube ich gern. Vor mir spielt er immer den Unglücklichen (um mir eine Freude zu machen), aber im Grunde seines Herzens ist er begeistert. All diese Nachkommen schmeicheln doch seiner Männlichkeit. Ich gehe zum Gegenangriff über:
»Hast du gesehen, wie sie ihre kleinen Fingerchen recken? Das sind die Invaders, sie schleichen sich bei uns ein und unterwandern uns, um uns von unserem Platz zu verdrängen!«
»Das verstehst du nicht. Wenn sie dir ihre Händchen entgegenstrecken … ach, da, da verblödet man richtig, das schwör ich dir … Was ist nur über mich gekommen, mit meiner Frau zu schlafen?«
»Das ist auch gefährlich! Das macht doch heutzutage keiner mehr!«
»Kennst du den Witz von dem Kerl, der mit seiner Frau nach Lourdes gefahren ist?«
»Nein.«
»Nun, es gab kein Wunder: Er ist noch immer mit ihr zusammen.«
Das mag ich an Ludo am liebsten: Er erzählt immer Drei-Uhr-morgens-Witze vor dem Abendessen.

Donnerstag
Es war eine Zeit, in der der Schotter in Strömen durch
die kapitalistischen Lande floß. Man mußte nur in die
Knie gehen, um ihn aufzuheben. Glücklicherweise gab
es ein paar Leute, die sich weigerten, in die Knie zu gehen.

Freitag
Gestern abend hat Ann Scott mich auf originelle Weise
angepupst:
»Es ist mir wirklich unangenehm, wenn du meinet-
wegen fünf Mädchen sitzenläßt.«
Solche Tage gibt es. Am Anfang hatte sie eine Nachricht
auf meinem AB hinterlassen, und als ich zurückrief, war
ihre Mailbox dran. Sie erwiderte meinen Anruf, doch da
war ich in einer Besprechung und nicht zu erreichen. Wieder hinterließ sie ihre Handynummer auf meiner Mailbox.
Als ich zurückrief, war ihr Handy abgestellt. Auf meine
SMS schrieb sie mir eine Antwort, und als sie mich anrief,
wurden wir unterbrochen, weil ich gerade in einen Tunnel
fuhr. Wir haben andauernd unsere Nummern eingegeben
und uns den ganzen Tag lang verpaßt. Ich stelle mir lieber
vor, daß wir einander nachgelaufen sind.

Samstag
Was ist so toll daran, ohne Gummi zu poppen? Weil man
die beiden größten Risiken eingeht: Leben zu schenken
und sich den Tod zu holen.

Sonntag
Wenn man mit sehr vielen Frauen schläft, ist es eigentlich
immer dieselbe. Sie ändert nur ihren Vornamen, die Haut,
die Größe, die Stimme. Haarlänge, Brustumfang, die
Schamhaarrasur, die Farbe der Unterwäsche wechseln.
Doch man sagt immer die gleichen Sätze, treibt immer die

gleichen Dinge, macht immer die gleichen Handgriffe in immer der gleichen Reihenfolge: »Du riechst gut ... komm näher, komm ... ich hab Angst vor dir ... ich bin so geil auf deine Lippen ... laß mich dich lecken, schnell, ich kann nicht mehr ... oh mein Gott, danke, du machst mich so glücklich ... du gefällst mir wahnsinnig ... es ist wie ein Traum ... wir machen einfach weiter, die ganze Nacht, das ganze Leben ...« Jeden Abend sagt man all diese Sätze zu einer anderen Frau, und sie werden jedesmal mit dem glückseligen Blick eines Kindes, das ein Geschenk auspackt, empfangen. Der Wechsel führt zur Wiederholung. Nur wenn man mit der gleichen zusammenbleibt, wird paradoxerweise das Neue möglich. Die Don Juans sind phantasielos. Casanova, denkt man, leistet Schwerstarbeit, dabei ist er nur faul und macht sich möglichst wenig Mühe. Man wechselt die Frau, ändert sich selbst aber nicht. Bleiben erfordert ein größeres Talent.

Montag
Armer Balthus – Charles Trenet hat ihm seinen Tod gestohlen. Wie Edith Piaf 1963 Jean Cocteau. Man muß schon aufpassen, daß man nicht zur gleichen Zeit stirbt wie ein Chanson-Star. Das sind die Toten, die einem das Ruhekissen der Titelseiten unterm Arsch wegziehen. Ich möchte nicht am selben Tag wie Johnny Hallyday das Zeitliche segnen.

Dienstag
Abendliche Tour durch die Hotelbars der Rue de Rivoli, ausgehend vom Crillon: Intercontinental, Costes, Vendôme, Ritz, Meurice, Régina. Kaum einer kommt bis zum Régina (nur ich, ganz allein, ich habe gewonnen... äh, was eigentlich?). Einen blasen lassen von einer Hure, die sich gleich darauf übergeben hat. Ob da einen ursächlicher Zusammenhang bestand? Das war im Keller einer einschlägigen

Bar im VIII. Arrondissement. Ich hatte in einen Präser gespritzt, sie nahm ihn vorsichtig aus dem Mund, stand auf und ging zur Toilette, ich hörte sie hinter der Türe husten, bevor sie die Spülung betätigt hat. Sie war sicher Anfängerin, denn sie küßte sehr zärtlich. Betreten zog ich mich wieder an. Ich hätte meine Geldscheine aus ihrer Handtasche nehmen können, die Arme hätte sicher nichts gemerkt, sie war vermutlich noch besoffener als ich. Ich habe den Champagner bezahlt und bin gegangen, ohne mich zu verabschieden (ich war ein bißchen böse auf sie, glaube ich, weil sie gekotzt hat, nachdem sie mich geküßt hat). Warum sind wir so widerlich? Verirrte Wesen auf der Erde. Im Taxi spielte das Radio bei Tagesanbruch: »Was bleibt von unseren Lieben?«, und ich glaube, ich habe ein bißchen geweint und der Fahrer auch (ein Trenet-Fan). Wir sahen sicher sehr geistreich aus, wir zwei.

Verlorene Wesen

Im marmornen Morgenlicht

Am Ufer der Seine

Ich schluchzte, weil mir zutiefst bewußt war, daß dieses Mädchen mir etwas Unbezahlbares gegeben hatte.

Mittwoch

Immer nur flüchten, wegrennen, ohne Unterlaß. Und dann eines Tages stehenbleiben, um jemandem in die Augen zu schauen und zu sagen: Du bist es, dich brauche ich wirklich. Und es zu glauben. Es wäre schön, dann nicht zu lachen, sich ein wenig zu fürchten und Gefahren auf sich zu nehmen. Lächerliche Sachen zu machen wie Blumen schenken, wenn nicht der 14. Februar ist, oder poppen, ohne besoffen zu sein.

Donnerstag

Der »Wollfilz«-Trend ist wieder stark im Kommen, weil Elodie Bouchez im Kultfilm *Too much flesh* ein dichtbewach-

senes Geschlecht entblößte. Plötzlich rasante Rückkehr
der Haartracht bei Nachtschwärmerinnen. Adieu »Kojak-
Muschi«, jetzt ist »Muschi à la Barry White« angesagt!

Freitag

Ich stagniere gefühlsmäßig.
   In Amerika sagen Menschen in meiner Situation:
   »I am in a transitional stage.«
   Ob ich da je wieder herauskomme? Womöglich dauert
die Übergangsphase bei mir das ganze Leben.

Samstag

Einweihung des Pacha in Brüssel. Die berühmte Ibiza-
Disco eröffnet eine belgische Zweigstelle (Rue de l'Ecuyer
41) in Anwesenheit von DJ Pippi. Dort lerne ich eine Flo
kennen, die Mojitos trinkt. Sie erklärt mir ein paar hübsche
idiomatische Ausdrücke. So sagen die Brüsseler zu einer
Sexbombe »Top-Torte«, und bummeln heißt bei ihnen
»krusteln«. Flo weigert sich, ins Jeux d'Hiver zu gehen (das
belgische Ledoyen):
   »Sind dort Top-Torten?«
   »Nein, nur Knaller (der hiesige Ausdruck für Spießerin-
nen). Die Kellnerinnen sind okay, aber viel zu beschäftigt.«
   Ich untersuche weiterhin die Clubbisierung der Welt.
Draußen ist es frisch heute abend, das Licht traurig, wie
vom Wind verschlissen. Ich führe dieses Tagebuch auch
als Zeugnis für künftige Generationen: Seht, wie wir
Anfang des 21. Jahrhunderts gelebt haben; das waren
herrliche Zeiten, in denen wir eure Lebensbedingungen
ruinierten.

Sonntag

Ich glaube, ich weiß jetzt endlich, was nicht stimmt: Ich
möchte ein Held sein. Ganz vorn am Bug der *Titanic* stehen
und rufen: Ich bin der König der Welt. Ich möchte Schier-

ling trinken, Weltreiche erobern, das Antlitz des Sonnensystems verändern oder Danone stürzen. Ich wünschte, mir würden epochemachende Ereignisse widerfahren, dabei ist mein Leben eine Aneinanderreihung von Anekdoten. Der Zugang zur Welt ist verriegelt, und ich habe keine Macht über sie.

Montag

Die neuen Technologien verwandeln die Sprache immer schneller. In wenigen Monaten SMS hat sich die Sprache weiterentwickelt als mit Louis-Ferdinand Céline, Raymond Queneau und Pierre Guyotat zusammen.

»bidunowa?« (Bist du noch wach?)

»wobidu?« (Wo bist du?)

»dubido« (Du bist doof!)

»gn8« (gute Nacht)

»mfg« (mit freundlichen Grüßen)

»ild« (Ich liebe dich)

»xxx4U« (Küßchen für dich)

Worauf wartet die Akademie, warum aktualisiert sie ihr WB nicht?

Dienstag

Der Große Preis für den Satz der Woche geht an Frédéric Botton:

»Mein leer ist Glas.«

Das war in der Mathis Bar, und ich dachte, ich mag wirklich alle Frédéric B's. (Botton, Badré, Berthet ...)

Mittwoch

Ich bin verloren, aber keiner merkt was, weil ich dabei gut aussehe. Alles, was mir bleibt: meine Fähigkeit zu staunen. Die Schriftstellerei ist kein Beruf, sondern eine Suche. Man muß das Normale staunend und den Wahnsinn in aller Ruhe betrachten.

Donnerstag

Anna Gavaldas einziger Fehler ist, daß sie die Haare kurz trägt; alles andere gefällt mir. Wir vergleichen unser Leben und hören auf einmal zu essen auf. Sie trinkt Cola und läßt sich scheiden. Das habe ich in ihrem Alter auch getan. Irgendwer hat uns im Kambodgia erkannt, ich werde trotzdem die Rechnung bezahlen. Sie findet die Lösung für all meine unerfüllten Wünsche:

»Das ist doch ganz einfach, Oscar, du brauchst nur Bromid zu nehmen!«

So würde mein Leben zu einem langen, von sexuellen Pflichten befreiten Militärdienst.

Freitag

Die einzige Frage, die sich ein Single stellt:

»Mit wem schlafe ich heute abend?«

Die einzige Frage, die sich ein Ehemann stellt:

»Mit wem schlafe ich heute nachmittag?«

Samstag

Neulich bei Ludo vorbeigeschaut, um ihn anläßlich des Geburtstags seiner Tochter seelisch zu unterstützen. Die Kinder brüllten so laut, daß wir uns ins Bad verzogen, um Shit zu rauchen. Das Problem war, daß seine zweijährige Tochter uns gesehen hatte und unbedingt mitwollte in die VIP-Ecke (wo wir auf dem Wannenrand saßen und um unsere Jugend trauerten, die sich in Rauch aufgelöst hat), doch wir blieben hart, obwohl sie einen Schreianfall bekam und mit den Fäusten gegen die verschlossene Tür trommelte. Nach einer gewissen Zeit schrie Ludo schließlich zurück:

»Jetzt ist Schluß, Sophie! Wenn du so weitermachst, steck ich dich wieder in deine Mutter!«

Aus welchem Grund meint ein Mensch, sich alles erlauben zu dürfen, bloß weil er zwei ist?

Sonntag

Ich bin wichtig. Innerhalb einer Woche habe ich Jean-Claude Trichet (dem Chef der Bank Frankreichs) vorgeschlagen, alles hinzuschmeißen und einen Bauernhof im Larzac aufzuziehen, Marc Lambron mit einer Flasche Wein begossen, mit Georges Moustaki und Kiraz (nicht gleichzeitig) gegessen, mit Alain Souchon und Bernard Frank (auch nicht gleichzeitig) gegessen, mit MC Solaar und Tina Kieffer (gleichzeitig) gerappt. Oscar Dufresne spricht von sich in der dritten Person, bei ihm sind alle Sicherungen durchgeknallt. Oscar ist groß, so sei es.

Montag

Woran erkennt man einen guten Nachtclub? An den Toiletten, wenn dein Finger über den Klopapierhalter fährt und davon weiß wird und dein Zahnfleisch taub, nachdem du den Finger draufgelegt hast.

Verdächtig wird es, wenn du anfängst, mehr Zeit auf dem Klo zu verbringen als an der Bar. In manchen Clubs kann ich dir die Toiletten besser beschreiben als die Tanzfläche.

»War ein gelungener Abend gestern.«

»Ja? Wo warst du?«

»War die ganze Nacht auf dem Klo, hab gesnifft, getrunken, geniest und gerülpst.«

»Ah, okay, du weißt genau, wie man sich amüsiert.«

Dienstag

Zutaten: 2 Flaschen Bordeaux, 2 Gramm Koks, 1 Flasche Absolut. Mischen Sie alles in Hirn und Magen. Sagen Sie irgendwas zu irgendwelchen Wichsern und gehen Sie dann nach Hause, um festzustellen, dass Sie kein Stilnox mehr haben. Schlafen Sie nicht ein! Starren Sie die ganze Nacht die Decke an und bedauern Sie, auf der Welt zu sein (Rezept für einen Sisyphos der Nacht).

Mittwoch
Arielle Dombasle verrät mir das letzte Geheimnis der Verführungskunst. Den Satz, mit dem man jedwedes Geschöpf an jedwedem Ort der Welt abschleppen kann, wenn es sich langweilt und schweigend dasitzt. Erst wirft man ihm ein paar samtige Blicke zu, dann nähert man sich und flüstert ihm ins Ohr:
»Sie wirken so abwesend, sehen aber alles.«
Anscheinend klappt das. Ich traue mich Arielle nicht zu fragen, ob Bernard-Henri Lévy sie so rumgekriegt hat …
Muß aber gestehen, daß ich, praktisch gesehen, doch eher der Methode von Pierre Bénichou vertraue:
»Wie wär's mit einer kleinen Spritztour im Mercedes?«

Donnerstag
Die Stewardeß aus der Rue Princesse getroffen. Ich nenne sie so, weil sie tatsächlich diesen ehrenwerten Beruf ausübt (bei der Air France), aber auch, weil sie ab einer gewissen Tageszeit dazu neigt, das Castel mit einer Boeing 747 zu verwechseln und uns mit den Sicherheitsvorkehrungen vertraut macht:
»Unser Flugzeug hat 6 Notausgänge; 2 im vorderen, 2 im mittleren und 2 im hinteren Teil der Kabine. Alle Ausgänge sind deutlich mit dem Wort EXIT gekennzeichnet. Die Lichtleiste am Boden leuchtet im Notfall auf und weist Ihnen den Weg zum nächstgelegenen Ausgang.«
(Ich kann Ihnen versichern, daß die Aufmerksamkeit hier weitaus größer ist als an Bord eines Flugzeugs; die Leute hängen an ihren Lippen, als ginge es um Leben und Tod.)
»Im unwahrscheinlichen Fall eines Druckverlustes fallen Sauerstoffmasken aus einem Behälter über Ihrem Sitz.«
(Instinktiv schauen alle zur Decke. Ich suche meine Schwimmweste unter dem Sitz und bleibe dort bis zum Morgen).

Freitag
Grmblrblmmgrbbmmbl der Nacht gbnmz grmblr Sinnlosigkeit.

Samstag
Als Houellebecq sein theoretisches Manifest über die Poesie verfaßte, nannte er es »Am Leben bleiben«. Wenn einer mal eine Theorie der Berühmtheit schreibt, sollte der Titel meiner Meinung nach lauten: »Normal bleiben«. Berühmt zu sein ist ein abnormer Zustand, doch die Gesellschaft verlangt von den Berühmten, daß sie normal bleiben. Also könnte man meinen, daß jeder Promi nur ein einziges Ziel vor Augen hat: nicht großkotzig zu werden. Heute erkennt man die Stars nicht mehr an ihrem Gesicht (das meist hinter Brillen, Mützen und Bart versteckt ist), sondern an ihrer extremen Liebenswürdigkeit. Sie tun einfach des Guten zuviel, schütteln dir stundenlang die Hand und heucheln Anteilnahme ... Da sagst du dir doch: Der Typ muß bekannt sein, wenn er so viele Anstrengungen unternimmt, um »normal zu wirken«. Promis sind Menschen, die ihre ganze Zeit damit vergeuden, sich für ihr Berühmtsein zu entschuldigen. Ein von sich selbst überzeugtes Arschloch ist daran zu erkennen, daß es übertrieben nett zu dir ist, sich ungemein für dein ödes Leben interessiert, dir die aufmerksamsten Fragen stellt und so tut, als hörte es dir zu. Wenn ein Star dieses Theater veranstaltet (sich lange und eingehend mit jemandem unterhält, der ihm nichts bringt), dann nur, damit die fragliche Person später der ganzen Welt erzählt, er sei »in Wirklichkeit viel sympathischer als im Fernsehen«, wobei ebendies der Beweis dafür ist, daß er »in Wirklichkeit viel berechnender ist als ein normaler Mensch« (er wird die Person nämlich nie wieder sehen, deren nutzlose Existenz fünf Minuten nach dem unvergeßlichen Gespräch vollständig aus seinem Gedächtnis getilgt ist, wenn er überhaupt etwas davon mitgekriegt

hat, weil er vollauf damit beschäftigt war, den Fotografen zuzulächeln). Schlußfolgerung: Sie sollten sich vor jedem hüten, der sich für Sie interessiert, besonders, wenn es ein Promi ist. Ich weiß das. Ich bin von Geburt an großkotzig.

Sonntag
Marie Montuir sieht mich in der Closerie bei meinem 42. Caipirinha.

»Du trinkst zuviel«, wirft sie mir vor.

Ich lasse mich nicht aus dem Gleichgewicht bringen, sondern gebe schlagfertig (und mit feierlich erhobenem Zeigefinger) zurück:

»Sie sehen so abwesend mit, kriegen aber alles aus.«

Montag
»Guten Abend. Das Straußfilet ist aus«, verkündet die Kellnerin im Farfalla in Cannes wie eine Katastrophenmeldung, als wir uns dort zum Essen niederlassen. Ich denke, wir alle sind uns einig, ihr den Großen Preis für den Satz der Woche mit besonderer Anerkennung der Jury zu verleihen.

Dienstag
In der Bar du Marché mache ich Bekanntschaft mit Isabelle, einer jungen Frau mit braunen Haaren, die gern ganz allein die Erotik-Hotvideo-Messe im Espace Champerret besucht (sie war schon fünfmal da). Das letzte Mal verbrachte sie einen ganzen Nachmittag in der ersten Reihe bei den Hardcore-Strip-Shows.

Manchmal holten die Stripperinnen einen Mann aus dem Publikum auf die Bühne, um ihn auszuziehen, aber keiner der Ärmsten kriegte je einen hoch.

Sie habe auch einen Stand für Mösenepilation aufgesucht, doch als der Italiener, der ihr die Bikinizone machen sollte, sie lecken wollte, sei sie so schockiert gewesen, daß sie überstürzt nach Hause aufbrach. In der folgenden

Nacht habe sie geträumt, sie zeige ihre Brüste einem Mann, der sie mit einem Messer bedrohte, aber sich weigerte, sie zu vergewaltigen. Wenn ich Analytiker wäre, könnte ich mordsmäßig Kohle machen mit den vielen Verrückten, die ich anziehe.

Mittwoch
Cocktail bei Jérôme Béglé, einem Journalisten von *Paris Match*. PPDA, die Institution unter den Nachrichtensprechern, wie immer mit der entzückenden Claire Castillon (sehr hübsches Mausgesicht). Jean-Jacques Schuhl wie immer mit Stock (wie François Nourissier). François Weyergans wie immer mit der Fahnenkorrektur seines nächsten Buches beschäftigt. Dann Ende der Nacht in Saint-Ouen, beim Kenzo-Rave. Yves Adrien nennt mich »Reverend«; wir zischen ein paar Gin-Tonics und plaudern über die Seychellen und das Ende der Welt. Gott sei Dank war das Ende der Welt nicht eingeladen.

Donnerstag
Wer eine verklemmte Frau beschreiben will, sagt oft, »sie hat einen Besenstiel im Arsch«. Den Sinn dieser Wendung habe ich nie verstanden. Wenn ich eine Frau mit einem Besenstiel im Arsch sähe, fände ich sie bestimmt nicht verklemmt.

Freitag
»Ihr schaut mich an und seht euch.« Jacques Rigaut hat immer recht.

Frühling
Eine unerträgliche Schönheit

»Gin-Tränen lassen die Augen
der Erinnerung strahlen.«

O. V. de L. Milosz

Sonntag

Viele Leser wollen wissen, ob ich lüge, und wenn, dann bei welcher Gelegenheit, wo, wann und mit wem. Sie begreifen nicht, daß man in einem Tagebuch, das man unter seinem wahren Namen führt, keineswegs dazu verpflichtet ist, die Wahrheit zu sagen. Das ist nicht Aragons »Wahrlügen«, sondern die Lügenwahrheit des Diaristen. Früher stellte man das Tagebuch dem Roman gegenüber. Das eine war Enthüllung, das andere Erfindung. Da inzwischen auch die Romane autobiographisch sind, habe ich beschlossen, ein romanhaftes Tagebuch zu schreiben. Sein eigenes Leben unter seinem wahren Namen zu erzählen macht die Dinge langweilig, weil viel zu schlicht: Man kennt die Birne des Autors, man weiß, wer spricht, man sieht alles – das ist zu einfach, außerdem haben das schon so viele Genies (und auch Pfeifen) gemacht. Der Kunstgriff zu einem Heteronym verwandelt die Lektüre dieses Tagebuchs in ein Versteckspiel. »Der romantische Egoist« läßt sich so definieren: Es ist ein Spiel mit dem Ich. »Montag nicht ich Dienstag nicht ich Mittwoch nicht ich ...« (Hommage an Gombrowicz)

Montag

Erste unausweichliche Katastrophe: Die Erde stirbt. Zweite absolute Gewißheit: Ich sterbe auch. Die Frage des Tages lautet: Wer zuerst? Die Erde oder ich? Die Erde wäre mir lieber, das käme für mich aufs gleiche hinaus. Ich bin bereit zu sterben, sofern es zur selben Zeit auch alle anderen trifft. Aus Narzißmus hoffe ich auf das Ende der Welt. Vielleicht sind alle Männer wie ich; das könnte erklären, warum sie mit allen Mitteln die Apokalypse heraufzubeschwören versuchen: um nicht allein zu sterben.

Dienstag

Mein Leben ist ein Roman, der auf wahren Ereignissen beruht.

Mittwoch

Ich war gerade dabei, Elisabeth Quin von meinen letzten Filmrissen zu erzählen.

»Ich habe ein schwarzes Loch von Samstag 19 Uhr bis Sonntag mitternacht«, sagte ich. Und sie antwortet wie Louis Jovet in *Drôle de drame:*

»Ein schwarzes Loch? Auch nicht das Gelbe vom Ei.«

Donnerstag

Ich liebe mein Unglück; es leistet mir Gesellschaft. Manchmal, wenn ich für einen Augenblick glücklich bin, empfinde ich es wie einen Mangel an Schmerz. Man wird schnell süchtig nach seiner Traurigkeit.

Freitag

Françoise, die schönste Frau von Formentera, bei Castel gesehen. Sie saß auf den Stufen, zeigte mir ihren flachen, braungebrannten Bauch und hat sich dann geweigert, mich zu küssen. Bester Abend der Woche.

Samstag

Zur Zeit habe ich große Lust auf Treue. Ich würde die Einzelteile gern wieder zusammensetzen. So etwas sagt man gemeinhin, wenn man einen Bruch kitten will. Eine Versöhnung mit Claire kommt für mich aber überhaupt nicht in Frage. Vielmehr versuche ich Bruchstücke von ihr bei anderen Frauen zu finden, um mir daraus eine neue Claire zu puzzeln.

Sonntag

Irgendwo in der Morgendämmerung zwischen Nizza und Cannes habe ich den Kopf aus einem Auto in den warmen Frühlingswind gehalten, der den Duft der Zypressen, der Olivenbäume, der Zedern, der Schirmkiefern mit sich trug,
und es schien,
als surfte der Mond auf dem Mittelmeer.
Unglaubliche Leichtigkeit, seit ich mein Handy im Village, dem Nachtclub von Juan-les-Pins, verloren habe. Jetzt kann mich niemand mehr nach meiner Meinung fragen. Unerreichbar zu sein ist die wahre Freiheit! Mir tut es nur um die Nummer von Marine Delterme leid, die im Adreßbuch stand. Glück für den Kerl, der mein Handy findet ... Es war der Geburtstag von Jean-Al im Reich der Girlies; ich habe Wodka-Apfel und Hypnotic Poison entdeckt, und Monsieur Rudi ließ mich Daft Punk auflegen (*High life,* Nr. 8 auf der CD). Großer Erfolg: Viele gelbe Brillen, offene Hemden und rosa Strings, die aus Hüfthosen blitzten. Eine Jennifer Lopez mit dem Vornamen Anissa schnappte sich ein Mikro und faßte ihr Zeitalter zusammen:
»Alles Schlampen!«
Wenn das die Jugend der Zukunft ist, yippie, dann ist das Ende der Welt nahe.

Montag

Körperlich viel zu anfällig. Zu empfänglich für die Verführung. Ich bin ein Opfer der weiblichen Schönheit, wie es auch Fashion victims gibt. Ich plädiere auf nicht schuldig. Ich kann nichts dafür, wenn ich flatterhaft und wankelmütig bin. Ihr sagt dazu »Dreckskerl«, ich sage »beauty victim«.

Dienstag

Eröffnung des Pariser Filmfestivals. Nach der Vorstellung beobachte ich eine zarte Blonde auf den Stufen des Gaumont Marignan, die seit einer halben Stunde neben mir sitzt und mit großen Rehaugen traurig auf ihr Handy starrt. Ihr Anblick stürzt mich in tiefste Verzweiflung. Sie seufzt die ganze Zeit und tippt mit angestrengter Miene etwas ein. Wahrscheinlich erwartet sie einen Anruf, der nicht kommt, oder sie scrollt die Liste ihrer verflossenen, aktuellen und künftigen Liebhaber durch, oder sie liest zum fünfzigsten Mal dieselbe romantische SMS von der Liebe ihres Lebens, und ihr Herz pocht unter dem seidenen BH ... Was bin ich doch für ein Poet! Irgendwann halte ich es nicht mehr aus und gehe zu ihr, um sie zu fragen, wie es ihr geht. Da blafft sie mich an:

»Mist! Sie haben's versaut! Fast hätte ich meinen Tetris-Highscore geschlagen!«

Ja, die geheimnisvoll Liebende war in Wirklichkeit eine Meisterin des Handy-Videospiels. (Daß ich mir daraus einen Film zurechtgebastelt habe, ist auf einem Filmfestival ganz normal.)

Mittwoch

Mir wurde eine lustige Anekdote zugetragen: Ein mondäner Homosexueller nimmt einen Gynäkologen, mit dem er zur Zeit eine Affäre hat, auf sämtliche Pariser Partys mit und stellt ihn überall mit den Worten vor:

»Ohne meinen Gyn gehe ich nirgendwohin.«

Donnerstag

Zur Fortführung meiner Gedanken um Mißverständnisse und Gefahren des Tagebuchs zitiere ich aus *Der Fall* von Camus: »Ich liebe übrigens nur mehr Bekenntnisbücher, doch die Verfasser solcher Beichten schreiben in erster Linie, um nicht zu beichten, um nichts zu verraten, was sie wissen. Gerade wenn sie tun, als wollten sie jetzt mit der Sprache herausrücken, gilt es auf der Hut zu sein, dann fängt nämlich die Schönfärberei an. Glauben Sie es mir, ich bin vom Bau.« Seltsames Gefühl, weil der Frauenmörder Guy Georges jetzt endlich vor den Pariser Geschworenen seine Verbrechen gesteht. Man wünschte, alle Schriftsteller wären wie Guy Georges, so sehr mit dem Rücken an der Wand, daß sie schließlich auspacken. »Ja, ich war es, ich hab es getan, ja, ja, ja, ich war es, es tut mir leid, ich werde nicht wieder lügen, versprochen.« Doch Schriftsteller sind Verbrecher, die nie reinen Tisch machen wollen.

Freitag

Gestern abend verließ Dominique Noguez das Treffen des »Atelier du Roman« mit den Worten:
    »Ich muß nach Hause, meinen Roman fertig schreiben.«
    »Ich auch«, sagte ich, »meinen Roman anfangen.«

Samstag

Wenn ich im Fernsehen auftrete, heißt es, ich sei mediengeil. Wenn ich mich weigere, heißt es, ich halte mich für einen Star. Wenn ich mich umbringe, wird mir bestimmt vorgeworfen, das sei ein Marketingtrick.

Sonntag

Verleger lesen keine Bücher: Sie publizieren sie.
    Kritiker lesen keine Bücher: Sie überfliegen sie.
    Leser lesen keine Bücher: Sie kaufen sie.

Schlußfolgerung: Niemand liest Bücher, von Schriftstellern abgesehen.

Montag
Wenn Ludo nach Hause kommt, hat er jemanden, mit dem er kuscheln kann. Ich habe diesen Luxus nicht. Ich frage mich, ob Singles nicht einfach nur deshalb Frauen abschleppen, um von Zeit zu Zeit das Wort »kuscheln« verwenden zu können.

Dienstag
Heftiger Romantikanfall bei Patrick Williams (Assi des Chefredakteurs der Zeitschrift *Technikart*): Wir einigen uns auf die Feststellung, daß es sehr viel netter ist, mit jemandem ins Bett zu gehen, wenn man verliebt ist. Da sind Männer wie Frauen: Gefühlvoller Sex ist uns lieber. Wir brauchen Verwirrung, Zauber, Magie, sonst ist Sex nur Gymnastik. Das erklärt wahrscheinlich, warum wir soviel trinken. Ich betrinke mich oft vor dem Fick, um wieder den Rausch der Verliebtheit zu spüren. Wenn das Herz schon nicht klopft, dreht sich wenigstens der Kopf.

Mittwoch
Gestern führte Guillaume Rappeneau einem reizenden Geschöpf seinen Audi TT vor und erklärte:
»Ich habe mir ein neues Auto gekauft, um damit Weiber aufzureißen … und was machst du heute nacht?«

Donnerstag
Noch ein Satz der Woche: »Ich werde lieber für einen Mogul gehalten als für einen Mongo.« (Thierry Ardisson)

Freitag
In Wien tanzt man keinen Walzer mehr auf dem Ring der leeren Paläste. Freud, der hier zu Lebzeiten bespuckt wor-

den ist, hat nun einen Park mit seinem Namen. Ich möchte den berühmten Vers Heinrich Heines verändern: »Ich weiß, was es bedeuten soll, daß ich so traurig bin.« Keine Sorge: Das bleibt mein einziges deutsches Wortspiel.

Samstag
Jean-Pierre Roueyrou feiert seinen fünfzigsten Geburtstag in der Oper von Montpellier. Seine zahlreichen Freunde haben Smoking und Abendkleid hervorgeholt, auch Pierre Combescot, bezaubernd als Pik Dame auf der Suche nach der verlorenen Spirale. Corti legt Platten von den Feten aus alten Zeiten auf. Ich bin jetzt alt genug, um nostalgisch an La Scatola, Distrito, Cholmes und Etoiles zurückzudenken … Ich zeige einer Brünetten die Kulissen, und sie wiederholt wie aufgezogen:
»Hey, ich bin 39, hörst du?! Warum baggerst du mich an, ich bin NEUNUNDDREISSIG!«
Mit dem, was ich in der Nase hatte, hatte ich ohnehin nichts mehr in der Hose.

Sonntag
In Palavas-les-Flots knallt die Sonne auf die Pizzen. Das lokale Proletariat schmiert sich mit Sonnenöl ein und spielt Beach-Volleyball. Die sozial Schwachen sind immer erotischer als die Reichen, davon lasse ich mich nicht abbringen (und ich bin das lebende Beispiel). Ich hätte gern eine behaarte Brünette. Transistorradios plärren *Lady* von Modjo, als wäre es grade erst rausgekommen. Jetzt zieht man die Badelatschen an, um zum Verzehr radioaktiver Muscheln zu schreiten. Eine alte Gondelbahn bringt einen über den Kanal ins Casino, wo es italienisches Eis gibt. Die Restaurants mit den Sperrholzwänden wenden dem Meer den Rücken zu. Uff! Es ist kein Foto von uns im *Midi Libre*. Durch die Autorückscheibe konnte ich sehen, wie sich die Vergangenheit entfernte und meine Liebe schwand.

Montag
Die Brüste junger Mädchen sind so fest, als wäre Silikon drin. Ich sage Camilla, einer falschen Brünetten, zum hundersten Mal, daß sie zu jung für mich ist.
»Wieso?« mault sie. »Stehst du mehr auf Auslaufmodelle?«
Eigentlich ist es nicht ihr Alter, das mich stört (17), sondern der Preis (eine Chanel-Uhr). Sie hat die seltsame Angewohnheit, Geschenke zu fordern, obwohl weder der 24. Dezember ist noch ihr Geburtstag. Ein Jammer, fast hätte ich sie für aufrichtig gehalten, und dann spielte ich ihr was vor. Ich träume von altmodischen Gefühlen, statt zu jaulen wie alle (schnell getan, schlecht getan). Franck und Olivier aus der Japan Bar werden mich wieder verarschen:
»Oscar legt die Mädchen ja doch nur auf dem Papier flach!«
In Latex spritzen bleibt in Latex spritzen, auch wenn der Gummi dünn ist und der Mund sehr schön.

Dienstag
Wenn ich früher drei Gläser getrunken hatte, kamen die schönen Sätze von allein. Wenn ich jetzt drei Gläser trinke, schreibe ich auf, was Sie eben gesagt haben.

Mittwoch
Claire ruft um 6 Uhr morgens an, um mich zu beschimpfen. Ich höre ruhig zu, während sie Galle spuckt und dreckig lacht wie eine Hyäne der afrikanischen Steppe im Morgengrauen. Dann antworte ich ganz ruhig, daß zwischen ihr und mir ein großer Unterschied besteht: Sie beschimpft mich, weil sie mich liebt, und ich bin höflich, weil ich sie nicht mehr liebe. Als sie den Hörer aufknallt, stockt mir der Atem, weil mir bewußt wird, daß wir das letzte Mal in unserem Leben miteinander geredet haben.

Donnerstag

Oft habe ich Lust, meine Lieblingszitate miteinander ins Gespräch zu bringen: »Welcher ist der, den man für mich hält?«, das berühmte Aragon-Zitat, erfordert doch logischerweise die nicht weniger berühmte Devise von Cocteau zur Antwort: »Pflege, was man dir vorwirft: Das bist du.« Moral: Du bist der, für den man dich hält. Mach dir keine Sorgen um das klägliche Bild, das du von dir selbst abgibst, denn es ist immer wahr. Besser im eigenen Sinne loslassen als gegen den Strom zu leben. Ob Aragon und Cocteau zu Lebzeiten wohl dieses Gespräch geführt haben? Wie auch immer. Ist es eben jetzt ein Gespräch unter Toten. Was ist eine Bibliothek denn anderes als ein Ort, wo Leichen miteinander diskutieren? Das könnte noch lange so weitergehen ... Kafka zum Beispiel geht mit seinem kategorischen Aphorismus noch weiter als Cocteau: »Im Kampf zwischen dir und der Welt sekundiere der Welt.«

Freitag

Es regnet, die Sonne scheint, es regnet, die Sonne scheint. Gott zappt sich durchs Wetter wie ich mich durch die Frauen. Ich verbiete Ihnen jeglichen Spott. Ich möchte, daß Sie diesen kleinen Vierzeiler, den ich geschrieben habe, mit Nachsicht lesen.

Verdammt, ich würd dich gern fressen mit Haut und Haar
Verdammt, ich würd dich gern führen zum Traualtar
Verdammt, ich würd so gern lecken all deine Spalten
Verdammt, ich würde gern um deine Hand anhalten

Ich weiß, es ist nur eine Arbeitsgrundlage, nicht richtig gelungen, aber immerhin in Alexandrinern.

Sonntag

Ich mag nur lesen, schreiben und poppen. Daher reicht mir eine kleine Wohnung zum Leben, sofern sie ein Regal, einen Computer und ein Bett hat.

Montag

Sibirische Kälte. Sechs Monate November. Und ich habe nichts Besseres zu tun, als den Treibhauseffekt zu verdammen! Zur Zeit würde ich mir eine Erwärmung der Erde fast wünschen ... Im November 2000 haben sich 180 Länder in Den Haag getroffen, um die Kohlendioxydemissionen in die Atmosphäre zu beschränken, seither erfrieren wir! Das wäre doch eine Idee für das Wahlprogramm Lionel Jospins: »Wählen Sie mich 2002, und wir erhöhen die Anzahl der Autos, dann ist es das ganze Jahr schön warm, und wenn der Meeresspiegel um acht Meter steigt, ist es von Paris nicht mehr so weit zum Strand.«

Dienstag

Gestern habe ich geweint, als ich *Ain't no sunshine when she's gone / It's not warm when she's away* von Bill Withers gehört habe. Die schreckliche Pariser Kälte paart sich mit der Eiszeit in meinem Herzen. Ich weiß, es ist blöd, das zu schreiben, und es kratzt an meinem Image des unsensiblen Phallokraten, aber was soll ich tun? In dieser Welt der Einsamkeit sind die Tränen eines Singles vor dem Equalizer seiner Hi-Fi-Anlage vielleicht ein Hoffnungsschimmer.

Mittwoch

Ein paar Fernsehauftritte (um ein Buch zu promoten) später bemühe ich mich, normal zu bleiben. Prominenz ist eine luxuriöse Sklaverei, ein Gefängnis unter freiem Himmel. Du gehst auf die Straße und wirst von allen überwacht. Die Menschen, denen ich begegne, tun so, als würden sie mich nicht erkennen, aber ein paar Meter weiter höre ich sie hinter meinem Rücken flüstern:

»Hast du gesehen? Das war doch der blöde Oscar Dufresne!«

»Sag bloß? Der ist aber dünn geworden!«

»Sieht ziemlich high aus!«
»Und ganz schön eingebildet!«
»Ich mag ihn ja ganz gern …«
»Schweig, Eglantine!«
Jede winzigste Einzelheit, jede körperliche Veränderung wird umgehend unter die Lupe genommen.
»Er hat fettige Haare!«
»Er ist schlecht rasiert.«
»Er trägt das gleiche Hemd wie neulich im Fernsehen!«
»Ich mag ihn ja ganz gern …«
»Schweig, Eglantine!«
Ich habe den Eindruck, ständig gefilmt zu werden. Ich schwitze reichlich. Zu viele Blicke bohren in meinem Gesicht. Nicht nur meine Augen sind umringt.

Donnerstag
Die Vergangenheit ist überholt, die Zukunft ungewiß. Und wir ersticken in der ewigen Gegenwart des Genusses.

Freitag
Ich wäre gern Tom Jones in einer klimatisierten Limousine, das ist mein Lebensziel. Ganzkörpergeliftet, überall Haarimplantate, tiefbraungebrannt, zerrissen und ausgelaugt. Ich schaffe das, ihr werdet sehen. Wenn ich dann auf der weißen Lederrückbank lümmle, eine Bollinger Magnum und ein litauisches Escortgirl im Arm, finde ich immer noch Mittel und Wege, mich über mein Los zu beklagen.

Samstag
Ist nicht in zwei Wochen Festival in Cannes? Dort gibt es doch klimatisierte Limousinen, oder? Wenn sich Träume so leicht verwirklichen lassen, waren sie schlecht.

Sonntag

»Niemals hätte ein Armer die Romane von Henry James schreiben können.«

James Joyce, beschütze mich!

Montag

Alles, was ich mache (Zeitungsartikel, Bücher, Fernseh- und Radiosendungen), mache ich nur aus Feigheit. Weil ich nicht nein sagen kann. Weil ich fürchte, vergessen zu werden, wenn meine Visage nicht immer und überall auftaucht. Die Leute glauben, man wird zum Promi, weil man eingebildet, narzißtisch oder größenwahnsinnig ist, aber das genaue Gegenteil ist der Fall: Man will berühmt sein, weil man ängstlich, schüchtern und schwach ist.

Dienstag

Ludo macht sich über meine Wehwehchen lustig.

»Ach ... die Angst des Einzelkünstlers vorm Fünfunddreißigsten!«

»Und du, Ludo? Warum schreibst du nicht über dein wunderbares Glück als Familienvater mit der perfekten Frau?«

»Wozu überhaupt etwas schreiben? Meine Kinder sind mein Meisterwerk. Kein Buch, keine Platte, kein Film wird ihnen jemals das Wasser reichen. Kein Gemälde hat mich je so entzückt. Als meine älteste Tochter das Licht der Welt erblickt hat (ist dir die leise Homophonie aufgefallen? Wenn ich nur wollte, müßte Faulkner sich warm anziehen), habe ich begriffen, daß das sinnlose Mysterium eines blutverschmierten Balgs, das seine heulende Mutter ansabbert, alle Kunst lächerlich macht. Seither betrachte ich mein Leben Tag für Tag wie ein unverständliches magisches Kunstwerk. Manchmal gibt es natürlich Längen, Wiederholungen, Geschmacklosigkeiten. Die Darsteller sind erschöpft, die Ausstattung mies. Ein Stil ist kaum zu erkennen. Und doch ist es besser als Picasso, Proust, Fellini und die Beatles zusammen.«

»Also Péguy hielt den Familienvater für den modernen Abenteurer, und du behauptest, daß er der letzte Dandy ist.«

»Weißt du, Oscar, ich habe dich lange beneidet, jetzt habe ich eher Mitleid mit dir.«

»Danke, mein einziger Freund.«

Das ist der Punkt, an dem wir uns nicht verstehen. Ich sehe sie vom Fenster aus in den Luxembourg gehen, die neuen Väter mit den Kinderwägen, müde und deprimiert von der lärmenden Brut, sie zwingen sich dazu, geduldig Sandburgen zu bauen, und sind völlig von der Zewarolle. Wann brennen ihnen endlich die Sicherungen durch? Wann geben sie endlich zu, daß sie auf dieses Leben mit Windelhöschen und Kindersitzen scheißen?

Mittwoch
Ich habe eine Liste der Frauen aufgestellt, die mir gefallen. Françoise mit ihrem neurotischen Charme steht an erster Stelle. Einziger Haken: Ich bin ihr egal. Soweit ich weiß, ist nicht mit mir schlafen zu wollen kein Zeichen von Intelligenz!

Donnerstag
Zwei Orte, wo nur Idioten klatschen: im Kino und nach der Landung des Flugzeugs.

Freitag
Der Satz der Woche: »Sie war halb Mannequin, halb Mein Kampf« (Edouard Baer).

Samstag
Am Ende seines Lebens war François Mitterrand ungenießbar. Roger Hanin hat er anvertraut, daß er den Eif-

felturm abreißen wolle. Er schäkerte mit Maurice Papon, um Georges-Marc Benamou zu demütigen. Bei den Interviews mit Jean-Pierre Elkabbach beschimpfte er seine ganze Verwandtschaft, verhöhnte seine Freunde und giftete gegen seine Feinde. So würde ich auch gern enden: alt, mächtig und unerträglich, nur von Büchern und Höflingen umgeben. Am Ende hat er auf Krankenwagen geschossen, um nicht frühzeitig im Leichenwagen zu landen.

Sonntag
Ab einem gewissen Alter hat man zu viele Gewißheiten. Die Liebe? Hält drei Jahre. Die Treue? Unmenschlich. Der Tod? Die einzige Freiheit. Man beruhigt sich mit Fertigsätzen. Ab einem gewissen Alter ist jeder Vorwand gut genug, um mit dem Denken aufzuhören.

Montag
Ich muß Frankreich verlassen. Ein Wissenschaftler hat mir genau erklärt, warum es in den letzten sechs Monaten nur fünf Sonnentage gab. Der Nordpol schmilzt. Also ist mehr Wasser im Ozean und das Salz anders verteilt. Das Salz bestimmt aber den Lauf des Golfstroms. Fragen Sie mich nicht, wie das geht, davon verstehe ich nichts. Aber es ist die traurige Realität. Der warme Golfstrom, dem wir unser mildes Klima verdanken, ändert seinen Lauf. In den nächsten Jahrzehnten wird das Wetter in Paris so frostig werden wie in Montréal. Was wir 2001 ertragen müssen, ist keine vorübergehende Erscheinung. Keiner sagt es, aber Eis und polare Kälte kommen zu uns, und die französischen Winter werden immer härter werden. Wir haben so nach Fortschritt und Komfort gegiert, so viel produziert und die Umwelt verschmutzt, daß die Natur sich rächt. Der nächste Noah trägt Fäustlinge, Schlittschuhe und Eiszapfen im Bart.

Dienstag
Blondinen mit braunen Augen können nicht taugen.

Mittwoch
Françoise Hardy erstellt mein Horoskop: Ich bin Jungfrau, Aszendent Zwilling. Die Jungfrau ist pingelig, ernsthaft, fleißig, genau, überlegt, düster, unerträglich. Der Zwilling ist neugierig, oberflächlich, ein Hansdampf in allen Gassen, offen, schnell, gestreßt, unerträglich. Ich bin also zerrissen zwischen dem kritischen Geist, dem Kontrollbedürfnis der Jungfrau und der Wandelbarkeit und Unstetigkeit des Zwillings. Ich habe sie im Verdacht, meine Bücher durchforstet zu haben, weil sie meine Schizophrenie so genau erkannt hat.

Donnerstag
Ari Boulogne schreibt an Alain Delon. Ich würde ihm gern antworten: »Lieber Ari, du rufst ins Leere um Hilfe? Du schreist im Dunkeln? Du weißt nicht, wer du bist, woher du kommst, warum du lebst? Und glaubst, der einzige zu sein? Beruhige dich. Wir sind alle gleich.« Aris Kindheit war sicher ein Alptraum. Aber die meisten Fragen, die er sich stellt, kann keiner beantworten. Einen Vater zu haben ändert daran nichts.

Freitag
Buchmessenwochenende in Genf. Hier erwartet man Banken für Geldwäscher und Geschäfte für Uhren und Schokolade. Und findet eine fröhliche Stadt in fester Hand der russischen Mafia und saudiarabischer Prinzen. Ibiza und Miami können dagegen einpacken. In Genf aß Bill Clinton Rüstungsfondue (in der Altstadt). Und Oscar Dufresne leerte zwischen den Brüsten von Martine eine Flasche Bier in der Bar l'Espoir.

Samstag

Clubbisierung der Welt (Fortsetzung). Es gibt Besseres als die Bar l'Espoir: »Deuxième Bureau« (Rue du Stand) und Baroque (Place de la Fursterie). Unter Janines Leitung ist das Baroque zum Versammlungsort der Genfer »Jeunesse dorée« geworden. Hier buhlen die heißesten Luder der Welt um gähnende Juwelierssöhnchen. Man trinkt Wodka-Red Bull (in Frankreich ein verbotenes Aufputschmittel), man kreischt, wenn der DJ Shaggy auflegt, und verabschiedet sich mit drei Küßchen, bevor man mit einem BMW Z8 ins Velvet braust. Dort tragen die Rumäninnen nur ein Goldkettchen zwischen den Brüsten und nennen sich Nikita oder Adriana. Und die Daniela Lumbroso von Genf heißt Irma Danon! Wie schade, daß ich Danone boykottiere!

Sonntag

Satz der Woche: Sie war halb Fashion, halb Fascho (Czerkinsky).

Montag

An diesem Schweizer Morgen löste sich der Nebel nur mühsam über dem See auf. Ein Windstoß fuhr in den Wasserstrahl und bespritzte Passanten und Jachten. Ich betrachtete die verblühten Hügel mit spöttischer Inbrunst. Plötzlich zeichnete ein Sonnenstrahl einen Regenbogen in den künstlichen Dunst. Die Farben haben meine Kopfschmerzen geheilt. Danke, Herr.

Donnerstag

Wem soll man beim Abendessen den Vorzug geben: einem Thunfisch, der Stockfisch frißt, oder einem Stockfisch, der Thunfisch frißt?

Freitag

Das Schaufenster von Sonia Rykiel ist ein Symbol unserer Zeit: Zwischen einer Tasche und einem Gürtel mit ihrem Logo liegt Naomi Kleins Anti-Marken-Essay *No Logo*.

Samstag

In Cannes stehen überall Bullen herum, um zu verhindern, daß die Ausgeschlossenen an Festen teilnehmen, auf denen sich die Reichen über alle republikanischen Regeln hinwegsetzen. Das gemeinsame Thema aller Partys in diesem Jahr? Der Schnupfen im Smoking. Man muß schon ordentlich sniffen, um ernst genommen zu werden. Wenn schon keine Tränen fließen, dann wenigstens die Nasen …

Montag

Das erste, was ich bei meiner Ankunft in Cannes sah, war eine Blutlache. Ich stieg aus dem Taxi und watete durch Hämoglobin. Offenbar hatte sich nachts auf der Croisette der Pöbel geprügelt. Statt die Reichen anzugreifen, bringen die Armen sich wie üblich lieber gegenseitig um. Nur weiter so! In meiner Suite im Martinez wird mir eine Flasche Taittinger offeriert, aber ich gehe lieber unten an die Bar. Dort bin ich der am wenigsten Prominente: Guillaume Durand, Alexandra Kazan, Edouard Baer …

»Warst du bei Coppola?«

»Dem Film?«

»Nein, dem Fest …«

Man sollte sich daran gewöhnen: Hier spricht nie jemand über Filme; interessant ist nur, wohin man abends geht. Kleiner Wermutstropfen: Kaum angekommen, hab ich schon alles verpaßt. Das ist das Prinzip dieser Art von Veranstaltungen: die ständige Frustration. Die beiden häufigsten Sätze beim Festival von Cannes: »Letztes Jahr war es besser.« und »Woanders ist es besser.« Wo immer du auch bist, was immer du auch tust, irgendwo gibt es immer etwas Besseres. Daher die hysterische Hektik der Festgäste, deren Handy ständig am Ohr klebt. In Cannes bekommen die Promis zwei Wochen lang alles, was sie sich wünschen (Drogen, Huren, Paläste, Abendessen, Jachten, Helikopter); deshalb benehmen sie sich wie verwöhnte Kinder, stets gequält von der Angst, sie könnten etwas versäumen. Die Gralssuche hier bedeutet, unermüdlich nach einer Party zu forschen, die lustiger ist als die, auf der man sich gerade befindet. Eine Abendveranstaltung zu verpassen scheint schlimmer zu sein als der Tod – eine Höllenqual. Wer sagt mir, daß es richtig war, zum Abendessen von France Televisions am Strand des Majestic zu gehen? Und hätte ich bei der Disco von Canal+ nicht lieber mit Emmanuelle Béart und Charlotte Gainsbourg tanzen sollen statt mit Axelle Laffont und Clotilde Courau? Gibt es eine Schönere als die, die mich gerade küßt? Könnte ich, während ich das hier schreibe, nicht irgendwo in der Stadt etwas Interessanteres finden als das, was ich hier mache? So ist das also: Kaum bin ich im Paradies, raubt es mir den Verstand; ich bin in der Hölle des Show-Biz gelandet.

Dienstag

Mittags schweißgebadet aufgestanden (die Klimaanlage ist aus, und ich habe bei offenen Fenstern geschlafen); ich schlage den letzten Roman von J.G. Ballard auf, in dem der Affenzirkus, in dem ich mich befinde, perfekt beschrieben ist. *Super-Cannes* erzählt die Geschichte eines Mannes, der hier lebte, im vornehmen Hinterland der Riviera, in einer großen Villa mit Schwimmbad, Überwachungskamera und elektrisch geladenem Zaun. Eines Tages nimmt er sein Gewehr und erschießt sechs Menschen, bevor er die Waffe auf sich selber richtet. Ballard hat begriffen, daß dieses künstliche Leben nicht auszuhalten ist. Seite 302: »Das Filmfestival erstreckte sich über anderthalb Kilometer

Länge von Martinez bis zum Alten Hafen, wo die Geschäftsführer ihre Meeresfrüchteplatten verschlangen (...) Die Menschenmenge unter den Palmen war ohne ihr Wissen für die traditionelle Statistenrolle engagiert, schreien und Beifall klatschen. Und tat das mit einer viel größeren Selbstsicherheit als die Schauspieler, die alle gekommen waren, um sich darzustellen, und mit gehetztem Blick ihren Limousinen entstiegen wie berühmte Verbrecher, die massenhaft vor Gericht gezerrt wurden.«

O.k., ich befinde mich in einer lebensgroßen Reality-Show, einem dekadenten Disneyland. Ballard ist der Autor von *Crash!* Und von *La Foire aux atrocités*, der »Messe der Grausamkeiten«, ein Titel, der das Festival gut resümiert. Der Film wurde zur Realitätsflucht erfunden. Cannes ist eine wunderbare Lüge, ein Wachtraum, der seinen eigenen Adelsstand geschaffen hat, der nun die Revolution fürchtet. Wachmänner mit knarzenden Kopfhörern bauen Absperrungen auf, hinter denen sich die Privilegierten des Festivals verschanzen. Hier sind alle ultrasnob, das heißt total paranoid. Jetzt verstehe ich die Blutlache zu meinem Empfang viel besser: Es war die Realität, die sich einen Weg durch diesen Zirkus bahnen wollte.

Mittwoch

Heute früh steige ich nach der Marc-Dorcel-Veranstaltung in einen Ferrari, wir brettern mit 240 die Croisette entlang und hören Aerosmith. Am Kreisverkehr schlägt der sturzbetrunkene Fahrer den Lenker zu stark ein, wir drehen uns zweimal um uns selbst, die Mädels kreischen, die Zentrifugalkraft drückt die Silikonbrüste aus den John-Galliano-Dekolletés. Gott sei Dank bin ich angeschnallt. Sonia kotzt vor Schreck, als mein Kumpel plötzlich das Gas durchtritt, um wieder die Spur zu finden, und mit 180 in den Sonnenaufgang rast.

Donnerstag

Panik im VIP Room: Wir lümmeln, voll mit Wodka-Banane, hinter der roten Kordel auf weißen Ledersofas und streicheln die Schenkel zukünftiger Schauspielerinnen, die zum neuesten Modjo *(Chillin')* auf den Tischen tanzen, als mich plötzlich der Zweifel befällt: UND WENN DER VIP ROOM AUF DER ANDEREN SEITE DER KORDEL WÄRE?

Später frage ich irgendein reizendes Starlet:
»Und warum bist du hier? Um Filme zu sehen?«
Sie antwortet mit lieblicher Stimme:
»Nein, um Jean-Roch zu sehen.«

Freitag

Auf der Straße überfällt mich der Pöbel, umringt mich, schubst mich:
»Bist du bekannt?«
»Kennst du bekannte Leute?«
»Bist du beim Fernsehen, wie heißt du?«
»Schauspieler? Sänger? Moderator? Gibst du mir ein Autogramm?«
»WER BIST DU eigentlich?«
»Hast du 'ne Karte für ne Veranstaltung? Oder 'n Badge für 'n Film?«

Ich finde die Gewalt der Prolls vollkommen legitim. Die beautiful people haben mit ihren dunklen Brillen, ihren Rolls-Royce und Riesenplakaten das Publikum erschlagen und ihm damit den Krieg erklärt. Es kennt sie, ohne sie zu erkennen. Sie leben von seiner Liebe, aber sie erwidern diese Liebe nicht. Das Publikum ist beleidigt. Wird es sich dafür rächen? Ja, indem es »Big Brother«-Insassen frenetischer feiert als Nicole Kidman. Weil es sich damit selbst beklatscht. Die größten Zuschauererfolge haben weder Drehbücher noch Schauspieler. Ein Hauch der Panik streift die Croisette, wo (wie im ganzen Land) nur von einem die

Rede ist: daß auch in der Entertainment-Industrie Arbeit mittlerweile weniger einbringt als Arbeitslosigkeit.

Sonntag

Dann stellte ich fest, daß ich das mochte. Daß ich Geschmack daran fand. Ich genoß meine Überlegenheit und das Leben in einer Fiktion. Ich war nicht wegen der Kunst hier, sondern um Marie Gallain zu sehen, Joey Starr mit Handschlag zu begrüßen, mit Béatrice Dalle zu tanzen, mit Ariel Wizman und Francis Van Listenborg auf dem *Techniboat* Hummer an mauretanischer Spargelsauce zu verspeisen und mit ... mit aller Welt auf die Kloschüssel gestützt schlechtes Koks zu sniffen. Die Blitzlichter der Paparazzi schmeichelten mir. Wenn jenseits der Sicherheitsabsperrungen mein Name gerufen wurde (Oscar! Oscar!), bekam ich eine leichte Erektion. Es war Zeit, nach Paris zurückzukehren.

Dienstag

Ich liebe es, als verrucht zu gelten. Man müßte dieses altmodische Wort wiederbeleben. Ich bin kein Schwein, kein Arschloch, kein Dreckskerl; ich bin ein Verruchter auf der Suche nach dem ultimativen Rollergirl. Es war Molière, der dieses Wort benutzte, als er Don Juan als den ruchlosesten Menschen bezeichnete, den die Welt je gesehen hat. Wer sind die Stärksten? Die Ruchlosen natürlich.

Mittwoch

Wir werden belogen! Die Mitglieder der Akademie sind nicht unsterblich. Jacques de Bourbon Busset hat den Löffel abgegeben. Er war der letzte Franzose, der Eheglück und »Dauernde Liebe« (wie er einen Band seines *Tagebuchs* überschrieb) verteidigt hat. Er ist wieder bei der Laurence seines Lebens, dem Herz seines Werkes, dem Werk seines Herzens. Ich trauere um den Dichter, der den krassesten

Gegensatz zu meinem Pessimismus in Sachen Liebesbeziehung verkörperte. Mit wem soll ich jetzt diskutieren? Wer wird mir noch entgegenhalten, daß Liebe möglich ist? Wer wird beschwören, daß man hienieden sein Glück finden kann? Bourbon Busset, Sie alter, bärtiger, katholischer Dinosaurier, waren Sie der letzte Romantiker?

Donnerstag

Sehnsucht nach dem Baoli in Cannes, wo Sylphiden im Kerzenlicht schimmerten. Deren milchige Haut ist der Dior-Werbung immer ähnlicher geworden: Die Mode verlangte goldglänzenden Schweiß, feuchte Schultern, eine schwitzende Stirn, perlende Körper. Fehlten nur noch die Teerspuren auf den Wangen! John Galliano, heißt es, fand die Fotos von Nick Knight zu clean und verlangte, daß die Models bei den Shootings mit Schlamm beschmiert werden müßten. Daher der Trend zu Fotostrecken, wo die Models so aussehen wie nach einem Ölwechsel. Worauf wartet Bernard Arnauld? Warum tut er sich nicht mit dem Total-Fina-Elf-Konzern zusammen und entwickelt eine Kosmetiklinie auf Schmierölbasis?

Freitag

Jetzt hat man nur noch die Wahl zwischen Zynismus und Paranoia. Auf der einen Seite die, die denken, hin ist hin, lieber die Schäfchen ins trockene bringen, solange es mich noch gibt: Geschäftsleute, Banker, Fernsehmoderatoren, Werber, Hedonisten, Nihilisten. Auf der anderen Seite die, die sich vor dem Weltuntergang fürchten und zu retten versuchen, was noch nicht ganz zerstört ist: Schriftsteller, Globalisierungsgegner, Alternative, Dichter, Nervensägen, Miesepeter. Dieser Gegensatz hat seit dem Fall der Berliner Mauer das Rechts-Links-Schema ersetzt. Egoismus oder Romantik – man muß sich für eine Seite entscheiden.

Samstag

Da der Begriff »Autofiktion« von mittelmäßigen Narzißten besetzt ist, muß für den dufresneschen Wahn ein neuer Begriff geprägt werden; zu Ehren von Malraux (dem mythomanen Autor der *Antimemoiren*) nenne ich den Zerrspiegel, den ich mir vor den Bauchnabel halte, »Antitagebuch«.

Montag

Wenn die Schauspielerin Maiween Le Besco ihre Freunde zu einer autobiographischen One-Woman-Show (unter dem Titel »Die Kichererbse«) ins Café de la Gare einlädt, muß man auf das Schlimmste gefaßt sein. Es gibt keine riskantere Übung als einen frischgeschriebenen eigenen Text über das eigene Leben auf die Bretter zu bringen. Da steht sie anderthalb Stunden allein auf der Bühne, rechnet erst mit Mutter, Vater, Schwester ab und stürzt sich dann kopfüber in eine Satire auf den Starkult, eine brutale Selbstanalyse, eine schamlose Beichte, eine Kritik an der Patchworkfamilie. Der Text ist unglaublich stark und mutig, und sie ist umwerfend, rührend und komisch zugleich, ironisch, scharf, klarsichtig, grausam ... ein weiblicher Philippe Caubère. Am Ende gab es verdiente Standing Ovations von einem Publikum, das genauso in Tränen aufgelöst war wie sie selbst. Ich bin ein schlechter Freund, weil ich von diesem Talent gar nichts wußte. Moral: Wenn du nicht die Rolle kriegst, die du verdienst, mußt du sie dir eben selber schreiben.

Dienstag

Gestern abend war ich zu müde zum Bumsen, und um die Mühsal abzukürzen, kam ich zum Schein. Immer mehr Männer simulieren im Bett. Es wird Zeit, daß die Frauen es wissen: Wir heucheln Höhepunkte genauso oft wie sie. Es gibt da mehrere Möglichkeiten: den leeren Pariser dis-

kret entsorgen und dabei so tun, als wäre er glitschig, oder
das Stöhnen demonstrativ übertreiben, während bloß ein
paar Tröpfchen kommen. Der Feminismus hat einen neuen
Sieg davongetragen: Männer und Frauen sind gleich – bis
hin zum gespielten Orgasmus.

Mittwoch
»*Fantasy love ist much better than reality love. Never doing it is
very exciting.*« Andy Warhol

Donnerstag
Der Literaturkritiker ist wie ein Proll, der sich mit Ellbo-
geneinsatz zu einer bekannten Persönlichkeit vorarbeitet,
die er auf einem Sektempfang entdeckt, um mit dem Star
gemeinsam ins Bild zu kommen. Er spricht ununterbrochen von Joyce, Rimbaud, Céline oder Proust, in der Hoffnung, als ihresgleichen betrachtet zu werden. Er wäre gern
mit auf dem Familienfoto. Leider fällt er immer nur durch
seine Hochstapelei auf.

Freitag
Als ich mich gestern abend über mein häßliches Äußeres
beklagte, sagte Jasmine zu mir den Satz der Woche:
    »Es gibt nichts Häßlicheres als einen Mann, der sich
schön findet.«

Samstag
Im *Les Bains* sitze ich zufällig neben Marie Gillain. Ihr
schlanker Hals, die großen Augen, die schmalen Fesseln,
die strahlenden Zähne – ich träume schon so lange davon,
daß ich natürlich unfähig bin, sie anzusprechen. Sie gibt
mir die Hand mit einer Höflichkeit, die ich für Empfind-
samkeit halte. Mit einer Flasche Absolut trinke ich mir
Mut an. Guillaume Rappeneau, Chayan Koy und Alé de
Basseville (auf dessen T-Shirt steht: »Keiner weiß, daß ich

lesbisch bin«) und ich hampeln wie üblich auf den Sesseln
herum und mimen die Clowns. Zusammen kommen wir
vier vielleicht annähernd auf einen IQ von 8. Das geht
schon seit zwanzig Jahren so, daß wir wie die Geier in Lokale einfallen, wo nur die Serviererinnen genießbar sind!
Leider verschlimmert der Alkohol meine Schüchternheit
gegenüber der winzigen Marie. Sie sieht nicht den zittern-
den Dichter hinter dem grölenden Proll. Nach einer halben Stunde steht sie auf, gekränkt von allem, was ich nicht
über die Lippen brachte.

Sonntag
Alexandre Drubigny hat mir angeboten, nächsten Herbst
eine Sendung auf Canal+ zu moderieren. Wenn ich ab-
lehne, dann nur, weil ich Angst habe, wirklich zu Oscar
Dufresne zu werden.

Montag
Frankfurt ist das deutsche New York: futuristische Wolkenkratzer, durchgestylte Megarestaurants, wilder Kapitalismus, türkische Huren und auf der Straße krepierte Jun-
kies. Ich spüre, daß es mir hier gefallen wird. Es gibt nur
ein Problem: In deutschen Taxis wird man gebeten, hinten
die Sicherheitsgurte anzulegen.

Dienstag
Ich schätze dieses Land, wo alle Mädchen mollige Möpse
haben. In Deutschland ist Claudia Schiffer flachbrüstig!
Ich wäre gern eine Melkmaschine für Muttermilch.
Könnte jemand all diesen Gretchen sagen, sie sollen aufhören, Oscar, die menschliche Melkmaschine, anzulä-
cheln?
    Deutschland ist so grün wie Frankreich blau, Italien
gelb, Spanien weiß, England grau und die Türkei violett.

Mittwoch

Seit Bonn nicht mehr Hauptstadt ist, ist es hier ziemlich trist. Im Schatten der Kastanien am Ufer des Rheins trinke ich trübselig Bier aus Krügen. Außerdem heißt meine einzige Geliebte hier »Adult Pay TV«, Scheiße. Vom Best Western Hotel aus rufe ich Françoise an und gratuliere ihr zum Geburtstag. Sie kann es gar nicht fassen, daß ich sie anrufe: Sie liest gerade eines von meinen Büchern! Ich frage sie, ob sie mich in Deutschland besuchen kommt, sie läßt mich abblitzen, aber nett, und ist gar nicht schockiert von meiner ritterlichen Bitte … Ich schalte den Pornosender aus und schließe die Augen; das Gefühl ist stärker, wenn ich an sie denke.

Donnerstag

Hamburg. Ich beginne meine gutdurchdachte kleine Nummer mit einem großartigen »Hello Hamburgers«. Ich habe da einen Trick: Erst verteidige ich die in einer Welt des Lärms und der Schnelligkeit vom Aussterben bedrohte Literatur, dann komme ich auf mein Werk zu sprechen und hoffe, daß die Zuhörer es dank einer Gedankenassoziation mit Literatur verwechseln. Auf diese Weise werde ich häufig als Retter der Menschheit beklatscht. Nach meiner One-man-Show zeigt Ulf Poschardt mir die verruchten Orte, die alle geniale Namen tragen: Mojo, Madhouse, Shark Club, Purgatory (!), und am Ende sind wir natürlich im Voilà gelandet (meine Nacht dagegen ging zu Ende wie manche Artikel in *Voici*). Es gibt hier ein unheilträchtiges Buch: *Generation Golf* von Florian Illies. Der sympathische Junge (er wurde mir vorgestellt), 1971 geboren, beschreibt eine Jugend, die unfähig ist, die geringste Verantwortung zu übernehmen. Wir weigern uns, älter zu werden, sagt er, und fliehen vor festen Beziehungen, unser einziges Lebensziel ist es, der Werbung immer ähnlicher zu werden, unsere einzige Leidenschaft war der

Börsenboom, wir leben wie unsere 68er-Eltern, aber ohne uns aufzulehnen. »Wir sind leer, aber gut gekleidet.« Will dieser blöde Boche mir den Krieg erklären oder was? Ich werde nicht zulassen, daß mein Territorium schon wieder von so einem Deutschen besetzt wird!

Freitag

München. Körbesammeln mit Irmi und Tanja. Wie soll man in einem Land, in dem man nicht berühmt ist, baggern? Was tun, um Bajuwarinnen zu gewinnen? Nett sein? Zu harmlos. Fies sein? Zu riskant. Gleichgültig tun? Dann sind sie von hinnen. Alexis Tregarot fällt eine Lösung ein:

»Lügen kann man immer.«

Im Nobel-Club P1 (mit Ausschank auf dem Parkplatz) setzen wir unser Gespräch unter Gin-Lemon-Einfluß fort.

»Im Grunde ist es doch so: Entweder du trinkst, oder du poppst.«

»Recht hast du, und ich glaube, wir werden heute abend viel trinken.«

Hier ist für uns kein Blumentopf zu gewinnen – so werden wir nie zu einer ernsthaften Konkurrenz für Nicolas le Jardinier. Ein paar denkwürdige Beispiele:

Tanja: »Maybe I will kiss you later.«

Irmi: »Sorry, I am not drunk enough.«

Tanja: »My grandfather was a fucking nazi.«

Irmi: »My father was an alcoholic.«

Tanja: »My mother stabbed my father with a knife.«

Franzosen vergessen leicht, daß die Deutschen genauso unter dem zweiten Weltkrieg gelitten haben wie sie. Es ist schwer, die Erbinnen eines Landes anzubaggern, das vor 55 Jahren fast dem Erdboden gleichgemacht wurde.

Wir hatten schon alle Hoffnung fahren lassen, als Tanja einen Kaugummi nahm und Franck ausrief:

»Ein gutes Zeichen!«
Aber sie wollte nur Kaugummi kauen.
Eines Tages schreibe ich ein Buch mit dem Titel:
»OFT UNVERRICHTETER DINGE«.

Samstag

Nach einer Lesung vor älteren Menschen sitze ich allein in meinem klimatisierten Zimmer in Stuttgart und bin deprimiert. Vor 126 Jahren weilte Rimbaud zwei Monate in Stuttgart. Dann ging er nach Afrika, und man kann es ihm nicht verdenken.

Sonntag

Wenn ich Birgitt sehe, werde ich zum Asthmatiker: Ihr Gesicht raubt mir den Atem. Sie erzählt mir von Johnny Cash. Sie ist schöner als der Kölner Dom. Von heute an werde ich jedesmal, wenn ich Johnny Cash höre, an sie denken, »the greatest kisser of Europe«. Sie gibt mir ihre E-Mail-Adresse und einen Kuß, das war's. Mir gefällt, was Bret Easton Ellis ins goldene Buch des Literaturhauses geschrieben hat:
    »The better you look, the more you see.«

Montag

Wenn es schön ist, wird Wien zu Rom an der Donau. Ich habe in einem Park einen scheuen Fuchs gesehen und einen Schwan, der seine Jungen fütterte. Die alten Steinhäuser am Spittelberg ähneln großen, verletzten Tieren. Ich füttere niemanden. Die Bäume im Prater werden mich überleben. Im Volksgarten bestellte ich »Bukowski's Nightmare«. Die Wiener sind kultiviert und frankophil. Beweis: Wenn sie anstoßen, sagen sie dauernd »Proust!«.

Dienstag

Heute habe ich mein erstes Autogramm im Ausland gegeben. Ich sehe mein Foto auf Plakaten, in den Schaufensterr. der Buchhandlungen, auf der ersten Seite der deutschen Tageszeitungen. Es ist ein absurdes Gefühl, in einem Landstrich berühmt zu werden, dessen Sprache man nicht spricht. Ich schreibe meine Widmung in Englisch und sage: »Danke schön« und dann »Auf Wiedersehen« und denke ganz intensiv: »Entschuldigung«.

Ich danke Deutschland, weil es das Land ist, in dem ich den Wunsch verspürte, Françoise anzurufen. Irgend etwas an dieser reinen Luft, der Poesie germanischer Wälder, der Romantik hat mich in den Bann geschlagen. Diese Unschuld, die sie so schuldig gemacht hat. Ohne Romantik gibt es weder Liebe noch Hitler.

Mittwoch

Manchmal, wenn man nicht aufpaßt, stellt man um drei Uhr morgens fest, daß man mit Unbekannten Space Invaders spielt, während man Drum 'n bass hört irgendwo in Zürich, wo das Gras so stark ist (und erlaubt), und niemand, nein, niemand, glauben Sie mir, wird einem an einem Mittwoch abend einen blasen. Wo sind die Dadaisten geblieben?

Donnerstag

Zurück in Paris. Pénélope ruft mich an:

»Ihr fehlt mir ...«

»Du meinst, Ludo und ich?«

»Ich dachte, die Ehe ist dazu da, jemanden zu betrügen. Aber Ludo will mich nicht mehr sehen, und du bist homosexuell.«

»Nein, ich bin ein verdrängter Feminist, das ist was anderes. Oder ein verliebter Phallokrat, wenn du willst.«

»Du wechselst ständig die Frauen, weil du Angst vor uns hast. Hey, du solltest dir Ludo vornehmen, das täte euch beiden gut. Und ich filme ...«

»Ich mag es, wenn du dich am Telefon streichelst.«

»Mein Ehemann faßt mich schon nicht mehr an, also muß ich es selber tun. Du bist zu blöd. Du interessierst dich nie für die anderen.«

»Stimmt. Na los, interessiere mich, wenn ich dir schon einmal zuhöre.«

»Seit ich verheiratet bin, will mich keiner mehr.«

»Falsch. Seit du einem anderen gehörst, erregst du mich wieder. Du hast recht: Ich muß schwul sein.«

Wir haben im Hotel gefickt, ich dachte dabei an Françoise, sie an Ludo. Wir haben wie am Spieß geschrien und sind dann jeder in sein eigenes Unglück zurückgekehrt.

Freitag

Gestatten Sie, daß ich Ihnen eine dumme Anekdote aus meinem häuslichen Leben erzähle? Neulich habe ich Helmut-Lang-Jeans mit Farbklecksen drauf gekauft (die besonders teuer sind, weil sie aussehen wie alte, eklige Anstreicherhosen). Nachdem ich sie eine Woche lang getragen hatte, gab ich sie meiner Putzfrau zum Waschen, ohne sie vorzuwarnen. Am nächsten Tag kommt sie zu mir:

»Schwer Arbeit, viel Arbeit, aber jetzt wieder schön.«

Meine Jeans waren blitzsauber! Sie hatte sie tapfer geschrubbt und die kostbaren, vom lieben Helmut selbstgestylten »drippings« restlos entfernt! Ich war am Boden zerstört, zog aber aus diesem Mißgeschick eine Lehre: Wenn BoBos sich als Arme verkleiden, müssen sie ihren Dreck eben auch selber waschen. Wie soll denn meine brave Hausangestellte verstehen, daß Farbkleckse bei diesen Trotteln das Nonplusultra der Eleganz sind? Woher soll sie wissen, daß ich, nur weil ich Schotter habe, nicht unbedingt Hirn haben muß?

Samstag

Wird eine Frau nicht gefickt, ist sie geknickt (Pénélopes Theorem).

Sonntag

Es gibt eine Zeit zwischen 20 und 25 Jahren, in der man aufrichtig glaubt, man würde nicht wie die anderen. Wahrscheinlich schaue ich Leuten dieses Alters deshalb so gern beim Tanzen zu. Sie rühren mich, weil sie meinen, sie seien frei. Es ist schön, wenn diese Jungs die Mädchen küssen; sie nehmen es so wichtig. Wahrscheinlich merken sie gar nicht, daß sie schon in einem Backstreet-Boys-Clip eingesperrt sind. Ich war wie sie, früher. Auch ich kaute mit klopfendem Herzen Haare, die sauber rochen, und fühlte mich unbesiegbar.

Montag

Patrick Duval bringt bei Stock ein Buch über Issei Sagawa heraus, den japanischen Kannibalen, dessen makabre Motive er sehr gut auseinandernimmt. Jetzt muß sich Thomas Harris, der Autor von *Hannibal*, warm anziehen. Einen Aspekt der Geschichte allerdings vernachlässigt Duval: Meiner Meinung nach hatte Sagawa die Schnauze voll von ausgelutschten Komplimenten, er wollte den Wortschatz erweitern und endlich ausrufen können:
»Ich liebe deinen Dünndarm und deine Galle. Du hast eine köstliche Bauchspeicheldrüse, und deine Leber macht mich verrückt. Schenk mir deine Augen, Kleines!«

Dienstag

Man kann Jahre mit der Suche nach jemandem oder etwas zubringen, nur um am Ende festzustellen, daß das, wonach man wirklich gesucht hat, man selbst war.
Der Atheist sucht etwas, das er nicht findet.
Der Künstler findet etwas, das er nicht sucht.

Mittwoch

Seltsame Symmetrie: Ludo hat nicht den Mut, seine Frau zu verlassen, und ich habe nicht den Mut, mir eine zu nehmen. Wir sind die zwei Seiten derselben Medaille. Es gibt zwei Dinge, die der Mann nicht kann: gehen und bleiben.

Donnerstag

Ich trinke aus Schwäche. Menschen betreten und verlassen mein Leben wie durch die Drehtür des Hotels Plaza Athénée. Heute abend Eröffnung des Nouveau Cabaret (Place du Palais-Royal, 1. Arrondissement). Ein Schmuckstück zwischen afrikanischer Hütte und futuristischem Design. Wie in Kubricks *2001 – Odyssee im Weltall*. Er hat begriffen, daß die Menschheit ein Rudel Affen ist, das durch eine weiße Plastikwüste irrt.

Freitag

Mit Françoise erprobe ich eine neue Erfahrung: baggern, ohne zu bechern. Das zwingt zur Konzentration, wenn man nicht schroff wirken will. Es ist schwer, nicht rot zu werden, wenn die Blicke sich kreuzen. Lange, peinliche Pausen mit abgewandten Augen. Angst vor der Aufrichtigkeit. Panik, sich tatsächlich zu verlieben. Wir fangen immer gleichzeitig zu sprechen an:

»Pardon, ich habe dich unterbrochen.«

»Nein, nein, sag nur.«

»Nein, du erst.«

»Ich weiß nicht mehr, was ich sagen wollte.«

Wie zwei Teenies. In ein paar Stunden wird es am Telefon genauso sein:

»Los, leg auf.«

»Nein, erst du.«

»O.k., wir zählen bis drei.«

Ich machte mir vor, die Wahl zu haben, ich hätte mir denken können, daß die Entscheidung nicht bei mir liegt. Kein Unterschied zwischen Männern und Frauen: Man wird erwählt, das ist alles, man muß nur warten, bis man an der Reihe ist, und die Gelegenheit nutzen. Am Ende des

Essens bestellte ich eine Flasche Rosé, die ich mir hinter die nicht vorhandene Binde goß. Trotzdem wagte ich nicht, sie zu küssen … ich hatte Angst vor dem nicht wiedergutzumachenden Fehltritt. Ich schaute ihr nach, als sie sich entfernte, und mußte mich beherrschen, nicht wie ein Bekloppter hinter ihrem Wagen herzurennen. Schmetterlinge im Bauch, Fliedersträuße, Freudenflüsse. Ich führe meine Hand zum Mund, Tau liegt auf meinen Pupillen. Ich werde wieder zum Leben erweckt.

Samstag
Ich habe einen zauberhaften Nachmittag ohne falschen Ton mit dieser Frau verbracht, die ich seit Beginn dieses Buchs kaum gesehen habe (das rückenfreie Kleid auf Formentera). Es war, als hätte jemand einen sehr weichen, leichten, traurigen Gazefilm über die Realität gelegt. Das war es, was ich wollte: Bauchschmerzen kriegen, wenn ich an jemanden denke. Eine Frau treffen, die sich mir entzieht, und nicht mehr weglaufen wollen. Françoise ist kaum verschwunden, da denke ich: Ihre Schönheit ist unerträglich, ihr Vorname grotesk, aber sie riecht gut, sicher hat sie sich die Haare gewaschen, bevor sie kam, sie fehlt mir, sie ist reserviert und sinnlich, ich liebe ihre Nägel, ihre runden Ellenbogen, die glatten Schultern, die dunkle, drängende Stimme wie von Catherine Deneuve, ihr Hyänenlachen, wenn sie mir wieder erzählt, daß sie nie ein Höschen trägt, die großen Augen, die oft halb geschlossen sind (es muß anstrengend sein, so große Augen, graugrün wie die einer zornigen Katze, offenzuhalten), ich würde gern wissen, welches Parfum sie benutzt, um es zu kaufen und daran zu riechen, während ich an sie denke … Schau, schau … Gar nicht so blasiert, der Oscar. Macht das der Sommer? Und die damit verbundenen Hormonwallungen oder die hohe Luftverschmutzung?

SOMMER
DIE GESCHICHTE DER A

Das Leben schadet dem Ausdruck des Lebens.
Wenn ich eine große Liebe erlebte,
könnte ich sie nie erzählen.

Fernando Pessoa

Sonntag

Ich fühle mich richtig fies verliebt. Ich kannte dich nicht, und doch ist es, als ob ich dich wiedererkannt hätte.

Montag

Beschleunigte BoBoisierungsphase: Gestern mit Bernard-Henri Lévy und Arielle Dombasle, die sich so sehr lieben, daß es allmählich nervt, im Hotel du Cap Eden Roc gegessen. Wir knackten Cashewnüsse am Rand des Pools und überließen die Peanuts amerikanischen Milliardären namens Jerry. Die schöne Arielle erklärte, sie würde bei den nächsten Wahlen die Kommunisten wählen, weil Robert Hue ihre Stimme so liebe (leuchtet ein). Ich bin fest davon überzeugt, daß wir die beiden einzigen Kommunisten im Eden Roc waren. Wir tranken Pfirsichsaft und sprachen über vergessene Kriege. Und es war gut so; jedenfalls besser, als über den CAC 40 zu sprechen. Ob ich eines Tages in der Lage sein werde, jemanden so lange zu lieben wie Bernard?

Dienstag

Wir telefonieren jeden Tag. Ich habe Françoise Blumen zu ihrer Mutter geschickt und vier Strophen von Larbaud.

Das war ein bißchen *too much*, aber sie hat mich trotzdem zurückgerufen. Françoise hat ihre Arbeit aufgegeben und sucht auch keinen Job. Sie ist verzweifelt, liebt nur Katzen und Bücher, pflegt ihren Body, trifft sich mit niemandem und will keine Kinder. Ist das die ideale Frau? Bevor sie mich kennenlernte, wollte sie krepieren. »Krepieren« ist ihr meistgebrauchtes Wort: »Ich wäre fast krepiert«, »Ich werde krepieren«, »ich dachte, ich würde krepieren« usw. Sie benutzt auch noch das Verb »sterben« und das Adjektiv »gemein«. Mir ist noch nie jemand begegnet, der so lustig war. Sie redet irrsinnig schnell und abgehackt, weil sie die Jüngste aus einer großen Familie ist und als Kind so schnell sprechen mußte, um bei Tisch Gehör zu finden … Je öfter ich ihr sage, daß sie mir fehlt, desto wahrer wird es. Ich glaube, ich würde mein Leben gern der Aufgabe widmen, sie am Krepieren zu hindern.

Mittwoch

Mittagessen mit Arnaud Montebourg in der Kantine der Nationalversammlung. Niemand gibt ihm mehr die Hand, seit er Unterschriften für die Einrichtung eines Untersuchungsausschusses gegen den Präsidenten sammelt. Ich verstehe nicht, warum die Abgeordneten nicht in Scharen angelaufen kommen, um seine Petition zu unterzeichnen. Er ist zum Aussätzigen geworden, nur weil er die Wahrheit wissen will. Dabei ist er ganz harmlos. Er boykottiert nicht einmal Danone: Er trinkt Evian! Als die Rechnung kommt, zögert er … Wird er bar bezahlen? Ein Bündel Scheine zücken? Nein, doch nicht, er läßt sich von Stéphane Simon und Thierry Le Vallois einladen. Korrupt – wie alle anderen!

Donnerstag

Françoise, du bist das wichtigste Ereignis, seit der Mensch nicht mehr auf dem Mond herumläuft. Du hast mir nicht erlaubt, dich nicht zu lieben. Ich konnte nicht anders. Du hast mich nicht an dir vorbeigelassen. So sieht Liebe aus: Man fühlt, wenn man einen bestimmten Menschen verpaßt, verpaßt man sein Leben. Liebe ist, wenn man aufhört zu zögern. Wenn alle anderen fade werden. Ich sehne mich schon nach dir, bevor ich dich überhaupt kenne. (Ich schreibe hier alles auf, was ich mich nicht getraut habe, dir zu sagen oder mit dir zu machen.)

Freitag
Ferienzeit. Sie hat Paris verlassen und damit mich. Wie verdirbt man sich den Sommer? Indem man sich im Juli verliebt.

Samstag
Auf dem Cours Saleya in Nizza schlürfen die Carmens ihren Pastaga und betrachten die länger werdenden Schatten. Patrick Besson strahlt, wenn Florence Godfernaux lächelt. Die Natachas auf der Promenade des Anglais sind mein Sicherheitsnetz. Das Village in Juan-les-Pins wird zur schönsten Disco Europas. 1500 Donna-Summer-»bad girls« und ein unbeschreibliches Ambiente, das ich deshalb gar nicht erst zu beschreiben versuche. Ich will nur so viel verraten, daß der Cocktail nach Art des Hauses Cunni heißt und der Barman auf die Frage, was denn da drin sei, »Mösensaft« sagt.

Am Morgen ging die Sonne über einer Massenprügelei auf dem Parkplatz vor dem Siesta auf; schwer zu sagen, was mir am unheimlichsten war: die Baseballschläger, der Apfel-Absolut oder meine Sehnsucht nach Françoise.

Sonntag
Zur Zeit gehe ich nicht aus, um Leute zu treffen, sondern um Bonmots zu notieren. Wesen aus Fleisch und Blut interessieren mich weniger als geistreiche Bemerkungen.

Das wird allmählich zum Problem. Eine ganze Woche lang habe ich nach dem Satz der Woche gesucht. Endlich, im letzten Moment, wird er mir von Guillaume Dustan geliefert, als ich ihn frage, ob er seinem Mann treu ist.

»Natürlich nicht«, anwortet er.

»Weiß er, daß du ihn betrügst?«

»Ich spreche nicht allzuviel darüber, weil es ihm weh tut … aber ich tue es, weil es mich aufgeilt.«

Montag

Wenn man nicht verliebt ist, betrachtet man alle Frauen voller Neugier: Man sucht das Neue, die Überraschung, das Erstaunen, womöglich die Liebe auf den ersten Blick.

Wenn man verliebt ist, betrachtet man alle Frauen voller Besessenheit: Man sucht die, die man liebt, in den anderen, man ist verblendet von der, die man schon kennt, man hat das Gefühl, ihr überall zu begegnen. Casanova sagte, das Neue sei der Tyrann unserer Seele. Nein, das ist nicht wahr, der Tyrann bist du.

Ich wollte Françoise retten, jetzt rettet sie mich. Ich habe die einzige Egoistin getroffen, die mich zum Altruisten machen kann.

Dienstag

Während Ludo auf Formentera in seinem kleinen Familiengefängnis schmort, leide ich allein in Ibiza und blättere im *Magazine littéraire,* das sich mutig »Lob der Langeweile« nennt. Dabei finde ich eine Passage aus Joris-Karl Huysmans' *Gegen den Strich:* »Was er auch versuchte, stets bedrückte ihn ein gewaltiger Überdruß. […] Er fand sich auf dem Wege wieder, ernüchtert, allein, grauenvoll ermattet.« Ich hatte immer Angst, nie wieder lieben zu können; jetzt habe ich Angst, auf ewig lieben zu müssen. Dabei habe ich sie noch nicht einmal geküßt!

Mittwoch

Françoise antwortet nicht auf meine poetischen SMS. Um mich auf andere Gedanken zu bringen, nehme ich ein Schiff nach Formentera, um Ludo besuchen.

Der neueste Sport dort: Discofurzen. Das Spiel, das in der ohrenbetäubenden House Music vollkommen untergeht, besteht darin, sich einer lieblichen Schönheit – einem hinreißenden, unschuldigen Model im Trägertop beispielsweise – zu nähern, ihr den erhobenen Hintern zuzuwenden und einen fahren zu lassen, bevor man kichernd davonläuft. Das Ganze ist natürlich revanchistisch, und es gibt absolut keinen Grund, sich etwas darauf einzubilden. Aber schließlich sind wir hier auf den Balearen und nicht im Collège de France!

Donnerstag

Rückkehr nach Ibiza.

Ach, wenn das Leben doch so wäre wie der gestrige Abend im Privilège! Die »Renaissance«-Party trug ihren Namen mit Fug und Recht ... gewagter ist es schon, die größte Disco der Welt »Privilège« zu nennen (Fabrice Emaer wird sich im Grabe umdrehen!) ... Da waren lauter 18jährige Schönheiten und Carl Cox am Pult ... Davor hatte ich im Mar Y Sol auf meinen Dealer gewartet, den hiesigen Sénéquier, und die Insel-Loanas beäugt ... Erick Orillo hatte gerade seine neue Compilation *Subliminal Sessions Vol. 1* im Pacha vorgestellt ... Le Divino war zu einem Strip-Club mit Gogos à gogo geworden ... Ich trug mein neues T-Shirt mit der Aufschrift »Good girls go to heaven, Bad girls go to Ibiza«, das ich am Hafen gekauft hatte ... Eine Chupitos-Runde jagte die nächste ... Ich hätte das Bild am liebsten festgehalten und wäre bei diesem Augenblick verweilt ... Warum gibt es keinen Nachtclub namens »Erlösung«? Morgens betrachteten Ludo und ich aufmerksam den rosa Himmel, der so ungern blau wurde. Das Meer übernahm seine Farben. Es hatte wie bei Homer die Farbe des Weines. Die Flugzeuge zogen ihre Schleifen über unseren Köpfen, bevor sie Richtung Afrika (rechts) oder Europa (links) abdrehten. Ich hätte mit jeder geschlafen, um Françoise zu vergessen, aber es hätte nicht funktioniert. Alles vermischt sich: die Länder, die Menschen, die Jahre, die Körper. Ich brauche einen Kompaß; und wenn sie es ist?

Freitag

Wissen Sie, was »Dildo« auf spanisch heißt? »Consolador«. Charmant, nicht wahr? Man hört darin den »Trost« und die »Festigung«, die gemeinsam den Zweck des Gegenstandes ziemlich gut umreißen.

Samstag

»Das war's: ich lasse mich scheiden!«

Schwer zu sagen, ob Ludo vor Freude weint oder aus Trauer lacht.

»Es ist vorbei. Meine Ehe hat das verflixte 7. Jahr nicht überstanden.«

Alles bricht zusammen; ich habe ihn für meinen einzigen soliden Freund gehalten, aber wem kann man heute noch trauen? Wenn sogar Eheleute sich scheiden lassen, wo kommen wir dann hin? Ludo ist aus Formentera rausgeflogen: Seine Frau hat vorgestern den »falschen Ludo« gefunden, den er aus einem Kissen und zwei Decken in seinem Bett gebastelt hatte, um sich mitten in der Nacht zu verdrücken. (Sie haben sicher davon gehört; die Medien brachten seine Trennung in Großaufnahme auf den Titelseiten).

»Sie hat mich am Hafen wortlos aus dem Auto geworfen. Ich also mit meinen Koffern voll schmutziger T-Shirts auf die Fähre. Meine Tränen mischten sich mit der Gischt – viel Salz auf meinen Wangen. Meine Drecksvisage war ein einziger salziger Sumpf.«

»Woran lag's?«

»Das Leben. Ich war mit dem Kopf woanders, und sie hat es gemerkt. Ich mußte gehen oder mich ersäufen.«

»Na, na, das wird schon wieder ...«

»Ich weiß nicht, das Unglück hat sich seit langem angekündigt. Wenn man sich im Sonnenschein trennt, hält man einander wirklich nicht mehr aus. Wir sind beknackt, daß wir Gefühle für die Ewigkeit wollen; sie sind so vergänglich wie wir selbst. Die Dinge enden, nur wir wollen das nicht einsehen.«

Der Schmerz inspiriert ihn.

»Wie fühlst du dich?«

»Banal. Monströs. Stell dir vor: Sie ist im sechsten Monat!«

»Hör auf, ich muß kotzen!«

»Heute werden sich die Leser deines Tagebuchs sicher schlapplachen.«

»Och, weißt du, meine Leser, die sind wie wir alle: Sie blättern ein bißchen, in der U-Bahn oder am Strand, und tun dann so, als wäre alles in Ordnung, aber im Grunde ihres Herzens wissen sie genau, wovon ich rede. Wir fliehen vor der Einsamkeit, statt zuzugeben, daß wir sowieso keine andere Wahl haben.«

Sonntag

Verheiratete Männer sind spannender als Singles. Man hält sie für altbacken mit ihren Frauchen und ihren blökenden Blagen, doch in ihnen toben heftigere Konflikte, verbissenere Kämpfe und innere Krämpfe als bei allen Oscar Dufresnes der Welt.

Montag

Frauen mißtrauen anderen Frauen und übersehen dabei meiner Meinung nach ihre schärfste Konkurrentin: die Einsamkeit. Ludo hatte die Schnauze voll vom Zusammenleben (»Ich hatte immer das Gefühl, die ganze Welt amüsiert sich ohne mich!«), und ich hatte die Schnauze voll vom Alleinleben. Wir sind beide traurig. Ich beichte ihm:

»Weißt du, ich hab vielleicht jemanden kennengelernt …«

»Ach! Hab ich's mir doch gedacht, kleiner Geheimniskrämer! Ich hab nur darauf gewartet, daß du mir davon erzählst! Weißt du, woran man merkt, daß du verliebt bist?«

»Nein …«

»Du wirst nervig, aber so richtig nervig! Zieh nicht so eine Fresse! Also, wer ist es?«

»Du kennst sie nicht … Sie heißt Françoise.«

»Nein, oder!?«

Man könnte meinen, er kennt sie.

Dienstag

Die Straße vom Flughafen in die Stadt Ibiza ist gesäumt von riesigen Plakatwänden, auf denen Partys im Pacha, im Space und im Amnesia angekündigt werden. Für Nachtclubs wird hier mehr geworben als für alltägliche Dinge. Das Clubleben ist zum Massenkonsumartikel geworden. Der Clubismus tritt die Nachfolge des Kapitalismus an! Das ist die Mode von morgen, die hedonistische Religion, die Disco als Freizeitpark, in dem man die Sklaverei des restlichen Jahres vergißt. Wann gibt es die ersten Flyer im Supermarkt? David Guetta ist schon Spitzenreiter im Verkauf. Warum sollte Carl Cox nicht seine nächste Schaumparty auf Ariel-Paketen anpreisen? Die Tanzflächen sind überschwemmt von Deutschen und Engländern, die mit Chartermaschinen anreisen, um ihre Probleme zu vergessen: die häßlichen Körper mit Sonnenbrand auf der kahlen Stirn, die fetten Bierbäuche und ihre miserablen Fußballnationalmannschaften.

Mittwoch

Ich fasse kurz unser Gespräch der letzten Nacht zusammen: Ludo hatte vor ein paar Monaten eine Affäre mit Françoise. Sie haben sich nicht geliebt, sondern bloß einmal pro Woche gefickt, anscheinend ganz gut. Ich bat ihn, mir die Einzelheiten zu ersparen.

»Die ist irre, total ausgeflippt, das geht einem echt auf die Eier. Paß bloß auf, Alter.«

Falls er mich damit abschrecken wollte, hat er's verpatzt. Je irrer, je lieber. Ludo läßt nicht locker.

»Die ist krank! Rührt den ganzen Tag keinen Finger und hat jede Menge Stecher! Depressiv ist sie. Sehr sexy, sehr intelligent, aber vollkommen gaga.«

Alles, was er sagt, macht sie für mich noch anziehender. Ich zitiere Duras: »Du gefällst mir – was für ein Ereignis.« Man muß schon ziemlich verliebt sein, um auf Ibiza *Hiroshima mon amour* zu zitieren!

»Mir war gleich klar, daß Françoise für mich geschaffen ist. So eine Verstörte, die den ganzen Tag schmollt und abends poppt wie eine Göttin? Um so besser. Bloß kein Rehauge!«

Donnerstag

Françoise hat mich endlich zurückgerufen, um mir zu erklären, warum sie mich nicht zurückgerufen hat: wegen meines Rufs als verlogener, verhurter, wankelmütiger Nachtschwärmer ... Ihre Mutter habe ihr geraten, mir aus dem Weg zu gehen. Ich sagte, ich nähme es ihr nicht übel, daß sie sich Ludo reingezogen habe, daß sie eine Irre, eine Neurotikerin sei und Abenteuer mit verheirateten Männern habe. Sie sagte, sie könne machen, was sie wolle, und ich solle ihr Vorhaltungen über ihre Vergangenheit ersparen; ihr sei meine nämlich völlig schnurz.

Großartig, wir streiten schon, bevor wir uns überhaupt angefaßt haben. Ich versuche die Wogen zu glätten:

»Hör zu, jetzt wird's ernst. Du gefällst mir – was für ein Ereignis.«

»Laß stecken, ich hab auch Duras gelesen.«

»Ich habe nichts mehr unter Kontrolle!«

»Ich auch nicht.«

Das wird der schönste Anruf meines Lebens. Sie versichert mir, daß sie sich im gleichen Zustand zwischen Heidenangst und rosa Wölkchen befindet. Ich bin entsetzlich gerührt, endlich jemanden anzuziehen, der mich anzieht. Eine Minute später bin ich am Flughafen. Ich fliege.

Freitag

Zu feige, von heute zu erzählen, pathetisches Theater, wie ich völlig breit Françoise auf Knien anflehte, mit mir zu kommen, und der Taxifahrer war Zeuge meines Abstiegs vom Herzensbrecher zum verliebten Casanova, der selbst zum Opfer wird. Françoise ist meine göttliche Strafe: Sie rächt alle anderen Frauen.

Zehn verloren, eine gewonnen.

Samstag

Ach ja, ich habe noch ein Fest veranstaltet. Im Nouveau Cabaret, dem Club, in dem Jacques Garcia plötzlich vom Second Empire ins dritte Jahrtausend sprang und ein völlig neuartiges Dekor schuf. Die Bar stand allen offen (leider habe ich die Rechnung bezahlt). Guillaume Dustan hatte seine Platten vergessen; er sollte sich beim Heroin ein bißchen bremsen, wenn er ein Profi-DJ werden will. Dagegen war Patrick Eudeline geradezu clean! Beim Essen waren wir alle ziemlich glücklich, obwohl sie an der Küche noch arbeiten könnten. Aber wer geht schon ins Cabaret essen? Thierry Ardisson nicht und ich auch nicht! Julien Baer paßte oben auf, um Neuzugänge zu inspizieren und Abgänge zu verhindern. Ein neuer Raum war eröffnet worden: die Lounge (so benannt, weil man dort auf Matratzen

»loungert«). Schon komisch, einen Akademiker (Jean-Marie Rouart) und einen Staatsrat (Marc Lambron) zwischen Tänzerinnen aus dem Crazy und künftigen Wetterfeen lümmeln zu sehen; leider zog sich keiner aus. Marie Gillain dankte mir für die Komplimente vom letzten Mal, und ich war immer noch genauso unbeholfen (glücklicherweise ging mein unangebrachtes Erröten in dem trüben Licht unter). Ich wollte ihr von Tisch zu Tisch simsen, aber Jean-Yves Le Fur haute mir auf die Schulter und schlug vor:

»Nimm doch mein Handy, das geht besser …«

Wozu ich nicht gekommen bin: mit Hélène Fillières und Pierre Bénichou zu schlafen, mit Pierre Assouline und Marc-Edouard Nabe über die neuen Bücher des Herbstes zu sprechen, mit Inès de la Fressange und Arno Klarsfeld zu tanzen. Trotzdem hat sich der Abend gelohnt: Ich war mit Vincent Cassel pissen! (Und sonst … Françoise trug ein schwarzes Kleid mit gefährlichem Träger um den Hals, ich schämte mich für meinen gestrigen Rausch, Ludo scharwenzelte die ganze Zeit um sie rum, und an den Rest will ich mich lieber nicht erinnern: Ich habe ein selektives Blackout.)

Sonntag

Dieses Tagebuch ist ein Anti-Loft-Manifest. Klar bin ich für die Enthüllung des Privatlebens, weil du bei erfundenen Abenteuern, wie Dave Eggers sagt, immer das Gefühl hast, »im Clownskostüm Auto zu fahren«. Doch meine Wahrheit ist durch die Lüge geläutert, durch die Arbeit gefiltert und durch das Schreiben destilliert. Verzeihen Sie mir die Anmaßung, aber ich glaube, ich hätte keine Probleme, mich 70 Tage lang mit ein paar jungen Hühnern in einen Container sperren und dabei vom Fernsehen filmen zu lassen, aber kein einziger Teilnehmer dieser beschissenen Sendung wäre in der Lage, mein Tagebuch zu schreiben. Laßt sie nur kommen! Kenza, ich warte! Boris Vian hat, wie mir scheint, das Wesen der Literatur in seinem Vorwort zum *Schaum der Tage* sehr gut zusammengefaßt, als er am 10. März 1946 schrieb:»Die Beweiskraft der folgenden Seiten beruht auf der Tatsache, daß die Geschichte vollkommen wahr ist, weil ich sie von Anfang bis Ende erfunden habe.«

Montag

Gestern abend hat Tom Ford das neue Parfum von Yves Saint Laurent vorgestellt:»Nu« – nackt. Dafür mietete er das Palais Brongniart (die ehemalige Pariser Börse) und stellte drin ein Aquarium auf, in dem sich splitternackte Männer und Frauen küßten und streichelten. Alle 800 Gäste schielten hin und tanzten danach gleich viel besser. Die Erregung war mit Händen zu greifen. Eva Herzigova lächelte viel zuviel, um anständig zu sein, der DJ mixte *Walk this way* von Aerosmith mit *Voulez-vous coucher avec moi ce soir* von Patti Labelle. Françoise trank zum ersten Mal in ihrem Leben Wodka und entdeckte die Vorzüge des Alkohols: Sie flirtete mit allen. Ich fühlte mich wie in einem cybernetisch korrekten Science-fiction-Film. Im Jahr 2060 werden die Finanzmärkte zu einer riesigen Orgie in einem Glaskasten mutiert sein … Und sind sie das nicht heute schon? Ich hatte Tom Ford im Verdacht, ein Androide zu sein, ein Cyborg der Klasse XB28 von der Firma BioTec Inc., wie in *A.I.*, dem bei Kubrick geklauten Flop Steven Spielbergs. Ich wollte die Gelegenheit nicht ungenutzt vorbeigehen lassen und flüsterte Françoise ins Ohr:
»Ich liebe dich, wann ficken wir?«
Sie drückte mir die Hand. Den Arm. Den Ellbogen, den Oberarm, die Schulter, das Kinn. Preßte ihre Lippen auf meinen Mund. Ich wurde blind, taub, stumm. Geboren für diese Sekunde.

Dienstag

Man redet immer über die Eingangssätze, das berühmte
»Incipit«: »Lange Zeit bin ich früh schlafen gegangen« (*In
Swanns Welt*). »Heute ist Mama gestorben« (*Der Fremde*).
»Angefangen hat das so« (*Die Reise ans Ende der Nacht*). Aber
kann jemand die Schlußsätze auswendig? Dabei sagt das
Ende eines Buchs oft viel mehr als der Anfang. In der
Reihenfolge ihres Auftretens: »Die Erinnerung an ein be-
stimmtes Bild ist wehmutsvolles Gedenken an einen bestimmten Augenblick; und Häuser, Straßen, Avenuen sind
flüchtig, ach! wie die Jahre.« »Damit sich alles erfüllt, damit ich mich weniger allein fühle, brauche ich nur noch
eines zu wünschen: am Tag meiner Hinrichtung viele Zuschauer, die mich mit Schreien des Hasses empfangen.«
»Er rief alle Lastkähne des Flusses zu sich, alle, und die
ganze Stadt, und den Himmel und die Landschaft, und
uns auch, er trug alles fort, die Seine auch, alles, damit das
alles ein Ende hat.«

Die drei Beispiele kurz verallgemeinert, heißt das: Meisterwerke beginnen schlichter, als sie enden, der Schluß ist
fünfmal so lang wie der Anfang. Geniales beginnt unerwartet und endet eher melancholisch (wie die Liebe).

Mittwoch

Wir haben noch immer nicht miteinander geschlafen
(totales, furchtbar peinliches Fiasko vorgestern, ärgerlich
für sie und demütigend für mich, mein Schwanz wie ein
Herta-Würstchen, dabei hatte ich noch nie im Leben so
etwas Zauberhaftes in meinem Bett … einen Ständer hätte
ich gehabt wie ein Esel, wenn ich nichts für sie empfunden
hätte, aber das, was auf dem Spiel stand, machte mich so
hilflos wie Henri Leconte beim Finale von Roland Garros),
und ich schlage in einer plötzlichen Eingebung (und als
klugen Schachzug) vor, gemeinsam nach Los Angeles zu
fliegen. Zu meiner großen Überraschung willigt Françoise

ein. Zwölf Stunden später versuche ich vor dem Mondrian-Hotel verzweifelt, ein Taxi anzuhalten, und Elizabeth Quin bringt sie zum Lachen:

»In L. A. brüllt man nicht, da bräunt man.«

Dann Tränen des Glücks im weißen Zimmer. Trotz der Demütigung von gestern abend, trotz Jetlag und trotz allem Schiß vor der Liebe beginnt mein Körper wieder zu funktionieren. Kaum zu glauben, daß ich in 35 Jahren noch nie geweint habe beim Lieben.

Donnerstag

In New York wurde das gleiche Man Ray eröffnet wie in Paris. In Sofia gab es Dali's Bar. In Los Angeles wohne ich im Hotel Mondrian. Jetzt müßte ich nur noch Citroën Picasso fahren! Wozu ist die moderne Kunst gut? Um hippen Sachen einen Namen zu geben. Kunst macht ohne den Umweg über Reality-Shows bekannt. Kunst vermittelt Berühmtheit + Inhalt = idealer Name für ein Restaurant. Der Künstler ist einer, der für irgendwas bekannt ist. Das behaupte ich einfach, ich würde mich aber auch nicht wundern, wenn es bald jede Menge Steevie-Cafés oder Loana-Bars gäbe.

Freitag

In der Sky Bar des Mondrian und im Backflip des Hotels Phoenix in San Francisco sagt man oft und gern »Oh my God«, bevor man sich in den darüber gelegenen Zimmern einen Dildo reinsteckt. Hippe Hotels sind praktisch: Am Pool sind immer schöne Menschen, das erspart einem das Ausgehen. Man kommt nur kurz an die Bar, sammelt ein paar Schnitten und Watermelon-Martinis ein und robbt dann hinauf in sein Zimmer. Kleine Panikattacke? Françoise spendiert 50-mg-Tabletten Effexor, die ich wie Erdnüsse einwerfe.

Samstag

San Francisco ist New York bergab. Ich gehe mit Françoise ins Haight-Ashbury-Viertel. Wir kaufen Hippieklamotten für Ludos Tochter Sophie. Ich schenke ihr Platten von Jefferson Airplane. Sie schenkt mir eine Jeansjacke, »um mich jugendlich zu verkleiden«. Am falsch geparkten Leihwagen steckt ein Knöllchen. Ich habe den Bußgeldbescheid noch zu Hause in einer Schublade. Manchmal betrachte ich ihn eine Weile lang mit angehaltenem Atem. Ich werde ihn einrahmen lassen.

Montag

Backflip, San Francisco, 3 Uhr morgens (in Paris ist jetzt gerade Mittag). Im Prinzip habe ich nichts gegen DJs in Flip-Flops, aber es macht einen komischen Eindruck. Sagen wir mal, im Barfuß-Look muß er sich dreimal überlegen, was er auflegt. Die Mädchen sehen alle aus wie Cameron Diaz. Die Typen können ihnen nicht das Wasser reichen, lauter schlecht angezogene Spießer, die nicht einmal tanzen können ... Das liegt daran, daß in San Francisco alle hübschen Boys schwul sind und das Backflip einer der wenigen Hetero-Clubs. Selbst hier tanzen die Mädels miteinander. Lesbian-Chic-Atmosphäre unter blonden Cheerleaders. Man spürt, daß sie mit ihrer Anmache vor allem das Ficken vermeiden wollen. Der Mann ist hier mehr als überall sonst eine verzichtbare Größe.

Dienstag

Was den USA fehlt, ist der Zweifel. Das ist der große Fehler der Siegernationen. Hier setzt man immer auf Sieg und feiert ihn jeden Abend ohne jedes Schuldgefühl. Nach ein paar Tagen in Amerika fühlt sich jeder noch so junge Europäer sehr alt. Ich vermisse die Unruhe, die existentiellen Fragen, das Unbehagen an der epikureischen Entfremdung. Sie lächeln zuviel! Diese heiteren Mienen drücken mir auf die Seele. Ich würde zu gern Attentate gegen MTV aushecken. Françoise ist meiner Meinung (was selten vorkommt).

Mittwoch
Nur in Amerika fühle ich mich als Europäer.

Donnerstag
Warum sie und keine andere? Warum auf Tausende von Brüsten verzichten für ein einziges Paar? Warum Hunderte von Muschis für eine einzige aufgeben? Die Antwort finde ich am Pool des Standard Hotels am Sunset Boulevard, während Françoise auf Shoppingtour ist: Weil es mich auffrißt, wenn sie weg ist. In der Liebe macht man sich aus Überlebensinstinkt zum Gefangenen.

Freitag
Bei Fred Segal habe ich Wynona Ryder gesehen, die ein schwarzes Kleid mit einer Ganjablüte auf dem Rücken kaufte (für echtes Geld!). Auf dem Dach des Standard Downtown gibt es nachts unter freiem Himmel einen Tanzpool zwischen glitzernden Türmen, die Aufzüge steigen an den Fassaden empor wie leuchtende Blasen, die leeren Büros sind von weißem Neonlicht erhellt, auf das gegenüberliegende Gebäude wird ein Kungfu-Film projiziert, und der DJ ist eine grazile Asiatin in Minishorts und hochhackigen Sandalen, ich trinke Gin-Seven Up und fühle mich wie Tyler Durden (der Held aus dem *Fight Club*, der gegen sich selbst kämpft), das Schwimmbecken ist voller »wasted bimbos«, die sich kreischend ins blaue Wasser stürzen, ein braungebrannter Alkoholiker mit markantem Kinn bezeichnet Françoise als »smoking hot«, auf den Plasmabildschirmen sieht man Surfer vor dem Paradise Cove über die Wellen gleiten, und die Tanzenden klat-

schen jedesmal, wenn ein Helikopter vorbeifliegt. Manchmal denke ich, daß es ein Glück ist zu leben.

Samstag

Mein ganzes Unglück kommt daher, daß ich im Bauch meiner Mutter zu oft *L'Amour avec toi* von Michel Polnareff (1965) gehört habe. Es lief ununterbrochen, und sie wiegte dazu meinen Fötus in der Schwerelosigkeit:

»Es gibt Worte, die kann man denken,
Aber nicht in Gesellschaft sagen.
Mir ist die Gesellschaft egal
mit ihrer angeblichen Moral
Ich möchte ganz einfach mit dir schlafen.«

Was wohl aus mir geworden wäre, wenn meine Mutter Yves Duteil gehört hätte?

Sonntag

»Es ist heute schlecht und wird nun täglich schlechter werden, – bis das Schlimmste kommt.« Von Zeit zu Zeit würde ich Schopenhauer gern sagen, daß er seine große Klappe halten soll.

Montag

Jean-Georges, ein Freund, der anderen gerne Moralpredigten hält, an die er sich selbst nie halten würde, ermahnt mich heute morgen am Telefon:

»Hör auf, über dich zu schreiben, das ist doch nichts, du quälst damit nur deine Mitmenschen!«

Vielleicht hat er recht. Ich will auf ihn hören. Und nichts mehr aus meinem Leben erzählen.

Dienstag

Drachen spuckten Feuer. Robin Hood beschloß, sie mit seinem dicken Speer anzugreifen. Plötzlich flog die Prinzessin durch das Schloßfenster davon (ich habe zu erwähnen vergessen, daß ihr im Rücken Flügel gewachsen waren). Doch die Bäume fingen sie mit ihren riesigen Holzhänden auf.

In diesem Moment beschloß Harry Potter einzugreifen: »Salamalekunga«, schrie er und schwang seinen magischen Schraubenzieher.

Da öffnete sich der Himmel, und Léon Zitrone (der eigentlich ein verkleideter Gott war) antwortete:

»Madame, Mademoiselle, Monsieur – gutähn Abähnd.«

Robin Hood ertrank in einer Tonne flüssigem Coulommiers. Die Feen und Zwerge weinten sehr laut, da erwachte er plötzlich wieder zu neuem Leben und schnappte sich die Prinzessin, was, nebenbei bemerkt, ein ziemlich guter Fang war. Und neun Monate später hatten sie viele kleine Kinder.

Mittwoch

Nein, tut mir leid, ich glaube, ich habe nicht genug Phantasie (oder Talent) zum Geschichtenerfinden. Sorry, Jean-Georges, ich habe getan, was ich konnte, aber ich kehre lieber wieder zu meiner »prospektiven Autofiktion« zurück (so bezeichnet Michel Houellebecq meine Arbeit, ich würde das eher »öffentliche Autodestruktion« nennen).

Donnerstag

Mir wird klar, daß ich sauer auf meinen Vater bin, seit ich den gleichen Blödsinn mache wie er. Hätte er mich bloß gewarnt! (Bestimmt hat er es versucht, und ich habe bloß nicht auf ihn gehört.)

Freitag

Immer wenn Françoise und ich streiten, poppen wir anschließend wie die Wilden. Manchmal breche ich absichtlich eine Szene vom Zaun, nur um das Glück der Versöhnung auszukosten.

Samstag

Ich nehme Françoise auf Einladung von Jean-Baptiste Blanc und Lionel Aracil zur Verleihung des Prix Sade an Catherine Millet nach Gordes mit. Schönes Essen im Mas de Tourteron, wo Guillaume Dustan den Satz der Woche von sich gibt: »Ich wäre so gern mit dir rechts.« Abends besichtigen wir die Folterkammern des Château de Lacoste. Die teuflische Chloë de Lysses nutzt den Moment, in dem ich ihr den Rücken kehre, um nackt vor dem Objektiv ihres Gatten zu posieren (so ist die Ehe doch zu etwas gut). Anschließend Gothic-Party im Mas de la Gacholle, der DJ, sehr »dark«, mixt hemmungslos The Cure mit Taxi Girl. Zusammenfassend könnte man sagen, daß die Feier viel von dem enthielt, was Jérôme Béglé »darrieussecq« nennt (d. h. Mädchen, die zu Säuen werden).

Sonntag

Die Auberge von Castellas liegt am Ende der Welt. Hier spielt Gianni, ein sardischer Barde, von seinen Schafen begleitet, Harmonika. Ich bewundere das Abendrot, das auf den Voralpen liegt. Der Lavendel riecht nach Garrigue und umgekehrt. Alle Tiere kommen mit Françoise zum Abendessen, es ist wie in dem Film *Ein Schweinchen namens Babe*. Sicher hat Giono das Dorf Sivergues in einem seiner Schäferromane erwähnt. Finden Sie den verschwiegenen Weg in die schönste Gegend der Provence doch selbst heraus! Ein ebenso grüner wie dürrer Hügel, wo ehrerbietige Olivenhaine die Sonnenstrahlen bremsen. Der Wind streift die Blätter und kühlt den Nacken. Es ist vielleicht der gastfreundlichste Ort des Planeten. Man müßte ein Schild an einen Baum nageln, auf dem steht: »Hier war Oscar Dufresne unverschämt glücklich.«

Montag

Er ging gleich nach ihr auf die Toilette. Daher wußte er, daß sie zu Mittag Spargel gegessen hatte, obwohl sie ihm versichert hatte, sie habe den ganzen Tag geschlafen. Die Untreue gab zu, daß sie mit Ludo im Ritz war. Vom eigenen Pipi verraten!

Dienstag

Zu große Berühmtheit hindert am Leben. Spazierengehen, auf einer Terrasse essen, einkaufen, auf einer Bank lesen, am Strand vögeln, im Queen wie ein Epileptiker tanzen, irgend jemanden küssen, kurz, jede gesunde, normale Tätigkeit wird durch Prominenz unmöglich. Gott sei Dank bin ich noch nicht soweit. Wer unbedingt richtig berühmt werden will, ist auf dem besten Wege, Selbstmord zu begehen. Deshalb bewundert die Gesellschaft die Stars so.

Mittwoch

In *Les Demoiselles de Rochefort* erkennt sich Delphine (gespielt von Catherine Deneuve) in dem Gemälde eines Unbekannten wieder. Das Porträt, das ihr so ähnelt, heißt »Die ideale Frau«. Sie wendet sich irgendeinem Trottel zu und ruft: »Dieser Maler muß mich sehr geliebt haben, daß er mich erfinden konnte.«

Mit diesem wunderbaren Satz formuliert Jacques Demy die stendhalsche Kristallisation neu: Liebe heißt, die Person, die man liebt, zu erfinden, bevor man sie kennt. Das ist genau das, was ich für Françoise empfinde. Ich habe sie vor einem Jahr zum ersten Mal gesehen. Dann dachte ich, ich hätte sie vergessen, aber sie war da, in mir drin, und machte mir meine Geschichten mit Claire, Pénélope und allen anderen unmöglich. Als ich sie wiedertraf, erkannte ich auf den ersten Blick, daß sie seit jeher meine Idealfrau war, daß sie alles erfüllte und daß ich nicht leben konnte, solange ich vor ihr davonlief. Sie existierte schon vor mir, trotzdem habe ich sie erfunden. Jede Liebe erfindet sich selbst. Nichts ist kreativer als die Liebe; sie ist eine Erfindung der Dichter, Musiker, Maler, Filmemacher. Deshalb sind Künstler wahrscheinlich die besten Liebhaber.

Donnerstag

Paris im August, und es regnet. Die Restaurants sind verschlossen wie die Gesichter. »Allein in Paris?« fragen Werbebanner für Sexseiten im Internet. Es ist die Zeit der jährlichen Seitensprünge: Ehefrauen in der Sommerfrische nehmen sich die Badegäste zur Brust, und in Paris machen ihre Ehemänner dänischen Touristinnen den Hof. Ich möchte meine Leserinnen warnen: Treue Ehemänner und Schürzenjäger sind keine verschiedenen Kategorien. Es gibt nur Männer, die ihre Frauen betrügen, ohne es zu sagen, und solche, die es ihnen sagen. Denken Sie daran, wenn Sie den Speicher seines Handys durchsuchen. Treue ist nicht möglich, schon gar nicht im Sommer. Sie sollten sich aber auch fragen, wer unmoralischer ist: der, der Sie heimlich verrät, oder der, der Ihnen alles erzählt?

Freitag

Zur ausgleichenden Gerechtigkeit hier noch ein kleiner Tip für unsere lieben Leser: Falls Sie ein Handy besitzen, sollten Sie daran denken, unter »Anruflisten« die Option »Einträge löschen« zu aktivieren. Das könnte Ihnen einigen häuslichen Ärger bei Ihrer Rückkehr ersparen. Und vergessen Sie bloß nicht, die SMS aus dem Speicher zu löschen. Der technische Fortschritt fördert zwar die Annäherung zwischen den Menschen, aber auch den Verdruß in der Ehe.

Samstag

Der Satz der Woche stammt von Jean-José Marchand, aus *Le Rêveur*: »Ich sehne mich nach etwas äußerst Unbestimmtem, das ich nicht definieren kann und das ein freies Leben ist.«

Sonntag

Wozu das Klonen von Menschen verbieten? Es ist schon lange durch die Logik der heutigen Welt erlaubt: Abschaffung der Verbindung zwischen Sexualität und Reproduktion, Verschwinden der äußeren Unterschiede durch die Vermischung der Rassen, Uniformisierung der Körper durch plastische Chirurgie. Huxley schlägt Darwin mit einem technischen K.O.: Die natürliche Selektion wird durch die künstliche ersetzt. Der Mensch hat den Affen besiegt, der den Dinosaurier besiegt hat. Wer soll den Menschen besiegen außer er selbst?

Montag

Alles, was Françoise sagt, ist erotisch. Wenn ich sie frage, warum sie mit Ohropax schläft, antwortet sie:

»Weil ich gern was in den Ohren habe, das sie ausfüllt.«

Mit ihrer Schönheit verhält es sich wie bei einer Pizza Quattro Formaggi: Nur Schönheit, noch mehr Schönheit und einmal Schönheit als Extra obendrauf. Allmählich gewöhne ich mich sogar an ihren Vornamen.

Dienstag

Tienanmen-Platz: Ein Student steht da und hält eine Panzerkolonne auf. In Genua überrollt ihn der Jeep. Schlußfolgerung: Die Kommunikation funktioniert bei den Kommunisten besser als bei den Ultraliberalen.

Mittwoch

Audrey Diwan träumte, daß ihre Mutter sie anschrie:

»Es ist doch immer das gleiche mit dir, alles, was man dir sagt, geht bei einem Nasenloch rein und beim anderen wieder hinaus!«

Donnerstag

All diese visionären Schriftsteller: Jules Verne, Kafka, Orwell, Huxley … was, wenn sie nicht bloß hellsichtig, sondern bestimmend gewesen wären? Wenn es die Raketen, die U-Boote, die Überwachungsgesellschaft, den Totalitarismus, die Klone nur wegen dieser phantastischen, verrückten Träumer gäbe? Im Vorwort zu seinem *Bildnis des Dorian Gray* behauptet Oscar Wilde, daß die Natur die Kunst imitiert. Vielleicht ja auch die Geschichte.

Freitag

Das Hotel Il Pelicano in Porto Ercole (150 Kilometer nordwestlich von Rom) ist das italienische Eden Roc. Charlie Chaplin hat es 1969 eingeweiht (das hat mir Ricardo, der Barkeeper, erzählt). Françoise fährt mit einem in den Fels gehauenen Aufzug hinunter, um sich im klaren Wasser einer leuchtenden Bucht zu erfrischen.

Die Sonne hier kostet viel, aber man hat uns von Anfang an reinen Wein eingeschenkt, schließlich heißt diese Gegend Argentario. Es ist eine idyllische Halbinsel auf der Seeseite der Toskana.

Nicht weit von uns entfernt, in Tarquinia, hat Marguerite Duras 1953 Mensch-ärgere-dich-nicht gespielt. Ich möchte unbedingt alle Orte festhalten, wo wir verliebt waren – gedruckt werden sie ewig sein. Denn dieses Buch wird weiterleben, wenn unsere Liebe tot ist.

Samstag

Ich war erst in, dann in kürzester Zeit out. Jetzt hängt es vom Tag ab – das wechselt.

Sonntag

Mein liebster Moment beim Abendessen: Wenn die Tafel aufgehoben wird, die Frauen ihre Schuhe ausziehen und schlecht über mich sprechen, während sie sich die Zehen massieren.

Montag
Auf dem Titel von *Voici* war zu sehen, wie Marie Gillain Vincent Elbaz küßt. Was hat der Kerl mir voraus, mal abgesehen von seinem Geld, seiner Berühmtheit, seinem hübschen Gesicht, seinem Humor und seinen Muskeln?

Dienstag
Es ist seltsam: Seit Ludo nicht mehr mit seiner Frau zusammen ist, entdeckt er seine Tochter. Konnte er Mutter und Kind nicht gleichzeitig lieben?

»Jetzt«, erzählt er mir, »gehen wir in den Spielkreis, und ich helfe ihr, wenn ihr so 'ne Rotznase den Eimer wegnimmt, und fange sie unten an der Rutsche auf. Ich kaufe ihr Vanilleeis, das sie sich ins ganze Gesicht schmiert. Und zu Hause tanzen wir zum neuesten Janet-Jackson-Hit: *All for you*. Sie tanzt sehr gern. Sie legt die Platten selber auf, und wir drehen uns mit den Sonnenbrillen auf der Nase im Kreis. Wenn wir eine Viertelstunde wie die Derwische durchs Wohnzimmer getobt sind, ist sie besoffen wie eine Strandhaubitze, lacht und stolpert und zieht die Katze am Schwanz, und das ist eine solche Belohnung, wie wenn du dich nach einem langen Sommerspaziergang unter einen Wasserfall stellst.«

»Sie weckt dein Talent.«

»Warte, das ist noch nicht alles. Sie fordert einen Kuß, ich küsse sie auf den Mund, sie sagt danke, zeigt zwischen ihre Beine und sagt ›zizi, zizi‹!!«

»Auch wenn sie deine Tochter ist, ist sie nur eine Frau wie alle anderen! Wenn ich dich richtig verstehe, willst du mir damit sagen, daß du deiner Tochter ein besserer Vater bist, seit du nicht mehr mit ihrer Mutter zusammenlebst.«

»Genau. Es ist unvergleichlich. Ich bin an dem Tag Vater geworden, an dem ich ihre Mutter verlassen habe!«

Ich hätte zehnmal einschlafen können im Laufe dieses quälenden Lobgesangs eines neuerweckten Vaters, aber irgendwie, ich weiß nicht warum, habe ich Ludo bewundert. Es kommt schließlich nicht alle Tage vor, daß man zusieht, wie sich der beste Freund in die eigene zweijährige Tochter verliebt. So lange kommt ein ärgerliches Thema auch nicht aufs Tapet: Françoise ... Ich bin nicht sauer, daß er sie hinter meinem Rücken anbaggert, ich würde es an seiner Stelle genauso machen. Aber wie konnte er sie so vernachlässigen, als sie sich ihm hingab? Erst unsere Liebe macht sie für ihn wieder anziehend – die klassische Dreierkonstellation des Begehrens. Ich möchte nicht besitzergreifend sein, auch wenn ich entsetzlich eifersüchtig bin. Jeder für sich und Françoise für alle! Sie trifft die Entscheidung.

Mittwoch
Es gibt eine Perversion, die noch bizarrer ist als Inzest oder Pädophilie: die Vaterschaft. Sie besteht darin, ein Kind zu machen und zu lieben, ohne je mit ihm zu schlafen.

Donnerstag
Zu Ehren von Pauline Réage und Rita Mitsouko hätte ich Lust, einen Roman mit dem Titel »Geschichte der A« zu schreiben.

Freitag
Ich merke immer mehr, daß ich all das verkörpere, was ich kritisiere. Das ist mir nicht unbedingt vorzuwerfen – wahrscheinlich ist es das einzig Interessante an mir. Wenn ich alles bin, was ich hasse, dann weil ich es zu einfach finde, anderes zu kritisieren als sich selbst.

Samstag

Diesen Sommer habe ich mein Leben mit dem von Ludo vertauscht. Jetzt ist er Single, und ich bin liiert. Bin ich womöglich die Reinkarnation Bourbon Bussets? Ich versuche alle hinters Licht zu führen, indem ich so tue, als wäre ich frei, aber Sie merken schon, daß ich nicht mehr so ganz mit dem Herzen bei der Sache bin, wenn ich die Nummer des Don Juan aus dem 6. Arrondissement abziehe. Mein Herz ist vergeben; ich muß mal bei Harlequin vorfühlen, ob sie ein Buch mit dem Titel »Der romantische Egoist« veröffentlichen würden.

Sonntag

Falls Sie zum Meister des Universums werden wollen, verrate ich Ihnen jetzt den Trick: leise sprechen. Flüstern verändert Ihre Beziehung zu den anderen. Der dünne Faden einer kaum hörbaren Rede zwingt die Zuhörer, dreimal nachzufragen, was Sie gerade sagten; dabei wirken sie immer aggressiver und schließlich schwerhörig, während Sie die ganze Zeit Ihr phlegmatisches Lächeln, Ihre ironische Nonchalance, Ihre freundliche Herablassung beibehalten. Flüstern klingt elegant und gleichgültig. Warum von Leuten verstanden werden, mit denen man nichts zu schaffen hat? Die Musik übertönt sowieso alles, und Freunde haben wir schon zu viele.

»Verstehst du nicht, was ich sage? Das macht dich unterlegen.«

Wie angenehm, andere zu stressen, während man selbst ganz entspannt bleibt! Desinteressiertes Murmeln und blasiertes Maulen sind die Brüste, aus denen die Milch der elitären Redensart fließt.

Montag

Blaß stand er vor dem verlaßenen Lager. *Where did you sleep last night?* (Diese Frage, die Nirvana von Leadbelly über-

nommen hat, darf nicht gestellt werden: Weg mit der
Schwere!) Ich ziehe »Never explain, never complain« vor,
auch wenn man schon sehr viel Stoizismus braucht, um
vor Schmerz nicht laut aufzuschreien, wenn man nicht
weiß, wo die Frau seines Lebens die letzten 24 Stunden
verbracht hat.

Dienstag

Der Satz der Woche stammt von meinem Freund und
Lektor Manuel Carcassonne (als er gerade die zahlreichen
kleinen Ausrutscher Michel Houellebecqs in *Lire* entdeckt
hat):
»Houellebecq ist das Cap d'Agde in Berchtesgarden.«
Worauf Marc Lambron antwortete:
»Überhaupt nicht: Houellebecq ist ein keltischer Druide:
Miraculix bei Chris und Manu!«
Wir nominieren die beiden ex aequo, falls Sie damit ein-
verstanden sind.

Mittwoch

Wenn man keine Zeit hat, Romane zu schreiben, schreibt
man Kurzgeschichten. Wenn man keine Zeit hat, Kurzgeschichten zu schreiben, schreibt man Zeitungsartikel.
Und wenn man nicht einmal mehr die Zeit hat, Zeitungsartikel zu schreiben, führt man ein Tagebuch.

Donnerstag

Paris ist wirklich eine Björk-Messe in der Sainte Chapelle
wert. Leider stehe ich ohne Karte am Boulevard du Palais.
Doch dank eines Lesers, der auch Chef einer Plattenfirma
ist, komme ich doch noch hinein! Das letzte Mal war ich
hier, um mich scheiden zu lassen. Lionel Jospin ist auch
da – von Trotzki zu den Trollen übergegangen. Außerdem
Yves Simon und Stéphanie Chevrier, Elisabeth Quin und
Zazie, Bertrand Cantat von Noir Désir und Alain Bashung

von Alain Bashung. Ich mache die ganze Zeit Witze über Björks Pantheismus und die absurde Situation: Die gesamte Pariser Schickeria ist in dieser Kirche versammelt, wo die Eskimos doch nur an den Schnee glauben. Doch kaum betritt Björk die Krypta, füllt ihre Kinderstimme diesen heiligen Ort mit Gefühl. »Musik«, sagte Malraux, »ist denkender Lärm.« Auch egal: Das hier ist jedenfalls kein Lärm, und es denkt auch nicht. Musik ist weinende Magie. Ich glaube, Gott hätte gegen dieses heidnische Konzert nichts einzuwenden gehabt. Als die kleine Inuit auf meiner Höhe durch die Reihen geht und a cappella »All is full of love« singt, verbietet mein Herz mir zu spotten. Selten hatte ich in meinem Leben das Gefühl, einem Wunder so nahe zu kommen. Am Ende regnete es Beifall. Björk ist keine Musikerin, sondern ein Tor zur Wahrnehmung.

Freitag
Wiedereröffnung des VIP in Paris. Die weibliche Kundschaft ist über den Sommer beträchtlich jünger geworden. Vorher haben wir dort mit den kleinen Schwestern unserer Freundinnen geflirtet, jetzt sind es ihre Töchter.

»Du bist nicht zufällig ein Ex von Mama?«

Eine Frage wie eine kalte Dusche.

»Hör zu, deine Mama war vor zwanzig Jahren sehr hübsch, aber sie hatte den gleichen Fehler wie du: eine zu große Klappe.«

Ich war sowieso nicht sehr motiviert: Françoise betrügen reizt mich noch nicht, auch wenn ich es nicht hinkriege, mit meinem ungeregelten Leben (wie sie es nennt) zu brechen.

Samstag
Abendessen im Nobu, Rue Marbeuf. Erstes Problem: Meine Tischreservierung ist futsch. Zweites Problem: Nie-

mand erkennt mich. Drittes Problem: Alle erkennen Fabien Barthez und Linda Evangelista am Nebentisch. Viertes Problem: Die Kellner bringen die Gerichte einzeln, nach drei Stunden Wartezeit. Fünftes Problem: Die anderen machen mehr Krach als wir. Massenhaft MPR (Mega-Probleme der Reichen). Woran erkennt man, daß man reich geworden ist? Man beklagt sich die ganze Zeit.

Sonntag
Die Liebe macht unbesiegbar. Unmöglich, einen verliebten Mann aufzuhalten; hüten Sie sich bloß, ihm in die Quere zu kommen. Ich habe endlich mein Ziel erreicht: Jeden Morgen als Erdölkönig aufzuwachen.

Montag
Als ich mit dem Tagebuch anfing, wollte ich Oscar Wilde sein, aber wenn ich fertig bin, wird aus mir wahrscheinlich eine Art heterosexueller Armistead Maupin geworden sein.

Dienstag
11. September 2001.
   Die Twin Towers sind eingestürzt. Nachmittags Schwimmbad.

Mittwoch
Marc-Edouard Nabe liest im Internet Passagen aus der Apokalypse nach Johannes. Das Ende der Welt live. Man müßte fliehen vor diesem Krieg, der gerade beginnt, doch wohin? Rimbaud entschied sich für Abessinien, aber Äthiopien ist heute auch nicht sehr stabil; Salinger hat sich nach Cornish zurückgezogen, aber Vermont ist immer noch in Amerika; Syd Barrett vergräbt sich in Cambridge, doch das liegt auf einem mit den Vereinigten Staaten verbündeten Gebiet; Bobby Fischer versteckt sich in

Japan, das von gefährlichen Sekten durchsetzt ist; Gauguin ging nach Tahiti, doch das ist inzwischen radioaktiv verseucht; Houellebecq zog nach Irland, wo sie seit Ewigkeiten einen anderen Religionskrieg führen; wohin also? Mir fällt nur die Schweiz ein, wie Balthus und Godard. Die Schweiz ist der einzig antiapokalyptische Zufluchtsort. Man sollte dort endlich ein Konto zu eröffnen.

Wir sind hypnotisiert von den Katastrophen. Manche Fernsehjournalisten vergreifen sich bei den Adjektiven: »außergewöhnlich«, »phantastisch«, »umwerfend«, »super«. Damit verraten sie, wie sehr sie nach dem Grauen dürsten; sie lieben den Tod in Bildern; das ist ihr Job. Und sie haben recht: Das ist so schön wie Dantes *Inferno*, Octave Mirbeaus *Garten der Qualen* oder die Bilder von Francis Bacon. Man muß sich nicht dafür schämen, wenn einen der Alptraum fasziniert. J. G. Ballard: »Die Gewalt ist die Poesie des 21. Jahrhunderts.«

Donnerstag

Eine bestimmte Lebensart in den westlichen Ländern wird untergehen. Von nun an wird es weniger Bewegungsfreiheit und mehr Überwachung geben. Wir werden zwischen Freiheit und Sicherheit wählen müssen. Was sind wir bereit preiszugeben, um nicht ständig vor Angst zu krepieren? Ein konkretes Beispiel: Warum sind die Cockpits seit 40 Jahren so leicht zugänglich? Wenn jede Boeing, jeder Airbus eine ungeheuer wirkungsvolle Zerstörungswaffe ist, hätte man schon längst Wachleute einstellen müssen, um das Bordpersonal zu schützen und jeden Zugang zum Cockpit zu unterbinden. Ein Bodyguard für jede Stewardeß! Es müßte kugelsichere Türen vor dem Cockpit geben, das oft nur durch einen Vorhang vom Fahrgastraum getrennt ist! Es ist absurd und unvorstellbar, daß niemand vorher daran gedacht hat. Es ist nicht Aufgabe der Cockpit-Crew, gegen Luftpiraten zu kämpfen. Die wichtigste

Frage bei jeder unglaublichen Reise in einem verrückten Flugzeug lautet: »Ist jemand da, der auf den Piloten aufpaßt?«

Freitag

Am Abend nach dem Anschlag war niemand in der Disco. Aber vom nächsten Tag an wurde überall gefeiert. Die Logik ist einfach: Wenn wir schon alle bald sterben, begraben unter brennenden Cockpits und schmelzenden Flugzeugrümpfen, dann wollen wir uns doch noch ein letztes Mal amüsieren. Der dritte Weltkrieg ist ein starkes Aphrodisiakum.

»Wir haben nur noch wenige Stunden zu leben. Ein kleiner Cunnilingus? One last scream before the end?«

Samstag

Shan Sa hat gerade ihren neuen Roman herausgebracht. Als sie von der Tragödie erfährt, schreit sie auf:

»Das können sie mir doch nicht antun!«

Das war das »Oh shit« der Woche.

Sonntag

Apokalypse jetzt. Ich hatte Glück, dich pünktlich zum Weltuntergang kennenzulernen. Wir werden von unserem Fenster aus zuschauen können. Die Atompilze werden sich in deinen Smaragdaugen spiegeln. Bald wird es keine Luft, kein Wasser mehr geben, nur noch uns beide.

Dienstag

Man sagt oft, Schönheit sei für die Frau, was Macht für den Mann sei: der größte Verführungstrumpf. Was man nicht sagt, ist, daß ein hübsches Gesicht auch ein Hindernis ist. Die Schönheit zieht die ordinären, häßlichen Dummköpfe an und verschreckt die Intelligenten, Zärtlichen, Schüchternen. Das ergibt eine schlechte Auswahl.

Deshalb sind hübsche Mädchen immer mit Arschlöchern liiert. Man sollte die äußere Schönheit eher mit der Berühmtheit vergleichen als mit der Macht; sie ist genauso vergänglich, nichts als schöner Schein, genauso zerstörerisch und das schlechteste Kriterium für eine Begegnung.

Mittwoch

Ich lache mich tot, als ich Alain Minc' »Glückliche Globalisierung« in *Le Monde* lese. Dieser katastrophale Wirtschaftsexperte sollte besser die Laufbahn eines Truppenunkomikers einschlagen. Er erinnert mich an Pangloß, den Einäugigen in *Candide*, der ständig wiederholt: »Alles ist bestens in der besten aller möglichen Welten«. Ich persönlich bin für die Globalisierung. Ich fühle mich auf der ganzen Welt zu Hause, ich glaube an den hegelschen Kosmopoliten, mir ist die nationale Souveränität schnurz, ich bin der unpatriotischste aller Menschen auf Erden. Das hindert mich aber nicht an der Feststellung, daß die Globalisierung zur Zeit niemanden glücklich macht, nicht einmal die Reichen.

Donnerstag

Ich erhalte immer mehr erotische Angebote, seit ich erkläre, daß mein Herz vergeben ist. Ob es da eine Verbindung gibt? Klar! Alles Schlampen! Wenn ich das gewußt hätte, hätte ich nie zugegeben, daß ich Single bin, sondern mich von Anfang an als verheiratet ausgegeben, meine Damen, nur um Sie ein bißchen mehr zu reizen!

Freitag

Viele neue Bücher in diesem Herbst sind »nicht schlecht«. Es gibt Meisterwerke und große Scheiße, aber was »nicht schlecht« ist, nimmt keiner zur Kenntnis. Für jeden Kritiker der Horror: ein Buch, das weder grauenhaft noch genial ist, sondern eben »nicht schlecht«, nicht toll ge-

schrieben, nicht richtig spannend ... Im allgemeinen ist es
das Buch, das man in der Hinterhand behält, das man
irgendwann einmal besprechen möchte, aber es gibt immer ein besseres, dringenderes Buch oder ein total ver-
masseltes, das man verreißen muß, und so verschiebt man
das »nicht schlechte« Buch erst auf morgen, dann auf
übermorgen, und schließlich wird das »nicht schlechte«
Buch nie erwähnt.

Samstag
Mittagessen mit meiner Freundin, der unbekannten Tusse.
    »Viel gekostet gestern.«
    So redet die. »Viel gekostet gestern« heißt nicht etwa,
daß sie einen Geschlechtsverkehr in Rechnung gestellt
hätte: Die Unbekannte Tusse macht's immer umsonst.
Nein, »Viel gekostet gestern« bedeutet bloß, daß ihr Kerl
sie am Vorabend hart rangenommen hat. Sprechen Sie
Tussisch, die neue Modesprache? Im Tussischen gibt es
verschiedene Ausdrücke, um eine erfolgreiche Liebes-
nacht zu beschreiben:
    »Sodom ist erst der Vorname.«
    »Ordentlich entrostet heute nacht.«
    »Der hat gut geparkt bei mir.«
    »Gut entsaftet, gestern.«

Sonntag
Was ist lieben?
    Du fehlst mir, selbst wenn du da bist.
    Vergiß nicht, deiner Mutter meinen Dank auszuspre-
chen, daß sie dich gemacht hat.

Herbst
Liebe eines ganzen Lebens

Tom Ford: »Sind Sie glücklich?«
Karl Lagerfeld: »So ehrgeizig bin ich nicht, Darling.«

Interview in *Numéro*, Dezember 2004

Dienstag
Erröten ist wie Impotenz: Man muß nur davon reden, schon hat man's.

Samstag
Je zynischer man ist, um so mehr wird man von der Unschuld angezogen. Man liebt die, die an das glauben, woran man selbst nicht mehr glaubt. Daher die Anziehungskraft der Lolitas: Man trachtet nicht nur nach ihrer Jugend, sondern man will sie aussaugen wie Dracula, ihre Naivität, ihre Illusionen, ihren Optimismus in die eigenen Adern pumpen. Naivität ist das Opium der Blasierten.

Sonntag
Im letzten Moment, kurz bevor alles in die Luft fliegt, wird jemand sich verlieben, und die Erde wird gerettet sein.

Montag
Diese Woche bin ich 36 Jahre alt geworden. Ich bin also seit achtzehn Jahren achtzehn. Dieses Tagebuch ist auch ein Abschied vom Leichtsinn; die Geschichte eines Typen, der Mist baut, ohne die Entschuldigung der Jugend zu

haben. Mein Verliebtsein in Françoise beispielsweise: Ich habe jetzt die Gewißheit, daß sie gleichzeitig mit Ludo schläft (immer wenn ich von ihm spreche, wechselt sie das Thema; meiner Meinung nach kann sie sich nicht zwischen uns beiden entscheiden). Diese Schizophrene zu lieben ist eine Dummheit, aber sie nicht zu lieben ist ausgeschlossen. Ich brauche das Leiden; das macht mich jünger. Ein verliebter Mann über dreißig ist grotesk, aber lieben ist immer noch weniger öde als jeden Abend im Ritz Health Club Fitneßübungen zu machen. Außerdem kann ich mir ja zum Ausgleich eine kleine Geliebte nehmen, ganz diskret natürlich, um es ihr heimzuzahlen ...

Dienstag

René Girard glaubt, die Lüge sei romantisch und die Wahrheit wie ein Roman. Ich meine jedoch, daß es umgekehrt ist: Die Lüge ist wie ein Roman (weil ein Roman die Kunst ist, nicht die Wahrheit zu sagen und sich der Tyrannei der Offenheit und Ehrlichkeit, der Diktatur der Aufrichtigkeit zu verweigern), und die Wahrheit ist romantisch (nichts ist poetischer und lyrischer als die Klarheit, und es liegt großer Mut darin, einfach zu sagen, was man wirklich denkt).

Donnerstag

Ludo hat Schuldgefühle, weil er seine Kinder nur noch jedes zweite Wochenende sieht. Ich versuche ihn zu trösten:

»Väter sind prinzipiell abwesend. Das ist so: Die Rolle des Vaters besteht darin, zu verschwinden, bevor er ersetzt wird.«

Ich bin nicht sicher, ob ihn das beruhigt hat ...

Und was Françoise angeht ... wir meiden das Thema weiterhin. Ich habe zu große Angst, beide zugleich zu verlieren.

Freitag

Ich haue nach Amsterdam ab, um mit Françoise Space cakes zu essen. Die Ausstellung »Van Gogh und Gauguin« im Van-Gogh-Museum gibt Aufschluß über eine turbulente Freundschaft. Man kennt die Geschichte: Die beiden haben im gelben Haus in Arles zusammengearbeitet, bis es zu einem heftigen Streit kam, in dessen Verlauf van Gogh sich ein Stück von seinem Ohr abschnitt, nachdem er erst Gauguin mit der Rasierklinge bedroht hatte. Ein englischer Kritiker hat gerade eine neue Theorie aufgestellt: Gauguin soll van Gogh während des Streits das Ohr abgeschnitten haben! Wie bei Mike Tyson und Evander Holyfield! Das bringt unsere Vorstellung vom »artiste maudit« aber schwer ins Wanken! Nun müssen wir wohl den Katechismus des Schmerzes revidieren, wonach ein Genie nur ist, wer sich selbst zerstört. Dabei ist es andersrum: Wer genial ist, wird von den anderen zerstört (was Antonin Artaud schon 1947 erkannte: »Van Gogh, der Selbstmörder durch die Gesellschaft«).

Samstag

Amsterdam ist die wahre Hauptstadt der Lili (liberal-libertären)-Welt, hier stehen die Huren im Schaufenster, und die Drogen sind frei verkäuflich. New York hieß zuerst New Amsterdam. Die Flugzeuge fliegen tief über die Stadt, und ich ertappe mich dabei, wie ich ihre Flugbahn mißtrauisch verfolge. Sex auf Skunk verdreifacht die Spasmen: Eine ganze schlaflose Nacht lang sammeln wir im Zimmer des Hotels Ambassade schwitzend die besten Orgasmen unseres Lebens. Liebe, feuchte Haare, Lust und wieder-Lust und wieder-wieder-Lust und beschlagene Scheiben. Die Nachbarn haben gegen die Wand geklopft – Bombenstimmung! Wahrscheinlich hätten sie gern einen Eimer Wasser über uns gekippt, damit das Bett endlich zu quietschen aufhört. Nie mehr werde ich solche Orgasmen haben, das weiß ich; hoffentlich geht es Françoise genauso.

Sonntag

Gestern die zweite durchwachte Nacht im Yab Yum (Singel 295), dem luxuriösesten Bordell Europas. Ich schaue gern zu, wie meine Frau mir andere Frauen vorzieht. Ich sehe, wie geil sie sich küssen und in der Badewanne einseifen, wie sie sich gegenseitig die Brüste eincremen und die Finger in die Schlitze stecken, und spritze auf ihren Rücken. Sie stoßen rauhe Schreie aus, und wir fangen wieder von vorn an. Hedonismus ist anstrengend. Nicht vergessen, Houellebecq zu sagen, daß er nicht mehr nach Pattaya muß; die Amsteler Fräulein sind sehr liebenswürdig. Ihr Credo ist bei Nike entlehnt: »Just do me!«

Dienstag

Françoise: »Was mir an dir am besten gefällt? Daß du ein kleiner Junge bist.«

Ich: »Was ich für ein Schwein hab, daß ich mit 36 noch eine Pädophile finde!«

Mittwoch

Ich konstatiere eine Veränderung in den nächtlichen Sitten: Früher brauchte man eine Entschuldigung, um Drogen zu nehmen, jetzt braucht man ein Alibi, um keine zu nehmen. Der Taxifahrer in Amsterdam snifft beim Fahren Koks. Er bietet mir ein Gramm für 60 $ an. An der nächsten roten Ampel ziehen wir uns das Pulver rein, er stellt das Radio laut, und mir wird klar, daß der Aufenthalt hier wieder meiner Gesundheit schaden wird.

Donnerstag

Richtigstellung: Vor einem Monat habe ich behauptet, der letzte Hafen des Friedens auf diesem Planeten sei die

Schweiz. Jetzt gab es eine Schießerei in Zug: 15 Tote (darunter 3 Minister) in wenigen Minuten.

Wenn selbst die Schweiz nicht mehr sicher ist, dann ist die Lage ganz einfach: Niemand ist mehr irgendwo sicher. Von nun an ist jedes Flugzeug, jeder Lieferwagen, jedes Moped, jede Mülltonne, jeder Mensch mit Jacke eine potentielle Bombe. Es ist nicht mehr möglich, durch eine Stadt zu spazieren, ohne ununterbrochen an Verfolgungswahn zu leiden. Alles und jeder kann jeden Moment vor deiner Nase explodieren. Seltsamerweise hat diese Bedrohung gar nichts Deprimierendes; im Gegenteil, sie ist die materielle Rechtfertigung unseres moralischen Nihilismus. Die zur Zeit angemessenste Geisteshaltung ist ein apokalyptischer Hedonismus: Da wir mit Bestimmtheit wissen, daß uns der Himmel auf den Kopf fallen wird, besteht die gesündeste Reaktion darin, das Leben auf der Stelle zu genießen. Salman Rushdie hat recht: Ein Leben in Saus und Braus ist der beste Widerstand gegen die fundamentalistischen Faschos. Seit dem Elften dürfen wir nichts mehr auf morgen verschieben, weil wir nicht wissen, ob es noch ein Morgen gibt.

Freitag
Die Welle der Selbstmordattentate hat einen einleuchtenden Grund: den Größenwahn der Kamikazes. Ich habe noch nie verstanden, warum Depressive sich allein umbringen. Wenn man sich schon in die Luft sprengt, nimmt man doch wenigstens so viele wie möglich mit – das liegt in der narzißtischen Logik des Selbstmords.

Samstag
Warum ich so sehr geliebt werden will? Weil Gott nicht existiert. Wenn ich an Ihn glauben könnte, würde mir Seine Liebe vielleicht genügen. Manche Atheisten werden zum Ausgleich für die Abwesenheit Gottes zum Don Juan.

Läßt sich die Liebe Gottes wirklich durch die einer Frau ersetzen?

Sonntag

Sei du selbst, o.k., aber welcher?
Wie viele bin ich?
Und welcher ist ich?
Ich weiß nicht, wer ich bin, aber ich weiß, was ich nicht sein will: eine einzige Person.
Einer ist keiner.

Montag

Ich weiß nicht, wer ich bin, aber ich weiß, was ich sein will: ein Schriftsteller, der nicht weiß, wer er ist.

Dienstag

Und wenn die Psychose der Attentate eine unerwartete Konsequenz hätte: das Ende der Städte? Ziegenhirten, egal ob in Afghanistan oder der Ardèche, stellen anscheinend ein weit weniger verletzliches Ziel dar als das belebte Einfallstor von La Défense. Dank der neuen Kommunikationstechnologien (Laptop, Mobiltelefon, WAP) ist es schon seit längerem überflüssig, sich in tristen Büros zu verschanzen; inzwischen ist es sogar gefährlich. Die großen Ballungsräume sind vor allem Ameisenhaufen, die man leicht zertreten kann, ein Gedränge von Körpern, die sich lieber in der Natur verteilen sollten. Vielleicht erfüllt sich bald Allais' Utopie: Dank Telearbeit ziehen die Städte aufs Land.

Mittwoch

Angenehm an Auslandstourneen ist die Infantilisierung. Ich werde gehätschelt wie ein Kleinkind. Alles wird organisiert, und ich kann wieder fünf sein; das merkt man meinem Verhalten an (ich bin launisch und undankbar, witzle, flegle, verspäte mich ständig, versetze alle usw.). Ich flitze von Fete zu Fete durch die Welt. Die Clubbisierung der Welt ist vollendet. Tanzhits umfassen die Nationen. Die Nivellierung geht durch die Bar. Meine schillernde Einsamkeit entspricht dem Bild des neuen Weltmanns, der in Wodka und BPM untergeht. Wenn ich fern von dir bin, fehlst mir nur du. Ich habe kein anderes Land mehr als dich. Françoise wollte nicht mit nach Deutschland kommen; das erhärtet meinen Verdacht. Ich werde ihr untreu werden, aus moralischer Verpflichtung, Rachsucht und Groll.

Donnerstag

Apropos bedrohte Metropolen, ich bin jetzt in Berlin. Hier ist man Zerstörung gewohnt; die Apokalypse ist Routine. Jedenfalls bin ich froh, auf einer Piste zu landen, die dafür bestimmt ist, nämlich horizontal. Anschließend irre ich zwischen immensen Baustellen herum wie der Held des letzten Romans von Robbe-Grillet – leider habe ich keine kleine Halbwüchsige zum Peitschen dabei (obwohl … der Flyer der SM Fetish Erotic Party des Club Léger ist irgendwie schrecklich Nouveau Roman).

Freitag

Der erste Roman von Scott Fitzgerald (von *Scribner's* im August, dann im Oktober 1918 abgelehnt, zwei Jahre später unter dem Titel *Diesseits vom Paradies* veröffentlicht) hieß ursprünglich *The Romantic Egoist*. Natürlich handelt er von mir. Aber ich bin auch ein sentimentaler Besessener, ein verliebter Dreckskerl. Ein ins Absolute verliebter Rüpel, ein sanfter Flegel, ein Macho mit einem einsamen Herzen und ein katholischer Genießer. Danke, Francis, für den Titel dieses Buchs.

Samstag

Gestern abend war ich DJ im Pogo Club in Berlin. Meine Auswahl fand nicht die allgemeine Zustimmung, ich wagte nämlich das äußerst riskante Unterfangen, Beatles mit Donna Summer, AC/DC mit Jennifer Lopez, Nirvana mit Elton John und James Brown mit Bauhaus zu mischen (letzteres war hier allerdings aus künstlerischen wie historischen Gründen Pflicht). Clubber sind intolerant, sie hassen Mischungen. Wenn sie auf Disco stehen, mögen sie keinen Rock; wenn sie zu House tanzen, lehnen sie Rap ab. In Wirklichkeit ist das Partyvolk, das sich so »openminded« gibt, musikalisch schrecklich rassistisch. Stockbesoffen und von der Menge ausgebuht, verübte ich ohne Wimpernzucken einen unbarmherzigen terroristischen Anschlag, indem ich den letzten Michael Jackson auflegte: *You rock my world.* Erst den polnischen Topmodels in der Bob Bar gelang es, mich zu trösten. Sie küßten sich, und ich strich mit Eiswürfeln über ihre Brüste. Dann sind wir zu dritt im Bett gelandet. Eine komfortable Methode, meine Liebe zu Françoise auf die Probe zu stellen. Aber ich weiß sehr wohl, daß ich nicht mehr frei bin, und es tut mir nicht leid.

Sonntag
Ich schließe mich der Entschuldigung Paul Valérys an:
  »Ich publiziere, um mit dem Korrigieren aufzuhören.«

Montag
Ich sehe die Beziehung nicht mehr als Gefängnis, sondern als Heimathafen.

Dienstag
Werden Frauen traurig, wenn sie mit mir zu tun haben? Françoise ist soviel ängstlicher als ich! Meine Melancholie ist ästhetisch, ihre ist physisch. Kurz: Mir geht es sehr viel besser als ihr. Ich wäre gern der umwölkte Depressive, aber verglichen mit ihr bin ich wirklich ein »kleiner Junge«. Eine Neurotikerin zu lieben ist die Strafe des Verführers.

Mittwoch
Man lernt aus seinen Fehlern; deshalb macht Erfolg dumm.

Donnerstag
Erster richtiger Streit mit Françoise. Am Ende haben wir uns getrennt. Sie sagte all diese endgültigen Sätze: Sie liebt mich nicht mehr, ich habe sie betrogen, »mit uns ist es aus, ich verlasse dich«. Nur weil ich rot geworden bin, als ich von Berlin erzählte. Ich knalle die Tür zu und schlage ihr vor, zu Ludo zurückzukehren. Sie schreit, dazu brauche sie nicht meine Erlaubnis. Ich schlafe im Hotel, aber ich schlafe nicht.

Freitag
Besser, eine Irre bricht dir das Herz, als du sitzt allein zu Haus und beschimpfst deinen Fernseher. Das Schlimmste ist, daß beides gleichzeitig geht.

Samstag
Françoise ist für mich geschaffen. Ist das nicht bloß eine Redensart? »Sie ist für mich geschaffen« – was soll das heißen? Man muß es analysieren. Ich glaube, sie ist genau die Mitte zwischen Sex und Panik. Sie ist ultra-sexy, das ist sehr wichtig (eine Frau muß uns erregen, sie muß alle anderen geil machen, sie muß uns mit ihrem Mund und ihrem Arsch zum Wahnsinn treiben können usw.), aber sie ist auch traurig, ängstlich, schlaflos, und das haut mich um (ich werde nie satt an ihr, selbst wenn sie mich zum Schreien gebracht hat, bleibt sie noch rätselhaft, kompliziert, gequält). Das habe ich gebraucht: eine ausweichende Granate, ein tiefgründige Schlampe, eine depressive Schnitte, eine Kylie de Beauvoir. (Ich schreibe dies sehr spät, natürlich haben wir uns gestern in einem Delirium aus Erklärungen, Tränen, Zärtlichkeiten und Versprechungen wieder versöhnt ...)

Sonntag

Françoise: eine O, die Dominique Aury gelesen hat. Nicht *Die Mama und die Hure* sondern *Die Intellektuelle und die Hure*. Ich wollte Orgasmen und trotzdem leiden. Ich weiß nicht, wie es anderen geht, aber für mich ist das Liebe: Wenn der Sex so faszinierend wird, daß man es mit niemand anderem mehr treiben kann. Wenn die sexuelle Besessenheit vom Geschlecht aufs Gehirn übergeht.

Montag

Auf die Frage: »Warum schreiben Sie?« antwortet Beckett: »kann sonst nichts« (falsche Bescheidenheit); García Márquez: »damit meine Freunde mich lieben« (gefällt mir besser). Ich: »Weil ich es leid war, nicht zu schreiben.«

Dienstag

Wir glauben zu wissen, was wir wollen. Dabei gehören uns unsere Wünsche nicht mehr. Die Werbung bringt uns dazu, Dinge zu wollen, die wir nicht wirklich wollen. Und am Ende leben wir ein Leben, das nicht unser eigenes ist.

Mittwoch

Ein neues Problem im Pariser Nachtleben: Seit der Anthrax-Drohung ist man weißem Puder gegenüber eher mißtrauisch. Früher hat man voll Vertrauen gesnifft, man beugte sich einfach mit geschlossenen Augen über die Line. Jetzt informiert man sich schon ein bißchen über die Herkunft. Selbst auf den Klos der hippen Nachtclubs sind die Verwüstungen des Terrorismus zu spüren.

Donnerstag

Das Market wurde eröffnet – das erste Restaurant, bei dem sogar der Name ultra-liberal ist (im Gebäude des Auktionshauses Christie's übrigens). Kaum vorstellbar, daß José Bové in einem Lokal dieses Namens ißt ... Auch die Küche ist worldwide: Jean-Georges, ein in New York und London verehrter Jet-set-Koch, serviert eine Asien-Périgord-Fusion. Mit Thierry Ardisson und Philippe Fatien probiere ich verdammt globalisierte Tapas in schlichtem Dekor unter von Christian Liaigre gedämpftem Licht. Dann schleppen wir uns bis zur Mathis Bar, wo wir noch andere Freunde treffen. Und das alles nur, um uns anschließend in Philippes neuem Austin Mini zusammenzupferchen wie die Marx Brothers in der Kabine des Ozeandampfers. Scheiße, wozu ist man eigentlich ein Star, wenn man sich am Ende des Abends nicht mehr von einer Horde besoffener Studenten unterscheidet?

Als ich aussteige, um zu Françoise zu gehen, murmelt Pierre Palmade traurig:

»Zwischen Freiheit und Glück habe ich mich für die Freiheit entschieden.«

Freitag

Bossuet behauptet, das Begehren schwanke wie eine Waagschale von Appetit zu Abscheu und von Abscheu zu Appetit. Schwer, einem Pfarrer zu glauben, der sich der Frauen enthielt. Als romantischer Egoist würde ich Abscheu durch Angst ersetzen (Angst vor Langeweile, Angst, dich zu verlieren, Angst, mir weh zu tun, Angst, allein und verlassen zu enden, Angst vor dem Eingesperrtsein). Die wahre Liebe neigt sich von Appetit zu Angst und von Angst zu Appetit.

Samstag

Der ideale Geliebte ist ein zärtlicher Sexbesessener: Sein Herz ist geil.

Montag

Je besoffener du bist und je unwiderstehlicher du dich dann fühlst, desto weniger bist du es. Du kommst dir wie ein androgyner Surfer à la Keanu Reeves in *Point Break* vor, aber die Frauen sehen in dir einen Fettmops wie Paul Préboist in *Mon curé chez les nudistes*.

Dienstag
Françoise findet, daß ich zehn Jahre jünger aussehe, als ich bin. Irgendwo altert zweifellos ein Bild an meiner Stelle. Vielleicht dieses Buch?

Mittwoch
Der Satz der Woche stammt von Pierre-Louis Rozynès, der gestern abend in der Closerie des Lilas trocken bemerkte:
»Ich langweile mich so dermaßen, daß ich mich, glaube ich, aufs Golfspielen verlegen werde.«

Donnerstag
Ich fahre ohne Françoise nach Krakau. Erneuter Treuetest mit ihrer Billigung. Sie hat erkannt, daß ich ein jämmerlicher Schauspieler bin und vollkommen unfähig zu lügen. In Krakau gibt es 100 Kirchen und 600 Bars. Ich bete nur noch in Gegenwart meines Wodkas.

Freitag
Nach mehreren Dutzend Zubrowska-»shots« auf ex fehlt sie mir noch mehr. Barocke, slawische Schönheit in den gepflasterten Straßen von Kazimierz (dem jüdischen Viertel) bei Einbruch der Nacht. Mittelalterliche, kerzenerleuchtete Keller: das Alchemia, das Singer. Die Polen trinken gern im Dunkeln. Durch so ein Dekor zu stolpern ist echt europäischer Luxus. Ich schlafe im Sofitel, das aussieht wie der Parteisitz der französischen Kommunisten an der Place Colonel-Fabien. In allen östlichen Ländern mußte der Kapitalismus in die früheren Kommibuden einziehen. Ecstasy statt Stasi! Meine Suite mit Blick auf die Vistule (das ist schicker als der Arno) ist in Orange und

Braun eingerichtet (unabsichtliches Prada-Design). Der Pay-Pornosender leistet mir während deiner Abwesenheit Gesellschaft. Beim Einschlafen stelle ich mir dich mit drei deutschen Pornodarstellern vor.

Samstag

Krakau by night ist ein Raum-Zeit-Sprung. Im Drukarnia (einer Wohnung, die in eine Discothek umgewandelt wurde) verrenken sich Blondinen zu alten Platten: *Belfast* von Boney M., *Rock Lobster* von B52. Als ich in ihrem Alter war, hörte ich das auch – mit fünfzehn (anders kann ich mir nicht vorstellen, daß so riesige Brüste halten können). Wie schade: Ich bin zu treu, um herauszufinden, wie sie sich die Muschi rasieren. Wenn man verliebt ist, stellt Treue kein Opfer mehr da. Einen Verliebten kann man daran erkennen, daß er unabsichtlich treu ist und sich nichts darauf einbildet. Ich habe den Trick entdeckt, der die Treue natürlich macht: die Liebe.

Sonntag

Ich bin froh zurückzufahren, Françoise fehlt mir, aber es nervt mich jetzt auch, daß niemand mich auf der Straße erkennt.

Montag

Die Schweden haben nach Gao Xingjian V. S. Naipaul den Nobelpreis verliehen und damit wieder einen Auswanderer, einen Heimatlosen, einen Entwurzelten gekrönt. Ein Zeichen der Zeit? Die größten Romanschriftsteller sind diejenigen, die es wagen, fortzugehen: aus Trinidad nach London, aus China nach Bagnolet. Doch weder Naipaul noch Xingjian haben die Sprache gewechselt. Da waren Nabokov, Kundera und Joseph Conrad radikaler. Sie verzichteten auf ihre Muttersprache und fanden so eine neue Heimat: die Literatur.

Dienstag

Von sich selbst schlecht zu sprechen ist viel eitler, als sich selbst zu loben: Man erwartet Widerspruch oder zumindest eine Entschärfung der Kritik. Da sind mir die richtigen Angeber lieber als die falschen.

Mittwoch

Flughafen Roissy, Flugziel Türkei. Diesmal würdigt Françoise mich ihrer Begleitung (sie mag nur sonnige Länder). Ein Vorteil der Anschläge auf das World Trade Center: das Ende der Überbuchung. Vor dem Elften standen die Chancen, im Flugzeug einen Platz zu finden, der längst gebucht und bezahlt war, 50:50.

Heute ist da jede Menge Platz. Man kann zwar nicht damit rechnen, lebendig anzukommen, aber man hat einen Sitz! Wenn es die Absicht der Fundamentalisten war, den Stumpfsinn des wilden Kapitalismus zu zerstören, dann haben sie in diesem Punkt gewonnen – und die Reisenden auch.

Donnerstag

Istanbul ist San Francisco in Arm; es geht bergauf und bergab, und rundherum ist Wasser. Auf der Terrasse des Pera Palas hätte ich fast applaudiert. Diese Landschaft verdient Standing Ovations! Die rote Scheibe der Sonne taucht zaghaft ins Meer, als wäre ihr das Wasser zu kalt, um sich fallen zu lassen.

Freitag

Ihr Rassisten! Ihr glaubt, daß alle Türken kleine Dicke mit Schnauzbart sind wie in *Midnight Express*? Ihr habt den Glanz des alten Byzanz vergessen, das erst zu Konstantinopel und schließlich zu Istanbul wurde. Und da New York down ist, amüsiert man sich heute in den muslimischen Ländern (in Dubai wie Osama oder in der Türkei wie Oscar). Die Türken ähneln den Italienern, sie sind groß und besser gekleidet als ihr. Die Frauen sind hinreißend. (Lauter Monica Belluccis ohne Vincent Cassel!) 70 % der Bevölkerung sind unter 35. Der neueste In-Club wurde gerade eröffnet: das Buz im Nişantaşi-Viertel in Istanbul. Eine solche Ansammlung von Atombomben gibt es höchstens in den unterirdischen Silos des Plateau d'Albion (Françoise hat mich unter Kontrolle, also kann ich nicht so offen sprechen).

Samstag
Die Minarette zielen gen Himmel wie entschärfte Boden-Luft-Raketen. Ist das der Beweis dafür, daß dieses Land harmlos ist? Meine Romane verkaufen sich hier sehr gut. Geschichten von Nightclubs, Drogen, Seitensprüngen und Dekadenz! 50 Auflagen!

Sonntag
Der volle Mond steht über dem leeren Meer. Ich möchte mich bei meiner Angst bedanken. Ohne sie hätte ich nichts getan; ich schulde ihr alles. Von nun an aber will ich für die Leichtigkeit kämpfen, für einen Aphorismus sterben, nur für die Anmut leben. Mich nicht für nützlich halten, sondern bloß für einzigartig. Und wenn ich schon als Wüstling gelte, kann ich es auch gleich sein. Niemand wird mich mehr an einem angenehmen Leben hindern, das habe ich mir geschworen.

Montag
Warum über sich selber schreiben? Die Autobiographie ist so gefährlich und narzißtisch, so schmerzhaft für die Menschen, die einem nahestehen, so obszön und größenwahnsinnig ... Aber es gibt einen Grund für die Epidemie der »schamlosen Beichten« (wie Tanizaki sagte), eine Erklärung für dieses Phänomen, die von der Kritik nie er-

wähnt wird: Das kommt durchs Fernsehen. »Mediati-
sierte« Schriftsteller kann man nicht mehr so lesen wie
früher. Noch mehr als Sainte-Beuve zu seiner Zeit forscht
der Leser automatisch nach dem Autor hinter den
Romanfiguren. Und wenn man sich noch so sehr zu glauben bemüht, daß man es mit einer Fiktion zu tun hat, ist
Lesen heute immer eine Übung in Voyeurismus. Man will
den Schriftsteller, den man im Fernsehen oder in der Zeitung gesehen hat, in seinem Roman entdecken. Wenn sie
sich nicht verstecken wie Salinger, sind die Künstler
gezwungen, sich in ihren Werken darzustellen oder diese
(gegen ihren Willen) in den Schatten zu stellen. Selbst
wenn ich versuche, es anders zu machen und offen zu
sein für die Phantasie, kann ich Bücher, in denen der
Autor nicht der Held ist, immer weniger lesen. Und schon
gar nicht schreiben. Und da ich nicht den Mut habe, zu
verschwinden, muß ich mich exponieren bis zum Explodieren.

Dienstag

Michel Houellebecq ruft mich an. Als ich ihn frage, ob es
ihm gutgeht, antwortet er mir (nach ein-, zweiminütigem
Schweigen):
  »Global gesehen, nein.«

Mittwoch

VSD-Nacht im VIP (oder umgekehrt?). Wieder einmal
bin ich der beste DJ des Universums, aber das Publikum
mault:
  »Ich gebe dir 10 000 Euro, wenn du aufhörst, Michael
Jackson zu spielen!«
  Ich mixe Michael mit Jackson: *Don't stop til you get enough,
Black or white, Billie Jean, The way you make me feel, Bad, Wanna
be startin' something, Beat it* (ich weise darauf hin, daß Text
und Musik all dieser Klassiker von Michael Jackson selbst

komponiert sind). Die Tänzer leisten Widerstand, ergeben sich aber schließlich dem Quieken des R&B-Frankenstein. Virtuelle Models stellen ihre Formen auf dem Plasma-Bildschirm zur Schau. Ich sehe, wie Typen mit der Hand in ihrer 501 heimlich wichsen. Als der Dancefloor mich ausbuht, verteidigt mich Aziz von Big Brother mutig:
»Ich fahr auf dich ab!«

Ja, ich mache eben einfach mehr her als Jean-Edouard. Außerdem erlaube ich mir, Jean-Roch daran zu erinnern, daß das VIP früher, zu der Zeit, wo Oscar Dufresne sich noch Alain Pacadis nannte, »78« hieß. Und Sie, kennen Sie viele DJs, die Cerronne nach AC/DC auflegen? Nicht einmal Joey Starr hat mir die Fresse poliert! (Man muß allerdings dazu sagen, daß ich Präsident Dieudonné als Bodyguard hatte.)

Donnerstag
Das Leben ist eine lange Plansequenz von der Geburt bis zum Tod. Manchmal würde man bei der Montage gern ein paar Szenen rausschneiden.

Freitag
Françoise ist dermaßen gut gebaut, daß man meinen könnte, sie sei mit der paint box retuschiert. Ich habe nur noch ein Ziel im Leben: diese Frau glücklich zu machen. Da ist noch viel zu tun. Aber es geht: Sie hat mit Lexomil aufgehört und ihren Schlaftablettenkonsum auf eine halbe Stilnox pro Nacht reduziert. Manchmal überrasche ich sie sogar dabei, daß sie grundlos lächelt und zur Decke starrt. Ich lebe für diese Momente, wo ich mir sagen kann: Gut gemacht, Oscar.

Samstag
Man bietet mir an, eine Fernsehsendung zu moderieren. Wozu? Ich bin auch so bekannt.

Sonntag
Mein Leben ist eine Pantomime, aus der Schreiben der einzige Ausweg ist.

Montag
Super, der Krieg ist zu Ende, die Geschäfte ziehen an. In Paris by night zeichnet sich ein neuer Gebrauch von Viagra ab: Die blaue Pille zirkuliert auf Fiestas, damit müde Nachtschwärmer wieder beherzt ans Werk gehen können. Ich habe sogar einen Freund (dessen Namen ich hier verschweigen werde, sonst kriegt er einen zu guten Ruf), der eine einwarf und ins Chandelles ging, den berühmten Swingerclub, dort die Hälfte der weiblichen Kundschaft beglückte und den Rest des Abends mit Huren zubrachte, weil er einfach nicht genug kriegen konnte! Das erinnert mich an die Radfahrer, die zwischen zwei Etappen der Tour de France nachts noch weiterstrampeln.

Freitag
Und ich dachte, ich will einzigartig sein! Ich will nicht einzigartig sein; das ist doch jeder. Ich will überlegen sein. Das muß ich akzeptieren, so erschütternd es ist. Ich behindere mich, ärgere mich über mein aufgeblasenes Ich, aber ich bin eben eingebildet. Man muß schon zugeben: Jeder Schriftsteller ist in seinem Dünkel lächerlich, selbst wenn er nicht von sich spricht.

Samstag
Ein Blatt, ein Stift, und daraus wird Literatur. Es verblüfft mich immer wieder, daß man so gewaltige Dinge mit so geringen Mitteln schaffen kann. Genau das Gegenteil vom Fernsehen.

Sonntag

O.k., ich bin verbittert, aber tief in mir drin sitzt eine weinende Hure.

Dienstag

Ludo fand *Tanguy der Nesthocker* von Etienne Chatiliez wunderbar. Ein unvergleichlicher Film, dem auf jeden Fall das Verdienst zukommt, eines der letzten Tabus zu übertreten: Endlich trauen sich Eltern, schlecht über ihre Kinder zu reden! *Tanguy* ist das Gegenstück zu Jules Renards Kinderbuch *Poil de Carotte* oder Hervé Bazins *Vipère au pcing*. Das große Ding! Schluß mit der Kritik an unseren Vorfahren, es ist an der Zeit, sich die Nachfahren vorzuknöpfen. Stellen Sie sich einen Familienvater auf der Psychoanalytiker-Couch vor, der schlecht von seinen Kindern spricht. Chatiliez schlägt Freud.

Mittwoch

Michel Houellebecq ruft mich an. Als ich ihn frage, ob es ihm gutgeht, antwortet er (wieder nach zwei langen Schweigeminuten):

»Seltsamerweise ja.«

(Nimmt er jetzt Prozac?)

Donnerstag

Mailand ist die einzige italienische Stadt, die kein Museum ist. Die laue Luft lasse ich gelten. Überall Handys. Die Italienerinnen haben anderes zu tun, als mich zu sehen. Der Domplatz ist einer der wenigen Schätze, der den amerikanischen Bomben im zweiten Weltkrieg entgangen ist. Man spaziert zwischen der Scala und der Verdi-Statue und erlebt nachts einen neugotischen Schock: Beleuchtet wird *il Duomo* zu einem Riesenigel, dessen Stacheln das Firmament kitzeln – die einzige Kathedrale, die an einen Seeigel oder ein Aidsvirus erinnert. Mich erinnert sie an die blaue

Moschee in Istanbul: Egal welche Religion, der Glaube bringt Menschen dazu, Pfeile gen Himmel zu richten. Wie Fernsehantennen! Das bestätigt nur, was jeder weiß: Das Fernsehen hat die Kirche ersetzt und Madonna die Madonnina.

Freitag

Clubbisierung der Welt, Fortsetzung. Ins Plastic, den hippen Mailander Nachtclub, kommen die Gäste erst ab 3 Uhr früh, und ich bin zu alt, um darauf zu warten. Ich trinke einen Wodka nach dem andern und knabbere Chips, um Durst zu bekommen. Ein paar Hinterwäldler wie ich tanzen im Dunkeln und warten auf Stimmung. Sie suchen den Lärm, die Menge, die Dunkelheit, obwohl sie Stille, Einsamkeit, Licht brauchten. Alles an diesem Ort ist rund: die Bar, die Vinylplatten, die der DJ über seinem Kopf schwingt, die Sessel aus den 70er Jahren, die Lampen, und ich fühle mich auch schon ganz komisch.

Samstag

Wie jedes Jahr wird der einkaufsfreie Tag von niemandem beachtet. Dabei geht es doch nur darum, einmal im Jahr den Herrschenden die Macht der Verbraucher symbolisch vor Augen zu führen. Und wenn Ihre Frau Sie bittet, mit ihr shoppen zu gehen, ist der »Buy nothing day« doch eine hervorragende Entschuldigung dafür, an einem Samstag nachmittag einmal nichts auszugeben.

»Nein, Schatz, ich bin nicht geizig, ich protestiere nur gegen die Konsumgesellschaft!«

Sonntag

Silvio Berlusconi, Michael Bloomberg – warum nicht auch Arnold Schwarzenegger als Gouverneur von Kalifornien? Dank der Werbung sind die Reichen heute in der Lage, sich die Macht zu kaufen. Glücklicherweise ist Bernard Tapie pleite!

Dienstag
Wir essen ein riesiges Rindskotelett, Guillaume Dustan und ich. Ich wundere mich:
»Bist du nicht Vegetarier?«
Er schaut mir direkt in die Augen:
»Nein. Ich bin schwul, aber kein Vegetarier.«

Mittwoch
Es gibt auch eine Clubbisierung des Aussehens: Im Fashion Club in Riga müssen Mädchen Pony tragen und Jungs Brustmuskeln. Hier hat niemand das Recht, häßlich zu sein. Es gibt zwei Sorten von Clubs, die weh tun: die, wo alle häßlich sind, und die, wo alle schön sind. Die Trostlosigkeit von Clubs, wo es nur häßliche Entlein gibt, kenne ich zur Genüge. Aber das ist nichts im Vergleich zu denen, wo es nur Granaten gibt. Alle Mädchen haben das gleiche perfekte Gesicht, eine Haut wie Seide, schlanke Fesseln und einen kecken Nabel – könnte mich bitte jemand noch tödlicher langweilen?

Donnerstag
In Moskau gibt es 99 % Hungerleider und 1 % Milliardäre. Ich habe mein ganzes Wochenende mit dem fraglichen 1 % verbracht. Erstaunlich, oder? Moskau hat sich in den 90er Jahren vollkommen gewandelt. In Rußland entsprechen die ooer Jahre den 20er Jahren in Frankreich und den 80er Jahren in New York. Die »Neurussen«, erkennbar an ihrem Handy und einem Mercedes 600 mit getönten Scheiben, sind ungefähr das gleiche wie bei uns die »Neureichen«, sie schlafen nie. Ihr Leben ist eine einzige große Fete zwischen Nachtclub und Striptease-Bar, gepanzerten Limousinen und kokainhaltigen Casinos.

Moskau ist eine der teuersten Städte der Welt (für mein Herz jedenfalls). Ich liebe die sieben gotisch-stalinistischen Wolkenkratzer (wie die sieben Weltwunder), die vergoldeten Kuppeln der Verkündungskathedrale und den Roten Platz im Schnee – eine Erdbeer-Charlotte, mit Puderzucker bestreut. Die Molkerei mit dem »Fromages«-Schild wurde durch ein »Danone«-Kaufhaus ersetzt – der klimatisierte Alptraum folgt auf den leninistischen Alptraum. Die Moskauer sind nicht nachtragend: Sie haben die Marx-Statue vor dem Bolschoi-Theater stehengelassen und das Leninmausoleum auf dem Roten Platz, wo ich dies hier aufschreibe. Vor zwanzig Jahren hätte man mich für diesen Absatz barfuß nach Sibirien geschickt.

Freitag

Russischer Gigantismus: unendliche Birkenwälder und Millionen von Toten, von denen im First, dem Nachtclub mit Blick auf den erleuchteten Kreml, keiner spricht. Das Hotel Metropol erinnert an das Hotel in *Shining*, wenn man Jack Nicholson und seine Axt durch Huren in Strapsen ersetzt.

Im Restaurant Petrovitch stellt Emmanuel Carrère eine Flasche Wodka auf unseren Tisch. Ich verüble ihm diese Geste, die mir am nächsten Tag Kopfschmerzen einbringt. Gemeinsam mit Maurice G. Dantec stopfen wir Blini mit Lachskaviar in uns hinein. Klar, daß der Autor von *Babylon Babies* sich in Sodom und Gomorrha wohl fühlt. Von Antoine Gallimard lerne ich, daß »Klo« (chiotte) auf russisch »Rechnung« heißt und »Durchfall« (chiasse) »sofort«.

Er brüllt: »Chiotte chiasse!« und lädt den ganzen Tisch ein, wofür ich mich bei ihm bedanke. Olivier Rubinstein macht mich auf die Möglichkeit aufmerksam, Moskau auf den Spuren von Bulgakows *Meister und Margerita* zu erkunden, etwa wie man in Dublin dem *Ulysses* von Joyce folgt. Wenn sie zu nichts mehr nutze sind (was nicht mehr lange dauern dürfte), können Romane immerhin als Touristenführer Verwendung finden – das ist doch schon was. Ich werde hier nicht weiter berichten, um peinliche Enthüllungen zu vermeiden, aber ich will Barmherzigkeit gegen Sie üben und wenigstens auf die Existenz der folgenden Lokalitäten hinweisen: Café Puschkin, Karma Bar, Safari Lodge und Night Flight. Besonders aufs Night Flight (an der Twerskaja, den Moskauer Champs-Élysées, unglaublich viele ätherische Mietmiezen dort – »Die Franzosen finden immer, daß ich aussehe wie Carole Bouquet, nur besser. Aber wer ist Carole Bouquet?«).

Samstag

An der Moskwa, einem schlammigen, resignierten Fluß, halte ich deine Hand fest in meiner. Wenn wir uns bei minus zwölf Grad küssen, besteht die Gefahr, daß wir für immer aneinander festkleben. Die Vorstellung ist gar nicht so unangenehm. Bleiche, helle Fassaden in trunkener Nacht – jede Sekunde auf ewig in mein Gedächtnis gebrannt. »Ich hätte in Paris leben und sterben wollen, wenn es nicht Moskau gegeben hätte«, schreibt Majakowski. Bei mir ist es umgekehrt. Die Moskauer verdienen durchschnittlich 400 $ im Monat. Wie sie ihr Handy bezahlen? Ganz einfach: Sie fahren nachts Taxi.
Ich schlendere mit Françoise am Ufer des Patriarchenteichs entlang. Hier trifft der dicke Chefredakteur Berlioz am Anfang von *Meister und Margerita* den Teufel, der ihm seine Enthauptung durch eine Straßenbahn ankündigt. Doch bei der Scheißkälte wird uns nicht ein einziger Dämon ansprechen. Ich kann verstehen, daß Bulgakow die Handlung seines Romans im Sommer ansiedelt. Als wir wieder im Hotel sind, wird Sex zu einer Frage des biologischen Überlebens.

Sonntag

Der russische Winter hat Bonaparte und Hitler besiegt,
aber uns nicht! Auf dem Rückflug lese ich das Tagebuch
von Hervé Guibert, klappe dieses Meisterwerk einen Moment lang zu und sage zu Dantec:

»Man muß sterben, damit sich ein Buch verkauft.«

»Ich arbeite dran«, antwortet er ruhig.

Winter
Wer bezahlt die Rechnung?

»Wer die Welt verändern will, muß sie erkennen.«

Bert Brecht

Montag

»Das ist es, was mit dem Roman passiert: Die Leser wollen keine frei erfundene Geschichte mehr lesen. Sie suchen das Vorbild, das Original. Was geschrieben ist, soll mit realen Fakten verbunden sein.« V.S. Naipaul in einem Interview mit *Le Monde*. Ich liebe es, wenn ein Nobelpreisträger wiederholt, was ich sage.

Dienstag

Ludo wird ein weiser Mann, wenn er Gras raucht: Immer wenn ich ihm eine entscheidende Frage stelle, baut er einen Joint.

»Meine Frau betrügt mich mit dir.«

»Ich bau uns noch einen.«

»Es gibt keinen Gott.«

»Ich bau uns noch einen.«

»Was ist der Sinn des Lebens?«

»Ich bau uns noch einen.«

»Frankreich ist eine Null im Fußball.«

»Ich bau uns noch einen.«

Das ist der Satz, der alle Probleme löst.

Donnerstag
Mein Ziel: Eine Utopie finden, die nicht lächerlich ist.

Freitag
Paris Match (die Zeitung) lobt »Match TV« (das Tochter-
unternehmen). Ich krieg richtig Schiß, wenn ich sehe, wie
das Fernsehen sich demokratisiert. Jeden Tag entsteht ein
neuer Sender, der 20 Sendungen macht, wofür er je zehn
Redakteure braucht, also 200 Arbeitsplätze für junge Auf-
steiger, die brillanter sind als ich. Blöd, daß ich genau in
dem Moment zum Fernsehen kam, als es aufhörte, ein pri-
vater Verein zu sein. Jetzt bleibt mir nur noch das Digitalfernsehen, das für die Braunsche Röhre dasselbe ist wie die
1. Liga für den Fußball.

Samstag
Gute Frage von Pilot le Hot im La Coupole:
    »Das Brot ist der Leib Christi, der Wein ist das Blut
Christi, und was ist der Boursin?«

Sonntag
Ich träume davon, ein Bumerang zu werden. Wenn du ihn
wegwirfst, fliegt er dir um die Ohren.

Dienstag
Ich lande genau zu dem Zeitpunkt in Barcelona, wo die
Vorbereitungen für den 150. Geburtstag Antoni Gaudís
beginnen. Sie werden die Barceloneser damit genauso
nerven wie uns mit den Gedenkfeiern für Hugo. Aber bei
Gaudí lohnt es sich mehr: Dieser katalanische Briefträger
Cheval mit seinen Traumpalästen, dieser Urahn von H.R.
Giger, hat die reichen Spanier überredet, seinen Irrsinn zu
finanzieren. Die Stadt ist voller Gebäude in Form von Dra-
chen, die zu atmen scheinen. Es muß unglaublich sein, im
Traum eines Verrückten zu leben. Warum wirken die heu-

tigen Architekten dagegen so langweilig? Ich habe die geraden Wände satt, ich würde gern in einem Lebkuchenhaus wohnen.

Mittwoch

In Spanien kann ich mich immer nicht daran gewöhnen, »Hola« zu sagen statt »Hello«. So verwirre ich meine Gesprächspartner mit immer neuen Kompromißbildungen wie »Hela« oder »Hollo«. Außerdem sprechen sie immer das V wie ein B. Das führt manchmal zu poetischen Verwechslungen: Mit ihrem Akzent sagen die Iberer, wenn sie »Buch« (livre) meinen, »frei« (libre) – schönes Symbol. Und »Das will ich sehen« (voir) wird zu »Das will ich trinken« (boire), was viel gastlicher ist.

Donnerstag

Im Barrio Chino, dem früheren Gaunerviertel, werden heute belgische Touristen ausgenommen. Die Niederungen für die oberen Zehntausend findet man in El Born. Dort ißt man im Cocotte (passeig del Born) und trinkt danach 36 Gin-Kas im Borneo, im Gimlet, im Suborn oder im Miramelindo. Hätten Sie von der ersten Seite dieses Buches an alle Adressen mitgeschrieben, wären Sie jetzt genauso hip wie ich. Nur daß Sie Weihnachten lieber mit Ihrer häßlichen Frau und den pickeligen Blagen verbringen und anschließend eine Woche nach La Plagne fahren, wo Sie eine Zwei-Zimmer-Ferienwohnung gemietet haben. Ich respektiere Ihre Entscheidung.

Freitag

Nur wenn man einsam ist, kann man das Pulsieren einer Stadt in sich aufsteigen fühlen. In Barcelona ist neuerdings um 22 Uhr Sperrstunde für die über 22jährigen. Den Mund voller Pata Negra (der Schinken vom schwarzen Schwein schmeckt hier viel besser als in Paris, weil ich ein Snob bin), gehe ich unter gebeugten Bäumen die Ramblas hinunter. Die Rambas sind eine Art Croisette, lotrecht zum Meer (statt am Ufer entlangzulaufen, schaut man dem Meer ins Gesicht, kommt ihm von Bar zu Bar näher, als würde man Anlauf nehmen, direkt auf das dunkle Wasser zu, in dem man am Ende ersäuft). In den Gassen rings um die Plaça Reial geht es bergauf und bergab, die Stadt beginnt unter meinen Füßen zu vibrieren, die Mauern kommen näher, und das Pflaster verrenkt mir die Knöchel. Um Haltung zu bewahren, zähle ich die hinter dem Barkeeper im Schilling (Carrer de Ferran 23) aufgereihten Flaschen. Ich gehe kurz hinaus, um Luft zu schnappen, und interessiere mich brennend für das, was sich an der Wand abspielt: »Irre – da hat sich eine Fliege hingesetzt! Unglaublich – jetzt ist sie weggeflogen!« Mir war nicht klar, daß ich es eines Tages ebenso aufregend finden würde, einen Remix von Moby zu hören.

Samstag

Wenn man einen gewissen Alkoholpegel überschritten hat, ist alles begehrenswert, auch ein Hocker. So wird Barcelona die Stadt sein, in der ich mich in einen Hocker verliebte. Wer sonst hätte meine Last so lange ertragen? Wer sonst hätte mich zwei Stunden auf sich schlafen lassen, ohne zu stöhnen?

Sonntag

Der berühmte DJ und Toaster John Dilinger buchstabierte New York so: »A night, a fork, a bottle and a cork.« Barcelona, das sind sechs Krankenschwestern, eine Hure im Korsett und ein Bodybuilder im roten Slip (um zwei im Row). Bin ich alt oder nur verrückt nach dir? Neuerdings gehe ich immer nach Hause, wenn die Party gerade anfängt.

Montag

Ich werde nie ein großer Playboy sein, die Liebe erregt mich zu sehr.

Dienstag

Wie alle Neureichen fliegen wir zu Silvester nach Mauritius. Air Liberté, so 'n Quatsch! Das Prince Maurice ist ein Reservat für primitive Reiche (RPR) am Rand des Indischen Ozeans: An solchen Orten erkennt man die Knebel der Knete. Hier läßt sich das Droopy-Prinzip verifizieren: Man setzt sich ins Taxi, dann ins Flugzeug, dann in einen klimatisierten Rover, flieht ans andere Ende der Welt, um den Leuten zu entgehen, die man, weiß wie Lexomilpillen, unter der Postkartensonne am Swimmingpool wiedertrifft. Kaum habe ich mich in meine Badehose und in meine Braut gezwängt (in anderer Reihenfolge allerdings), stehe ich meiner Freundin Babette Djian gegenüber, dem Star der Moderedakteurinnen (sie arbeitet nur mit Leuten, deren Name auf »o« endet: Numéro, Kenzo, Mondino, usw.). Ihre Anwesenheit versichert mich meiner Hipness: Wenn sie hier weilt, ist das Hotel in, also auch ich. Hoffentlich denkt sie dasselbe.

Donnerstag

Es regnet. Ich sage das nicht, um Ihnen eine Freude zu machen, sondern weil es die Wahrheit ist. Es regnet auf den Sand. Es regnet auf Benjamin Castaldi, der eben eintrifft (die Kinder am Swimmingpool singen »Lofteurs up and down«, nur um ihn zu ärgern, aber er ist ein Profi, er bleibt cool, ich hätte sie ersäuft). Das Prince Maurice liegt an der Ostküste der Insel. Gut so, denn im Norden liegt das Cap Malheureux, die Spitze des Unglücks, und das ist bei Regen, ehrlich gesagt, zuviel des Guten. Das einzig Gute ist, daß man nichts anderes tun kann als poppen.

Freitag
Jedesmal, wenn ich nach Mauritius komme, erinnere ich mich an mein mauritisches Kindermädchen Olga, genannt Tiga. Wo ist sie heute, mit ihren Liedern, ihrem strahlenden Lächeln, ihrer guten Laune, ihren sonnengebräunten Geliebten und ihrem würzigen Essen? Nach Hause zurückgekehrt? Nein, sie hat einen Franzosen geheiratet und lebt in der Pariser Vorstadt. Dort zieht sie, nachdem sie mich großgezogen hat, ihre eigenen Kinder groß.

Samstag
Die große Herausforderung wird darin liegen, mehr als eine Woche ohne *Everything in its right place* von Radiohead zu überstehen. Wenn ich es schaffen sollte, dann nur dank der ausgezeichneten südafrikanischen Weine, die nach Madiran schmecken. Vom vielen Reisen bin ich schon eminemt Jet-Set (ich meine, so jet-set wie der Sänger Eminem). Ich bin ein Teil von allem, was ich hasse. Ich kritisiere mein Leben, ohne etwas zu tun, um es zu ändern. Ich hasse, was ich liebe. Daß man ein Problem klar formuliert, hilft einem bei der Lösung auch nicht weiter.

Sonntag
Von Zeit zu Zeit kommt ein kleiner Hai die großen Fische besuchen. Er ist das Maskottchen des Hotels, dessen Direktor ihm sogar den Namen Johnny gegeben hat. »Ich versichere Ihnen, der ist genauso Vegetarier wie Sie!« Dieses Kleinod stammt von ebenjenem Direktor; er schenkte es einem Model, das natürlich nicht die Absicht hatte, seine Behauptung zu überprüfen.

Montag
Oscar Dufresne is a dirty job, but somebody's got to do it.

Dienstag

Unter der Sintflut auf Mauritius fragte ich mich, was wohl die Abenteurer aus dem Dschungelcamp an meiner Stelle gemacht hätten. Mir sind nur zwei Sachen eingefallen: pennen und prassen. Ich tue beides. Und habe sogar Sega getanzt (»Sega ist stärker als du«, behauptet auch die Werbung). Wenn ich am Pool jemand entdeckte, der aussah wie Claudia Schiffer, dann WAR ES Claudia Schiffer. So ist das im Prince Maurice.

Das Galaleben ist daran zu erkennen, daß jeder, der wie ein Star aussieht, auch der Star ist – also das Gegenteil eines Doppelgängerwettbewerbs.

Endlich kommt die Sonne wieder: ein grandioses Schauspiel, wie in Nachahmung Gauguins von einem Gott unter Drogen inszeniert.

Mittwoch

Was machen wir hier? Wir fahren zurück nach Paris. »Es gibt zwei Sorten von Schriftstellern: Schweine ohne Talent und Schweine mit Talent.« Marcel Reich-Ranicki, der deutsche Bernard Pivot (und wie dieser auch schon im Ruhestand).

Donnerstag

D'habitude je ne vouvoie pas
  C'est différent depuis je vous vois.
  Les autres je les tutoie
  Mais vous c'est mieux que toi.
  (Entwurf eines Chansons für Marc Lavoine)

Freitag

Es beruhigt mich, Kühe zu sehen, die mich im Zug vorbeifahren sehen. Frankreich, das sind grüne Wiesen, runde Bäume, braune Kühe und Telegraphenmasten auf beiden Seiten der Gleise. Da bin ich mit den Amerikanern einer Meinung: Frankreich wäre so viel schöner ohne Franzosen!

Samstag
Autobiographisches Schreiben ist kein Vergnügungsausflug, es sei denn, man steht auf Sadomasochismus. Es ist Kunst am Körper: jeder Satz ein Piercing, jeder Absatz noch ein Tattoo auf der Schulter.

Sonntag
In Paris regnet es wie auf der Insel Mauritius, nur bei 30 Grad weniger. Am Ende vermißt man die tropische Weihnacht, das Trommeln der Wassertropfen auf dem Dach, den Gesang der Kröte am Abend oberhalb des Sees, die gebratenen Langusten, die Fresse von Gérald de Roquemaurel, dem Chef des Hachette-Konzerns, wenn er in diesem Buch liest, daß er am Strand erkannt worden ist, und natürlich die LiebeLiebeLiebe, die uns für all das entschädigt, weil sie uns so oft erlaubt, auf die Gesellschaft zu scheißen.

Montag
Ich habe das Glück in dem Moment gefunden, als ich es aufgab, danach zu suchen.

Dienstag
Gestern abend Einweihung des Pink Platinum, des Showgirl-Clubs von Cathy und David Guetta. Punkt 21 Uhr sind wir da, um keine einzige Nackte zu verpassen. Leider ist der Club um die Zeit noch nicht eröffnet. Ein staubsaugender Hüne schlägt uns vor, später wiederzukommen. Wir ziehen mit ein paar Freunden ins Bindi, wo die Unbekannte Tusse ihren Kerl mit einem Cheese Nan in der Hand bedroht und dafür ein neues Verb erfindet:
»Ich nanne dich gleich.«

Bei unserer Rückkehr ist das Pink Platinum brechend voll – kein einziger Tisch ist mehr frei. Binnen einer Stunde von Geschlossen zu Ausverkauft, alle Achtung. Aber es gibt einen Gott für die VIPs: David Guetta erinnert sich plötzlich, daß wir für *Vogue Hommes* 1991 zum ersten Mal gemeinsam auf einem Foto waren. Endlich betreten wir den Vorhof zum Paradies. Und was ist das Paradies? Typen in Anzug und Krawatte, die im Sitzen nackte Weiber begaffen, die stehen. Dafür arbeitet man schließlich. Es gibt sogar Irre, die Boeings in Häuser knallen, nur weil sie hoffen, so ein Spektakel nach ihrem Tod zu erleben. Beim ersten Blick in die Runde sehe ich Elodie Bouchez, schwanger bis zu den Zähnen, Jean-Edouard aus dem Loft, der im Minutentakt an Ruhm verliert, Bettina Rheims, die fotografiert, Romain Duris, Fabien Barthez, Claude Challe im Casimir-Kostüm, Gérard Miller und Linda Hardy. Wir hatten uns schon gefragt, was aus Linda Hardy geworden ist, nun wissen wir es: Sie ist im Pink Platinum, aber nicht auf der Bühne. Die englischen Showgirls marschieren auf und ziehen die Oberteile aus, den String behalten sie an, damit man die 20-Euro-Scheine hineinstecken kann. Im Jahr 2002 trägt der Wolf von Tex Avery einen Armani-Anzug, trinkt Wodka und wedelt mit 20-Euro-Scheinen, weil er nicht weiß, daß das 131 Francs und 20 Cents sind. Irgendwann bestellt Françoise eine atemberaubende Schönheit zum Lapdance auf unseren Tisch – nur Pech, daß die hier gar nicht arbeitet. Ich finde, Françoise trifft keine Schuld an dieser peinlichen Verwechslung, was müssen sich die Kundinnen hier auch wie Professionelle kleiden!

Mittwoch

Die Unbekannte Tusse hat einen Typ aufgegabelt, der nie zufrieden ist und allen auf den Sack geht. Er heißt Valéry und hält sich für *Scarface*. Ich taufe ihn »Val Pacino«. Erst

dachte ich, er legt mich um, aber schließlich sind wir doch
Freunde geworden.

Donnerstag
Letztens bei Dominique gegessen, dem großartigen Russen in der Rue Bréa, da trifft mich schlagartig die Erkenntnis, daß ich ein widerlicher Nahrungspädophiler bin, der die kleinen Eier blutjunger Fische verschluckt.

Freitag
Aphorismus von Claude Chabrol in einem Interview: »Ich bin lieber ein fetter Schmarotzer als ein fleischloser Revoluzzer.« Dabei vergißt er allerdings die sozioprofessionelle Kategorie, der ich angehöre: die fleischlosen Schmarotzer.

Samstag
Meine neue Miete ist so hoch, daß ich dachte, sie ist in Francs.

Sonntag
Heute morgen zwängte sich die Sonne durch die Vorhänge, um dir einen goldenen Kuß auf den Hals zu hauchen, und ich habe es ihr nachgetan.

Montag
Es gibt eine neue Internetseite: www.myposterity.com
Dort können Sie die Chronik Ihres Lebens, Ihr Tagebuch, Ihre Gedichte, Kurzgeschichten, Romane, Fotos, Kindheitserinnerungen oder Kochrezepte in Form von Texten, Fotos oder Videos in einem Raum-Zeit-Modul ablegen, das bis zu 125 Jahre überdauert. »Loft Story« und »Star Academy« waren der Beginn einer Demokratisierung der Prominenz – jetzt gibt es den Nachruhm für alle, das Versprechen einer Berühmtheit, die den Tod überdauert. Das autobiographische Genre, das mit Sokrates' Auf-

forderung »Erkenne dich selbst« entstand, bekommt mit »myposterity.com« eine Maxime, die besser in unsere Zeit paßt: »Jeder soll mich erkennen.« Gibt es bald sechs Milliarden Christine Angots?

Mittwoch
Dialog mit Thierry Ardisson:
»Hast du in der Maison du Caviar reserviert?«
»Ja, für 21 Uhr.«
»Holst du mich mit deinem Wagen ab?«
»Ja.«
»Rufst du mich an, wenn du da bist? Ich komm dann runter.«
»Kein Problem.«
»Super organisiert, das Abendessen.«

Donnerstag
»Ich werde bald zwanzig, grauenhaft!«
Lolita Pille ist ein kleiner Frechdachs, der bald noch lästiger wird, wenn sein erster Roman für Ärger sorgt.

Freitag
Mittagessen mit Robert Hue. Das Gesicht der Leute bei Lipp, als sie uns zusammen sehen! Der Revoluzzer aus Saint-Germain stößt mit dem Gartenzwerg an, der den Mindestlohn auf 1 500 Euro erhöhen und die Vermögenssteuer vervierfachen will! Da wird die Bedrohung greifbar. »Wir dachten, das ist nur Spaß mit deiner Kapitalismuskritik!« Am Ende des Essens drehe ich mich mit dem Buttermesser zwischen den Zähnen zu unseren Tischnachbarn um. Vincent Lindon ist sprachlos, Bruno Cremer platzt fast vor Lachen. Ich werde die Werbung für die Präsidentschaftskampagne von Robert Hue übernehmen. Damit gehe ich in meinen alten Beruf zurück, aber für einen guten Zweck: um Jacques Séguéla in den Arsch zu ficken.

Samstag
Skifahren ist die moderne Version des Sisyphos-My-thos.

Sonntag
Gallimard bringt Montherlants Notizhefte heraus. Viele bedeutende Bücher bestehen aus unvollendeten, verstreuten Fragmenten (die oft erst postum veröffentlicht werden): Pascals *Gedanken*, die Tagebücher von Jules Renard oder Kafka, die *Papiers Collés* von Perros, Pessoas *Buch der Unruhe*, Schopenhauers *Welt als Wille und Vorstellung*. Große Autoren sind oft besser, wenn sie flüchtige Notizen zu Papier bringen, als wenn sie sich einen abbrechen, um eine Geschichte zu erzählen. Ich sage das nicht, um mich zu beruhigen. Obwohl …

Montag
Was macht man, wenn Victoire de Castellane einen »Tanz der Vampirbraut« im Ritz gibt? Man malt sich die Lippen schwarz an. Man erinnert sich, daß Karl Lagerfeld dieser exzentrischen Person schon den Namen »Vicky Surboum« verlieh, als sie noch gar nicht bei Dior arbeitete. Man scherzt über den Rückzug von Yves Saint Laurent:

»In Frankreich begräbt man Menschen gern, vor allem, wenn sie noch nicht tot sind. Man schätzt die Künstler erst, wenn sie zu arbeiten oder zu leben aufhören.«

»Der Rückzug von YSL hatte mehr Presse als der Tod von Pierre Bourdieu!«

»Saint Laurent ist der Bernard Pivot der Mode: Du wirst sehen, in drei Monaten ist er wieder da.«

»Wer ist Pierre Bourdieu? Und bei welcher Firma hat der gearbeitet, bei LVMH oder bei PPR?«

Nur wenige Gäste sind als Vampire verkleidet, trotzdem saugen alle allen das Blut aus. Ein gelungener Abend, aber wir waren nur zehn Minuten da. Ich poppe lieber im Costes, als das Ritz zu befreien – mein Name ist Oscar Dufresne, nicht Ernest Hemingway.

Dienstag

Promitest: Gehen Sie um 23 Uhr ins Restaurant des Hotels Costes, ohne reserviert zu haben. Betreten Sie es mit gelangweilter Miene. Lächeln Sie Emma, der Empfangsdame, zu, und sagen Sie: »Bonsoir, wir sind zu fünft.« Wenn Emma antwortet: »Tut mir leid, wir sind heute voll«, dann sind sie ein unbedeutender Niemand. Fragt sie, ob Sie einen Tisch reserviert haben, dann umweht Sie schon ein Hauch von Bekanntheit. Erwidert sie: »In fünf Minuten wird ein Tisch frei«, dann waren Sie kürzlich im Fernsehen. Und wenn sie Sie küßt und sagt: »Hallo Oscar, wie geht es dir? Ich bring dich zu deinem Tisch«, dann sind Sie ich. Pech für Sie.

Donnerstag

Caroline, 22 Jahre:

»Mit 18 verbrachte ich meine Tage damit, von der Liebe zu träumen. Mit 22 verbringe ich meine Nächte damit, es zu tun. Ich weiß, ich bin eine Schlampe, weil mir mein Leben jetzt besser gefällt.«

Freitag

Seltsam, dieses Gefühl, daß Sie bei all den kleinen Geschichten, die ich erzähle, nicht dabei waren und es doch waren. Sie begleiten mich überallhin. Ich erlebe das alles nur, um es Ihnen zu erzählen. Wenn Sie das hier nicht lesen würden, würde ich nichts erleben. Ich schreibe, um nicht das Gedächtnis zu verlieren. Sie helfen mir dabei, mich an alles zu erinnern. Mein Leben wäre ohne Sie noch sinnloser.

Samstag

Nichts einfacher, als Schriftsteller zu werden: Sie müssen nur »Schriftsteller« antworten, wenn Leute Sie nach Ihrem Beruf fragen. (Aber wenn ich es mir überlege, braucht man dafür auch Mut.)

Sonntag

Ich bin ein Schwuler, der nur mit Frauen schläft. Ich mag Ironie ohne Zynismus, Klarsicht ohne Nihilismus, Feiern ohne Schuldgefühle, Höflichkeit ohne Heuchelei, Schüchternheit ohne Affektiertheit, Großzügigkeit ohne Mildtätigkeit, Nächte ohne Einsamkeit, Straßen ohne Autos, Glück ohne Langeweile und Tränen ohne Grund.

Montag

Ludo erzählt mir aus seinem neuen, lasterhaften Leben:

»Ich werde bald 40, ich kann nicht mehr siebenmal hintereinander, nach dem fünften Mal muß ich eine Pause einlegen.«

(Sicher fällt Ihnen auf, daß ich weniger von Françoise spreche. Ob es daran liegt, daß man Glück nicht erzählen kann? Oder daß die Leidenschaft abstumpft?)

Dienstag

Evodie, die Freundin von Françoise, hat einem Kunden im Cabaret eine Abfuhr erteilt, die in die Geschichte eingehen wird. Ein Typ, der sie schon seit einer Weile angetanzt hatte, beugte sich zu ihrem linken Ohr und fragte:

»Darf ich dich küssen?«

»Nein, danke!«

»Bitte!«

»Hör auf! Außerdem hab ich Bronchitis.«

»Kein Problem! Ich hab ein super Immunsystem, ich werde nie krank.«

»Ich hab Aids und Zahnfleischbluten!«

Sie hätte aber auch nicht unbedingt ein T-Shirt mit der Aufschrift tragen müssen: »Real Men Eat Pussy«.

Mittwoch

Das Lotto greift willkürlich einen Franzosen heraus und macht ihn reich.

Das Reality-TV greift willkürlich einen Franzosen heraus und macht ihn zum Star.

Das erinnert mich an den Ausspruch von Marie-Antoinette: Die Leute haben kein Brot? Dann gebt ihnen Kuchen!

Wenn die Menge zuviel Druck macht, weil sie merkt, daß die Ungerechtigkeit zu sehr zum Himmel stinkt, muß man ihr etwas geben. Also adelt man irgendeinen Tölpel. Die Gestapo hat es umgekehrt gemacht, sie griff sich willkürlich Leute zum Erschießen heraus. Das Ziel ist immer das gleiche: Um die tobende Menge zu besänftigen, gibt man ihr eine Karotte oder die Rute. Beides muß natürlich mediengerecht sein (die Investition soll sich schließlich bald lohnen, genau wie die Rebellion).

Donnerstag

Ludo schon wieder, und immer enthemmter (eben noch an die Ehe gefesselt, ist er jetzt total entfesselt):

»Ich fick nur noch anal. Ich weiß nicht mal mehr, ob Frauen eine Scheide haben.«

Ich: »So pflanzt du dich wenigstens nicht weiter fort …«

Freitag

Der Tod hat Jean-François Jonvelle aufgenommen wie dieser seine Fotos: gestohlene Momente, denen er sein Leben weihte, und der Tod tat es ihm gleich und riß ihn ganz unerwartet aus dem Leben. Ein Tumor, Anfang Januar erkannt, zwei Wochen später der Abschied. Ein Tod wie ein Blitzlicht. Ich durchblättere das letzte Buch meines Freun-

des, und alles verschwimmt vor meinen Augen. Meine
Tränen machen Jonvelles Arbeit der von David Hamilton
ähnlich. Du denkst, ich weine um einen Freund? Nein:
Ich heule vor Angst.

Samstag

Glücklicherweise hemmt meine Faulheit die Produktivi-
tät: Alle drei Jahre veröffentliche ich einen Roman. Und
das Seltene reizt die Neugier. In der Literatur werden
Faulpelze oft belohnt (J. D. Salinger, Antoine Blondin, Bernard Frank, Albert Cossery usw.). Die Kritiker sind ihnen
dankbar, daß sie sie nicht mit Arbeit überschwemmen.

Sonntag

Eines Tages werde ich es sein, den man in der Luft zerreißt,
um sich die Krallen zu schärfen. Wenn ich erst alt und arri-
viert bin (Prix Goncourt 2012, Mitglied der Académie
Française 2024), gibt es sicher einen Jungspund, der mich
mit seiner unerbittlichen Begabung in Grund und Boden
schreibt. An diesem Tag werde ich stark sein und mich zurückhalten müssen, ihm keine Knüppel zwischen die Beine
zu werfen, denn es wird mein geistiger Ziehsohn sein.

Montag

Ein Universitätsprofessor aus Grenoble hat ein literarisches
Pamphlet verfaßt, in dem er alle erfolgreichen Autoren ver-
reißt: »Literatur ohne Mumm«. Angot, Darrieussecq, Bo-
bin, Sollers, Rolin, Toussaint, Delerm, jeder kommt dran,
auch Ihr ergebener Diener! Nur ein einziger bleibt ver-
schont: Houellebecq. Heiliger Michel! Houellebecq ist der
McGyver der Literatur: Was auch geschieht, er bleibt heil.

Dienstag

Jean Cau begegnet seinem Idol Paul Léautaud und bittet
sofort um ein Treffen:

»Darf ich Sie nächsten Donnerstag besuchen kommen?«
»Keinesfalls!« antwortet Léautaud, »Donnerstag bin ich tot.«

Cau besuchte ihn am Mittwoch, und Léautaud starb am nächsten Tag.

Die Lehren aus dieser wahren Geschichte:

1. Genies halten immer Wort;
2. der Terminplaner sollte nie overbookt sein.

Mittwoch

Vor den Kulissen von *Rive droite, Rive gauche* in Asnières.

Thierry Ardisson (zu Elisabeth Quin):

»Ich liebe deine kleinen Brüste.«

Elisabeth: »Ich hab mir schon immer gedacht, daß du schwul bist.«

Donnerstag

Bruno Gaccio, der die Konzernisierung der Welt kritisiert, arbeitet für Universal. Gérard Miller wurde für weniger gefeuert: Ich habe gehört, wie Michel Drucker ihn bei Daphné Roulier als Nestbeschmutzer beschimpfte. Ausdrücke wie »Nestbeschmutzer« oder »den Ast absägen, auf dem man sitzt« wurden von den Bossen erfunden, um die Angestellten daran zu hindern, sich zu beschweren. Wes Brot ich ess, des Lied ich sing? Dabei ist es eine große Stärke, wenn man nicht an anderen herummäkelt, sondern es wagt, den Ort zu kritisieren, an dem man selbst ist, das heißt, sich und die über einem. Deshalb will ich jetzt auf der Stelle laut und deutlich schreien: Nieder mit Grasset! Fuck den Hachette-Konzern! Weg mit Arnaud Lagardère! Wow, meine Güte, tut das gut, ein echter Rebell zu sein!

Freitag

Nach der Kaviar-Linken rufe ich jetzt die extreme Prada-Linke ins Leben.

Samstag
Ich dachte, ein Sonnenstrahl hätte mich geweckt, aber es war 4 Uhr früh, meine Nachttischlampe an, du nicht in meinem Bett und in meinem Fernseher Schneetreiben. Von Zweifeln geplagt, rief ich bei Ludo an und hatte dich am Apparat. Ich legte auf, ohne etwas zu sagen; ich wollte nicht, daß du weißt, daß ich nun einen Beweis habe. Ich will auf keinen Fall meinen besten Freund und meine Frau verlieren, nur weil sie miteinander schlafen.

Sonntag
Anfangs wollte ich wie Victor Hugo Chateaubriand sein oder nichts. Mit dem Alter habe ich meine Ansprüche neu überdacht. Erst hieß es: »Antoine Blondin oder nichts«. Im folgenden Jahr: »Frédéric Dard oder nichts«. Anschließend: »Charles Bukowski oder nichts«, dann »Philippe Djian oder nichts«, und jetzt »Oscar Dufresne oder nichts«. Irgend jemand, nur nicht nichts.

Montag
Unser Wochenende in Amsterdam? Wir steigen aus dem Zug, essen ein Space Bonbon und wachen im Zug nach Hause wieder auf. Einzige Erinnerung: Das Gras, das den Cannabis Cup gewonnen hat, trägt einen hübschen Namen (MORNING GLORY).

Ich opfere mich nicht, um dir treu zu sein, und ich verlange das auch nicht von dir.

Dienstag
Drei Sätze der Woche stehen miteinander im Wettstreit, suchen Sie sich selbst einen aus. Nominiert sind:

»Da hinten ist mein Kerl, ich muß hin, ihn verlassen.« (von Evodie, Suresnes)

»Du küßt wie eine Waschmaschine.« (von Evodies Kerl, Paris, 6. Arrondissement)

»Morgen ist Valentinstag, vergiß nicht, dir die Zähne zu putzen« (von der Unbekannten Tusse, Paris, 6. Arrondissement).

Donnerstag

Ach, da ist sie ja, kommt herein und sieht sich suchend um, unruhig, zu spät in diesem Restaurant voller Idioten, ich war sauer auf sie, weil sie mich warten ließ, allein an meinem Tisch in dem verrauchten Lokal mit all den Gaffern rundherum, die sich kichernd darüber unterhalten, warum der Oscar denn so ganz allein an seinem Tisch sitzt, der Ärmste, man hat ihn wohl versetzt, da nutzt es auch nichts, Bücher zu schreiben, wenn man so gedemütigt wird; schon verziehen, kaum daß sie da ist und mir die Freude bereitet, sie anzusehen, ohne daß sie davon weiß, dieser Moment könnte Ewigkeiten dauern, so sieht es also aus, ihr Gesicht, wenn sie ohne mich ist, verloren, konzentriert, ernst und besorgt, ich würde ohne zu zaudern stundenlang warten, und auch dafür liebe ich dich: Du bist die erste Frau, die mir das Verb »zaudern« eingibt. Wie soll ich auf jemanden eifersüchtig sein, der so hübsch ist? Alle, die dich begehren, sind normal. Ich verdiene kein Exklusivrecht. Anderen eine solche Schönheit vorzuenthalten wäre übertriebener Egoismus. Wunder sperrt man nicht ein. Ich bitte dich inständig, immer so schön zu bleiben, damit ich dich weiter lieben kann, bis daß der Tod uns scheidet.

Freitag

Gleich nach dem Mittagessen mit Jean-Roch im Avenue bin ich mit Robert Hue in der Zentrale der Kommunistischen Partei Frankreichs verabredet. Ein Extrakt meines hektischen Lebens. Sicher steckt eine Logik dahinter, nur welche? Daß man ein Sozial-Promi sein kann (eine Aktualisierung des alten Etiketts Sozial-Verräter)? Das Gebäude von Oscar Niemeyer gefällt mir sehr (unter Oscars hält man zusammen). Robert Hue erzählt, wie der Mann, der Brasilia schuf (er lebt noch immer: 94 Jahre), dieses Haus in Form von Hammer und Sichel – »gratis!« – in Copacabana entwarf. Im Jeu de Paume, Place de la Concorde, läuft eine Retrospektive über ihn. Alle Architekten sind größenwahnsinnige Verrückte: Gaudí, Le Corbusier, Nouvel, Niemeyer. Das liegt daran, daß sie, im Gegensatz zu Politikern, schnell die Konsquenzen ihres Handelns ermessen können.

Samstag
Kafka hat alles verpaßt (Liebe, Arbeit, Familie), nur für den Erfolg seines Werks. Ich fühle, daß ich den Mut dazu nicht habe. Ich will nicht traurig sein, um groß zu sein. Ich will nicht unglücklich sein, um Tiefschürfendes zu produzieren. Ich leide an einem Depressionsdefizit. Ironie des Schicksals: Meine Freunde sagen zu meiner Verteidigung oft, daß ich nicht der bin, für den man mich hält, sondern hinter der Maske des mondänen Clowns etwas verberge, Einsamkeit, Schmerz, einen Hilferuf … Ich bin ihnen dafür dankbar, aber manchmal frage ich mich, was wäre, wenn hinter der Maske wirklich nichts ist? Wenn ich nur dieser herumfuchtelnde Nightclubber wäre, dieser hohle Komödiant, dieser lächerliche Hampelmann und sonst nichts? Weil ich nicht mit Vergnügen Opfer bringe, bin ich vielleicht kein Schriftsteller. Und solange ich nicht daran glaube, ein Schriftsteller zu sein, wird auch niemand anderer daran glauben.

Sonntag
Ann Scott unterrichtet mich am Telefon vom Tod Sex Toys durch »Herzversagen infolge eines Medikamentencocktails« im Alter von 33 Jahren. Jetzt ist es soweit, jetzt ist sie wirklich ein SUPERSTAR.

Montag
Erfolg ist nur ein mißlungener Mißerfolg.

Mittwoch
Kino ist das Gegenteil des Theaters: Filme muß man sofort sehen, sonst ist man hinterher enttäuscht (alle haben dir davon erzählt, du kennst die Schlüsselszenen auswendig, die Medien haben dich mit Werbebannern und Darsteller-Promotion verrückt gemacht, und Patrick Besson hat dir das Ende verraten), Theaterstücke aber sollte man so spät wie möglich sehen, nie am Anfang (Generalproben sind entsetzlich, das ist der Abend, wo die Schauspieler am schlechtesten sind, man muß ihnen Zeit lassen, sich einzuspielen, und dem Autor, vielleicht ein paar Stichworte zu ändern). Kino wird rasch konsumiert, Theater braucht Zeit zu reifen, wie der Wein. Kino ist ein Frischeprodukt, das schnell verdirbt, das Theater ist ein Gericht, das kalt verzehrt wird. Man sollte nur neue Filme und alte Stücke sehen. Das war die These von Giesbert-Beigbeder, auf den Punkt gebracht während eines Abendessens bei Jean-Luc Lagadère. Scheiße, wie beschämend, daß jemand wie ich schon an der Macht ist.

Donnerstag
Sprechen wir von diesem Abendessen. Wir waren im George V eingeladen, von einem Waffenhändler, um den Bestseller eines Intellektuellen zu feiern, der gegen den Krieg ist. Schon wieder so ein Wurm, der den Apfel verdirbt, der ihn nährt? Pascal Bruckner macht sich in *Misère de la prospérité* darüber lustig, aber was macht er denn anders? Die Revolte innerhalb des Systems ist lächerlich, aber es ist die einzige, bei der man umsonst Langustinen und Kaviar futtern kann, während José Bové zu sechs Monaten Gefängnis verurteilt wurde, weil er einen Mac-Donalds auseinandergenommen hat. Christine Ockrent

saß neben Laurent Fabius, dem Bürokollegen ihres Ehemanns, den sie am darauffolgenden Sonntag für France 3 interviewte. Karl Zéro ließ sich lange bitten, Duras und Godard zu imitieren. Die Umfragen von Chevènement machten Dominique Strauss-Kahn angst. Régis Debray war nicht eingeladen (der einzige Schriftsteller, der nie vom rechten Weg abkam; nun sind es bald vierzig Jahre, daß er den Che verteidigt, nicht wahr?). Und ich komme immer mehr zu der Überzeugung, daß ist besser ist, Kommunist als Bohème-Bourgeois zu sein.

Freitag
Im Bordell verkehren sich die Machtverhältnisse: Hier sind es die Männer, die Körbe austeilen.

Samstag
Wirst du meine Midlife-Crisis überleben?

Sonntag
Ich gehe aus, das Unglück suchen, Glück habe ich zuviel zu Hause.

Dienstag
In der ultraliberalen Gesellschaft fragen die Leute einander nicht mehr: Wie geht's? sondern: Wieviel geht?

Mittwoch
Ich komme an einem Wartehäuschen vorbei, auf dem L'Oréal für ein neues Shampoo wirbt: »Strubbellook, die Aufsteh-Frisur«. Ich hätte nicht gedacht, daß die Konsumgesellschaft so weit geht. Jeden Morgen, wenn Sie frisch aus dem Bett kommen, haben Sie DIE Modefrisur und wissen es gar nicht. Nein, sind Sie des Wahnsinns, Sie können sich doch jetzt nicht kämmen! Sie werden das Meisterwerk zerstören! Aber L'Oréal ist zur Stelle, das

Wunder zu konservieren: den zauberhaften Wirbel, die zufälligen Punkstacheln, die nächtliche Tolle – welche Frische, welche Spontaneität! Ihr Kopfkissen ist besser als Zouari, Biguine und Dessanges zusammen! Jeden Morgen sehen Sie ganz umsonst aus wie Edouard Baer. L'Oréal sollte nicht da haltmachen, sondern eine Make-up-Serie entwickeln, die den Abdruck der Laken auf der Wange festhält, eine Mundgeruch-Zahnpasta und einen Anti-Rasierschaum. Weil wir es uns wert sind, verdammt!

Donnerstag
Bertrand Suchet, Bruno Richard und Voutch, dessen wahrer Name geheimgehalten wird, und ich beschließen, den »Number One Club de France« zu gründen, einen »Zusammenschluß von Kerls mit Success«, dessen Ziel die Organisation gehaltvoller Abendessen und vulgärer Festivitäten in Gesellschaft atombusiger Nymphomaninnen ist. Wir suchen noch die Baseline (Französisch: signature) für diesen sehr privaten Zirkel. Ich präsentiere Ihnen hier ein paar von unseren ungereimten Vorschlägen; wenn Sie etwas Besseres finden, schreiben Sie mir bitte, es wird dankend angenommen.

NUMBER ONE CLUB DE FRANCE. Sie sind nicht Mitglied, und zwar für lange.

NUMBER ONE CLUB DE FRANCE. Wir haben die winning attitude.

NUMBER ONE CLUB DE FRANCE. Das hätte der Club von Curd Jürgens sein können, leider ist der schon tot.

NUMBER ONE CLUB DE FRANCE. Ich liebe den Schotter, du nicht?

NUMBER ONE CLUB DE FRANCE. Sie sind nicht auf der Höhe? Wir schon.

NUMBER ONE CLUB DE FRANCE. Was für ein Schauspieler, dieser Belmondo.

NUMBER ONE CLUB DE FRANCE. Im Kriegsfall werden Sie froh sein, uns zu kennen.

NUMBER ONE CLUB DE FRANCE. Noch besser als *Nuit de la Glisse*.

NUMBER ONE CLUB DE FRANCE. Hör auf zu stöhnen. Ich höre Dick Rivers nicht mehr.

NUMBER ONE CLUB DE FRANCE. Aaaaah, aaaaah, jaaaaa, flutsch! Ich muß gehen, ich habe in zweiter Reihe geparkt.

NUMBER ONE CLUB DE FRANCE. They are. Not you?

NUMBER ONE CLUB DE FRANCE. Mittelmaß ist kein Schicksal.

Freitag

Idioten lieben Schmeicheleien, intelligente Menschen lassen sich gern kritisieren.

Samstag

Gestern abend gab es auf Canal Jimmy eine Sondersendung über Nirvana. Patrick Eudeline war grandios: Wie üblich verstand man kein Wort von dem, was er sagte, aber er hatte natürlich recht. Am Ende, als die Rockkritiker auf den Selbstmord von Kurt Cobain zu sprechen kamen, mußten Laurence Romance und Philippe Manoeuvre sich zurückhalten, nicht zu flennen. Es war nicht ganz klar, ob ihre Trauer dem Tod eines großen Songwriters, dem Verschwinden des Rock 'n' Roll oder ihrer verlorenen Jugend galt.

Was mir bei Kurt Cobain auffällt, ist, daß er 1967 geboren ist. Ich staune immer, daß ein Typ, der nach mir auf die Welt gekommen ist, vor mir sterben kann.

Sonntag

Manchmal sehe ich Städte auch am hellichten Tag. Seit jeher suche ich einen Ort, wo ich mich zu Hause fühle. Wo wir eines Tages leben könnten. Ich reise also um die Welt und besichtige sie wie ein Apartment. Manche Orte sind ein Ziel, fast ein Grund zum Leben, und geben Vertrauen in eine mögliche Zukunft.

Ein Park in Wiesbaden, wo ich im Gras saß und Kindern beim Fußballspielen zuschaute und es warm war.

Eine nächtlich erleuchtete Kirche in Krakau, die ich fotografierte.

Ein unberührter Hügel in Sivergues mit Schafen als weißen Tupfen im tiefen Grün.

Der kleine Platz in Piran, dem slowenischen Venedig, mit seinen rosa und weißen Häusern, von dem aus man die Boote auf der Adria als tänzelnde Lichtflecke sieht.

Ein anderer Park, der Cismigiu Park in Bukarest, wo ich mich im Rausch mit einer rumänischen Katze unterhielt.

Oder der Sommerpark von Peter dem Großen in Sankt Petersburg, ein Bier auf einer Steinbank zwischen den barocken Fassaden der Häuser, die gelb angestrichen sind, damit es so aussieht, als schiene die Sonne, und die zu großen Plätze und die zugefrorene Neva, die man zu Fuß überqueren kann.

Ein TGV in den Süden, in dem ein kleines Mädchen schmollend, mit gerunzelter Stirn an meiner Schulter schläft und Daumen lutscht.

Der auf den Pfeil des Fernsehturms gespießte Vollmond am hellichten Tag im großen, eisigen Himmel von Riga.

Ich mag Europa nur neu. Es ist so eigenartig, Leute zu treffen, die stolz darauf sind, Europäer zu sein.

Das Rodin-Museum.

Ein Abendessen in Rußland, wo jemand fragt: »Wer bezahlt eigentlich die Rechnung?« und der stockbesoffene Konsul sagt: »Frankreich.«

All diese Grale, die mir Mut machen.

Montag

Wie ein Idiot komme ich zwei Tage zu früh zur Einweihung der Nirvana Lounge (Avenue Matignon) und stoße dort auf Claude Challe mit Augenringen aus Staub; Arbeiter im Blaumann bohren Löcher in die Klowände; die Stühle stehen kopfüber auf den Tischen; kurz, es ist nicht die Jahrhundertfete. Glücklicherweise hat der Hausherr Mitleid mit mir und führt mich durch die Disco im Keller: eine Post-Seventies-Pracht, gepolstert wie das Haus von Lenny Kravitz, mit Verstärkern an den Wänden und einer riesigen Vinylplatte als Tanzfläche. Drumherum runde Sessel wie in finnischen Wohnmagazinen. Ein sanftes Licht macht Lust, sich in die Kissen zu werfen und auf gedopte Models zu kotzen. Wie der Terminator verlasse ich das Lokal mit dem Schwur: »I'll be back.« (Tatsächlich bin ich nie wieder da gewesen.)

Dienstag

Alain Chabat hat zum Dîner im Les Bains geladen. Er kommt absichtlich mit Ophélie zu spät. Kad und ich strafen ihn mit Nichtachtung, aber das ist ihm mit seinen vierzehn Millionen neuen Freunden total egal. Seit er normale Zähne hat, ist Joey Starr ein ausgezeichneter DJ: Er legt Michael Jackson auf und grölt ins Mikrofon (wie ich im VIP Room). Jamel Debbouze trägt einen bescheuerten Hut, der die große Brünette an seiner Seite aber nicht abschreckt. Ich glaube, er würde ihr sogar mit einer Kartoffelpresse auf dem Kopf gefallen.

Mittwoch

Warum ich nicht zur *Elle*-Fete gegangen bin? Weil ich zu alt bin, drei Abende hintereinander auszugehen, wollen Sie mich umbringen, oder was? Ich habe lieber *C'est la gloire, Pierre-François!* gelesen, die Artikelsammlung von Matzneff. Darin habe ich meine Devise gefunden: »Je größer der Künstler, desto mehr ist er in seiner Besessenheit gefangen.«

Donnerstag

Es geht wieder los! Was für eine Wahnsinnswoche: Heute abend wird das WAGG eingeweiht (ehemals Whiskey à GoGo), mit neuer Inneneinrichtung und neuem Eingang, nicht mehr in der Rue de Seine, sondern in der Rue Mazarine unter dem Alcazar. Sieht aus wie eine Schwulendisco auf dem Land (Gewölbekeller, blaues Licht, das einen schlecht aussehen läßt,»nette« Kundschaft,»braves« Ambiente. Nicht sehr »people«. Woran erkennt man, daß ein Abend nicht sehr »people« ist? Daran, daß ich dort der Bekannteste bin.

Freitag

Ich habe die Lösung für das Problem der Kurzsichtigkeit in Gesellschaft gefunden: dauerlächeln. Sieht zwar bescheuert aus, aber wenigstens macht man sich keine Feinde.

Samstag

Alle Reichen müßten die Kommunisten wählen, um ihre Schuldgefühle loszuwerden. Rote Milliardäre findet jeder komisch, aber ich finde sie weniger obszön als die, die sich über die hohen Steuern beklagen.

Sonntag

»Seine Phantasien verwirklichen heißt die Hoffnung töten«, sagt Françoise. Und Françoise hat immer recht. Ich wollte *Jules und Jim* nachspielen und mit Ludo und ihr einen Ménage à trois aufziehen. Aber man muß sich ein paar unerfüllte Phantasien bewahren, wenn man nicht an Überdruß und Blasiertheit zugrunde gehen will. Segnen wir also unsere unbefriedigten Wünsche, hätscheln wir unsere unerreichbaren Träume! Die Sehnsucht hält uns am Leben.

Montag
Abendessen im Restaurant von Olivier Castel, Les Compères (Rue Léopold-Robert, Paris, 14.). Ich frage ihn nach Neuigkeiten von seinem Bruder Guillaume.

»Äh ... er ist in so einem Land zwischen Indien und Pakistan, in ... Shit, ich hab den Namen vergessen ... irgendwas zum Rauchen ...«

»Afghane? Nepal?«

»Nein! Kaschmir!«

»Wie, du rauchst deine Pullis?«

»Na ja, wenn ich sonst nichts mehr habe ...«

Dienstag
Fest bei Stéphane Marais, Rue Princesse. Wir gehen zuviel aus, das wird langsam beunruhigend. Aber ich will die Gelegenheit zu meinem Lieblingssport nicht verpassen: so tun, als hätte ich Leute, die ich erkannt habe, nicht erkannt. Nur als Dominique Issermann mir Linda Evangelista vorstellt, mache ich eine Ausnahme und frage sie, ob sie die ewigen Blitzlichter im Gesicht, seit sie 16 ist, nicht schon satt hat. Sie lacht nicht. Ob sie meine Frage nicht gehört hat? Ich bin aggressiv heute abend, weil ich an Jean-François Jonvelle denken muß, der beim letzten Fest von Stéphane Marais auf diesem Sessel saß. Und wo sitzt er jetzt? Rechterhand von Sieff? Ich wünschte ihm, daß er mit dem Arsch auf einer weichen Wolke unter einem aufreizenden Engel liegt, und zwar bei großer Brennweite in superkontrastreichem Schwarzweiß. Victoire de Castellane öffnet mein Eric-Bergère-Hemd, um mir Plätzchen auf die glatte Brust zu kleben, und ich lasse es mir gefallen. Gérald Marie fragt mich nach meiner Telefonnummer – eröffnet sich mir eine Modelkarriere? Eines Tages werde

ich mein Ziel erreichen: ein Bild sein. Frédéric Sanchez legt *Rock it* von Herbie Hancock auf, und drei Leute müssen mich davon abhalten, im Eiswürfelbehälter zu tanzen …

Mittwoch
Nachtplaudereien: »Die Pussi gefällt mir, aber sie hat seit 1997 nichts mehr gegessen.« »Willst du auf meinem Sperma surfen?« »You're so you!« »Ich weiß nicht, ob du dir darüber klar bist, aber du hast mir gerade 10 Sekunden meines Lebens gestohlen.« »Meine einzige Religion bin ich selbst.«

Frühling
Guten Abend, ihr Dinge hier unten

»Eine der großen Regeln der Kunst:
sich nicht zu lange mit etwas aufzuhalten!«

André Gide, Tagebuch (8. Februar 1927)

Donnerstag

Eröffnungsfeier des Stringfellows anstelle des Niel's: Es ist genauso wie vorher, nur ohne Klamotten. Mit dem Pink Platinum, dem Hustler und dem Stringfellows wird Paris endlich wieder seinem Vorkriegs-Ruf gerecht: die Stadt der nackten Weiber, die die Beine schmeißen. Wir alle sind Fellows des String! Ich pumpe mich voll mit glänzenden Körpern, spitzen Brüsten, glatten Muschis, rosa Mündern, schweißbedeckten Rücken und J'adore von Dior. Ich wandere in einen R&B-Clip aus. Mit den Augen fremdzugehen ist die angenehmste Art, treu zu sein.

Samstag

»Ich bin ein Kreativer, der in die kommerzielle Strategie eingebunden ist.« Der coolste Kerl der Welt heißt Tom Ford. Wenn Sie wollen, daß jeder Moment Ihres Lebens vollkommen ist, sollten Sie sich fragen, was Tom Ford an Ihrer Stelle tun würde. Nein, er wäre nicht so gekleidet wie Sie. Nein, er würde diesem Scheusal nicht guten Tag sagen. Nein, er lächelt nie jemand anderem zu als Karl Lagerfeld. Nein, er würde diese Eintragung nicht lesen, er wäre nämlich in der Wüste von New Mexico und würde gähnend Wall-Paper lesen, ganz in Schwarz an die

Wand seiner Villa gelehnt, wo er eine Privatparty gibt, auf der Leute, die man üblicherweise in den Büchern von Bruce Weber findet, sehr, sehr, sehr viel Spaß miteinander haben.

Sonntag
Das Problem meiner nächsten vier Lebensjahre? Versuchen, glücklich zu sein, ohne Tom Ford zu sein ...

Montag
Mieses Erwachen: Françoise hat wieder woanders geschlafen, und ich krieg es nicht hin, daß mir das egal ist. Ich esse mit Jean-Paul Enthoven zu Mittag, meinem Lektor und dennoch Freund.

»Wie geht's? Sie machen ja ein Gesicht!«

»Na ja ... ich hätte nicht übel Lust, mich umzubringen.«

»Das wäre für Ihre Auflagen phantastisch. Ihr Tagebuch würde Kult, wie die von Brautigan oder Sylvia Plath.«

»Danke ...«

»Das Problem mit dem Selbstmord ist, daß man nicht mehr da ist, um etwas davon zu haben.«

So hat er mich von der Idee geheilt. Man kann also behaupten, daß Jean-Paul Enthoven mir an diesem Tag, ohne es zu wissen, das Leben gerettet hat.

Dienstag
Val Pacino läßt mich einen neuen Cocktail probieren, den er »Coke liquide« genannt hat: ein Drittel Wodka, ein Drittel Get 27 und ein Drittel Perrier. Der Get 27 nimmt dem Wodka die Bitterkeit und die Bläschen des Perrier beschleunigen die Aufnahme des Alkohols ins Blut. Drei Gläser, schnell hintereinander gekippt, machen aus dir ein menschliches Stroboskop.

Mittwoch

Da ich auf der *VSD*-Party literweise Coke liquide in mich hineingeschüttet habe, fällt es mir schwer, sie Ihnen hier zu schildern. Wie üblich kamen sie auf die bedauerliche Idee, mich darum zu bitten, das »warm up« zu übernehmen, das heißt, von 23 Uhr bis Mitternacht aufzulegen, um den Auftritt der großen Eva Gardner im VIP Room zu verpfuschen. Ich mixe also stumpfsinnig Supremes mit Stooges und gröle Sauereien ins Mikro: »Fickt meine Fotze!« ist meine liebste (ich bin heute abend sexuell, seit Marc Dorcel mir Mélanie Coste vorgestellt hat und Patrick Besson meine Frau anmacht). Plasmabildschirme zeigen Bilder von einer Fotosession mit Estelle Desanges im Bikini, umgeben von hirnamputierten Ungarinnen. Ich ziehe das Geschehen auf dem Bildschirm dem im Saal vor. Das Publikum pfeift wegen der Pausen zwischen den Platten, dabei ist das mein Markenzeichen: Dufresne's touch. Meine ganz persönliche Art, ein Set zu crashen, ohne die Tanzfläche zu entvölkern. Mein Geheimnis? Ganz einfach: Ich kann machen, was ich will, die Leute gehen ohnehin nicht nach Hause, solange die Bar offen ist. Ein Verrückter schenkt mir ein neues Spiel: »Libertin'Art« (eine Art Trivial Pursuit für Swinger). Ich möchte schnell nach Hause, um eine Partie zu spielen: »Ihre Partnerin und Sie verbinden einander die Augen und gehen auf die Suche nach den verschiedenen Düften, die ihren Körpern entströmen«, steht auf Karte Nr. 46. Da wird Scrabble bald unmodern sein.

Freitag

Ich frage Jean No im Pulp, wie diese tolle Punk-Band heißt, die eine Trashmetal-Version von Nicolettas *La Musique* singt.

»Scheiß drauf!«

Ich möchte Ihnen hiermit die grandiose Gruppe mit dem Namen Scheißdrauf wärmstens empfehlen.

Sonntag

Das Merkwürdigste ist der Ernst, mit dem Journalisten mich im Ausland nach dem Sinn des Lebens fragen. Verwechseln die mich mit Eric-Emmanuel Schmitt, oder was?

Montag

Wohlfühlmomente: wenn ich Musik höre und dabei aus dem Bullauge eines Flugzeugs die Wolken betrachte, wenn ich vollkommen breit bin und ein mir unbekanntes Mädchen mich entkleidet, wenn ich bei Sonnenschein in einem Pool schwimme, wenn ich mit Françoise ins Bett gehe, wenn ich das Tagebuch von Barnabooth lese und dazu einen Vanille-Rum von Madoudou trinke.

Dienstag

Was ich zur Zeit nicht ertragen kann, sind Leute, die den Original Soundtrack von *Amélie Poulain* hören. Dieses Akkordeon erinnert mich an Abende, an denen man nur billigen Rotwein trinkt, der Flecken macht, wo alle ungewaschene Haare und getrockneten Wein in den Mundwinkeln haben und es nicht eine besteigbare Frau gibt. Dafür hast du ständig einen Opa an den Hacken, der von dem Buch erzählt, das er gerade schreibt, und dir dabei seinen schlechten Atem ins Gesicht bläst. Ich werde eigen: Ich kann diese Drei-Tage-Bart-Atmosphäre nicht mehr ertragen, dieses »Wir sollten mal wieder in einer Kneipe bis in die Puppen diskutieren und Negresses Vertes hören«, da muß ich kotzen, es gibt kein anderes Wort dafür. Das erinnert mich an all die Nächte, die ich damit vergeudet habe, die Welt zu verbessern, statt dessen wurde ich verbessert.

Mittwoch

Ich bin seit einer Viertelstunde in Barcelona, trinke meinen ersten Gin-Lemon und beglotze 18jährige Katalaninnen. Ich mag es, im Geiste eine Auswahl zu treffen: die da ginge, die überhaupt nicht, die wäre möglich, unmöglich, machbar, nicht machbar, sehr sehr süß, sehr sehr häßlich … Was Frauen nicht verstehen, ist, daß Männer ihr Leben damit verbringen, sie zu vergleichen. Die da, glaube ich, könnte ich, bei der bin ich mir nicht ganz sicher … Ist das für euch beleidigend? Vielleicht. Aber es gibt nichts Demütigenderes als ein Männerleben. Da kommt schließlich ein Wunderding mit kleinem Arsch und großen, frechen Titten, das Problem ist nur, sie erinnert mich an Françoise, Scheiße, sie sieht ihr wirklich ähnlich, alle Frauen, die mir gefallen, sind Plagiate von dir. Es gibt nichts Rassistischeres als einen verliebten Mann: Er interessiert sich nur noch für eine einzige Person, und alle anderen können krepieren. Seine Frau zu betrügen ist nichts anderes, als sich selbst zu betrügen.

Mittwoch (immer noch)
Genial, daß man kein Geld mehr wechseln muß. Mit dem Euro fühlst du dich im Ausland wie zu Hause. Du kannst nicht Spanisch, bist aber wie die Eingeborenen gekleidet. Globalisierung bedeutet, sich überall heimisch und gleichzeitig fremd zu fühlen. Reisen unter globalisierten Bedingungen ist wunderbar, vorausgesetzt natürlich, man ist mit Euros vollgestopft und total oberflächlich. Ich reise rund um die Welt, aber ich sehe nichts, weil es nichts zu sehen gibt. Alle Länder sind wie meins. Ich fliege vom selben zum gleichen. Die Leute tragen die gleichen Klamotten und kaufen in den gleichen Geschäften. Die einzige positive Auswirkung dieser Uniformität: Die ganze Welt ist bei mir zu Hause, und da reisen das gleiche ist wie bleiben, kann ich auch reisen.

Donnerstag
Ein Hoch auf *Choke*, den neuen Roman von Chuck Palahniuk (dem Autor von *Fight Club*), wo es heißt: »Die

schlechteste Fellatio ist immer noch besser, als an der schönsten Rose zu riechen oder den schönsten Sonnenuntergang zu sehen.«

Ich habe sowieso keine Libido mehr. Ich will nicht mehr poppen, ich flirte lieber. Im Notfall kann man's mir mit der Hand besorgen oder mit dem Mund. Penetration, nein danke, damit bin ich durch: mit Gummi uninteressant; ohne Gummi zu stressig (in beiden Fällen fällt er mir zusammen). Ich verstehe diese idiotische Hierarchie im Kopf der Männer nicht: als ob Ficken besser wäre als ein Flirt. Ganz im Gegenteil, finde ich: Slow zu tanzen ist viel erotischer als Poppen. Ein Kuß in den Nacken ist besser als das vaginale Geschrubbe. Eine Hand in den Haaren ist schöner, als in eine Durex-Blase zu spritzen. Eine Lippe auf den Lidern, ein Finger im Mund oder eine Zunge am Finger sind angenehmer als ein Schwanz im Ohr, eine Faust im Arsch oder ein Anus auf der Nase. Ganz ehrlich, ist doch wahr, oder?

Freitag

Abendessen im Barrio Chino, in der Casa Leopoldo, der berühmten, von André Pieyre de Mandiargues in *La Marge* erwähnten Spelunke. Manuel Vásquez Montalbán, Juan Carlos und José Luis de Villalonga sind hier Stammgäste. Der Jabugo ist außergewöhnlich, ich futtere nach Belieben fettig Fritiertes, und wir erfinden einen neuen Trend: »Haa-ring« (nach Ansicht meiner männlichen Freunde kommt der Demis-Roussos-Look wieder; dazu muß man sich die Brustbehaarung und einen Bart wachsen lassen, bis man einen Urwald zwischen Kinn und Schwanz hat; wenn sie recht haben, wird mein Sommer total in die Hose gehen, denn was gebe ich am Strand für eine Figur ab mit meinem haarlosen, glatten Körper?). Anschließend schleppen sie mich zu einem Rave im Museum für Zeitgenössische Kunst (dem wunderbaren, von Richard Meier designten MACBA).

»Du wirst sehen, das wird eine typisch barcelonesische Party: Keiner tanzt, und alle gucken nur, wer kommt.«

»Ach«, sage ich, »das ist doch dasselbe Prinzip wie bei den typischen Pariser Partys.«

Samstag

Das Digitalfernsehen macht mir schöne Augen: Lescure und Farrugia rufen mich an. Ardisson rät mir abzulehnen: Wenn ich annehme, werde ich noch unleidlicher, dann kann mich keiner mehr leiden. Aufgrund masochistischer Neugier und der Verlockung des Geldes sage ich zu.

Sonntag

Um an die Macht zu gelangen, stell dich schwach.

Montag

Ich bin für die Einführung einer »Armenkarte«, die man am Eingang von Zara, Mango, H&M, Kookaï, Naf Naf, Gap usw. vorzeigen muß. Nur Besitzerinnen dieser Karte (die bei Nachweis eines Monatseinkommens unter 1 500 Euro ausgestellt wird) wären berechtigt, Billigklamottenläden zu betreten. Die Reichen müßten ihre Bikinis zu 2 000 Euro das Stück bei Chanel kaufen (was 33 % MwSt. für Krankenhäuser, Kindergärten usw. bringt). Man sollte auch Christine Orban das Einkaufen im Ausverkauf verbieten.

Dienstag

Als ich an diesem Abend meinen siebten Joint angezündet hatte, keimte in mir bereits der Verdacht, das sei einer zuviel, aber es war zu spät, und ich war zu breit, um die Bremse zu ziehen. Eine schreckliche Angstkrise veranlaßte mich, folgendes in mein Muji-Heft zu schreiben: »Verdammt, wo bin ich? Neonreflexe auf Asphalt. Ich muß in einer Stadt sein. Aber in welcher? Und in welchem Land?

Ich möchte meine Heimat wiederfinden, falls ich je eine hatte.«

Schlußfolgerung: Vorsicht mit dem siebten Joint – er könnte die europäische Integration in Frage stellen.

Mittwoch
Alain Finkielkraut haßt die Musik in den Bars, den unaufhörlichen Lärm, der einen am Reden, Denken, Leben hindert. Er hat recht, aber der Sinn und Zweck dieser Kakophonie ist verständlich: Die Musik (etwa in der Fabrique oder im Sanz Sans) ist so laut, daß keiner seinen Nachbarn versteht. Ihre einzige Chance, von der hübschen Frau an Ihrer Seite erhört zu werden, besteht also darin, ihr nicht ins Ohr zu brüllen, sondern ihr gleich die Schulter zu küssen, in den Hals zu beißen, in den Mund zu schreien. Die ohrenbetäubende Musik in den Kneipen erlaubt es, das Baggern zu überspringen und unmittelbar zur körperlichen Kommunikation, der Annäherung, überzugehen.

Donnerstag
Das Bessere ist des Guten Feind. Das Schlimmste ist des Besten Feind. Das Unwissen ist des Genialen Feind. Das Miese ist des Super Feind. Dreck ist des Top Feind. Wow. Was man alles lernt, wenn man ein bißchen denkt.

Freitag
Warum sind mein Leben und mein Werk so eng verknüpft? Weil ich wie ein weiser Narr Erfahrungen erst mit mir selbst mache, bevor ich sie niederschreibe. Ich bin mein eigenes Versuchskaninchen.

Samstag
Erneute Eifersuchtsszene von Françoise. Wenn ich wirklich zynisch wäre, würde ich nicht so oft erröten. Sie leug-

net jedes Doppelspiel mit Ludo. Ich glaube ihr nicht, auch wenn sie besser Komödie spielt als ich. Ärgere mich, daß Liebesgeschichten so vorhersehbar sind.

Sonntag
Massenhaft Leute auf der Tanzfläche, also in den VIP-Bereich geflohen. Der VIP-Bereich zum Bersten voll, also wurde für mich oben noch eine privatere Ecke gefunden, die auch bald überfüllt war, schließlich führte der Chef mich in sein Büro für handverlesene Gäste. Dann konnte ich nur noch nach Hause gehen. Denkt man den VIP-Gedanken (immer weniger Menschen, immer stärker gesiebt) zu Ende, führt er ins Kloster, das ist der ultimative Ort des wohltemperierten Snobismus. Der ideale VIP-Raum ist eine Zelle in der Wüste.

Montag
Eröffnung des Restaurants Bon Nr. 2, designt von Philippe Starck (Rue du 4 Septembre, Paris, 2. Arrondissement). Über der Bar laufen die Börsenkurse. Der Barkeeper, ein gedopter Glatzkopf namens Xavier, serviert Bourbon mit Vanillearoma und einen mexikanischen Wodka mit einer cannabisgemästeten Seidenraupe. Nach ein paar Shots rülpst Guillaume Rappeneau:
»Mach mit mir, was du willst!«
Die Klos sind weiß gekachelt. Auf der Treppe treffe ich die Unbekannte Tusse.
»Ich küsse dich da, wo es stark riecht«, sagt sie zu mir.
Laurent Taïeb ist der Big Bon. Er verspricht, bald ein Starck-Hotel wie das Mondrian in Paris zu eröffnen. Dort werde ich meine Dauersuite haben. Dann lebe ich in einem gefrorenen Traum, im Wahn eines anderen. 2005 werden Sie mich noch mehr hassen.

Dienstag

Oft sagen Leute zu mir: »Du bist in echt viel netter als im Fernsehen«, und anderen Schwachsinn. Das ist falsch; so etwas überlasse ich Jacques Chirac. Ich bin überall nett. Ich tue nur so, als wäre ich fies, um nicht gestört zu werden. Die Hackfresse streitet mit dem Romantiker in mir, und am Ende siegt immer der andere (der Schwachkopf, der Sentimentale, der Naive, der Höfliche, der Optimist).

Mittwoch

Ich sehe einen Dokumentarfilm über Hugh Hefner. Der Gründer des *Playboy* lebt mit sechs Frauen in Hollywood. So treffen sich die Extreme: Einer, der die sexuelle Befreiung, die ultimative Dekadenz, die totale Pornographie symbolisiert, findet sich am Ende in einem Harem wieder – wird also zum Muslim. Idealerweise würde man bis 50 wie Hefner leben und dann damit aufhören (indem man heiratet oder sich umbringt, was aufs gleiche hinausläuft). Gibt es etwas Peinlicheres als einen 75jährigen Playboy? Hugh rückt sein Toupet zurecht, nimmt sein Viagra, und Allah ist groß.

Donnerstag

Masturbation ist Homosexualität mit sich selbst.

Freitag

Das Swingerwesen ist kein Kommunismus, sondern ultraliberale Sexualität. Deshalb ist Françoise dagegen. Man geht in einen Club und tauscht die Frau von gestern gegen die von morgen. Bald werden alle Discos Swingerclubs sein, und der Tausch wird die Liebe ersetzen. Ich werde in dieses Tagebuch schreiben: »Montag. Pauline gegen Gisèle getauscht. Dienstag. Gisèle durch Noémie ersetzt. Mittwoch. Pénélope gegen Noémie eingehandelt.« Die Sex-Notierungen der Frauen werden angezeigt werden wie die

Börsenkurse (im Bon Nr. 2): »Heute abend steigt Pénélope um drei Punkte: Sie hat Lippenstift aufgelegt. Noémie um sechs Punkte gefallen, seit sie sechs Kilo zugenommen hat. Gisèle stagniert wegen zu großer Füße.« Die sexuelle Revolution war nicht libertär, sondern liberal – in dieser Hinsicht stimme ich mit dem Autor von *Plattform* überein.

Samstag

Reise im Regen mit Françoise nach Casablanca. Es gibt keinen Saint-Exupéry mehr im Hotel Excelsior, keinen Humphrey Bogart, der in den Art-déco-Hotels verheiratete Frauen verführt. Nur eine anarchische, lärmende Metropole mit Hupkonzerten unter dem weißen Himmel. Das Schwimmbad auf dem Dach des Sheraton. Die Steilküste, die Bars, die Restaurants, die Mädchen mit den weißen Zähnen. Es gibt den Petit Rocher, eine Art marokkanische Buddha-Bar, wo die reiche Jugend von Amerika träumt und Israel haßt. Es gibt Angeber mit BMWs, die »Loft 2« aus dem Fernsehen kennen. Das Luder Marlène ist überall – Star by satellite. In der Bodega des Zentralmarkts spricht man von nichts anderem: Nymphowoman hat zehn Minuten nach ihrem »Loft«-Auftritt gewonnen. Während dieser Zeit gehen die Bombenangriffe weiter.

Sonntag

In Zürich erkennt ein Bewunderer James Joyce in einem Café und fragt:
»Darf ich die Hand küssen, die *Ulysses* geschrieben hat?«
Joyce antwortet:
»Nein, sie hat auch viele andere Dinge getan.«

Montag

Richard Durn ist nicht originell, er kopiert bloß Herostrat, der den Artemis-Tempel in Ephesos (eines der sieben

Weltwunder) in Brand gesetzt hat, um unsterblich zu werden (das geschah im Jahr 356 vor Christus). Wie er hat Richard Durn getötet, um der Anonymität zu entfliehen. Sein Tagebuch, das von *Le Monde* veröffentlicht wird, gleicht dem, was ich schreiben würde, wenn niemand mein Gesicht erkennen würde. »Und wenn es mich nicht gäbe?« hätte er singen können, wie Joe Dassin, wenn er narzißtisch gewesen wäre. Es ist eines der ersten Male, daß der Wunsch nach Berühmtheit in Frankreich Menschen tötet. Wir sollten daran erinnern, daß Herostrat zum Scheiterhaufen verurteilt wurde und daß es bei Todesstrafe verboten war, seinen Namen zu nennen. Ich schlage vor, den Namen von ... wie hieß er noch gleich? ... nie wieder zu erwähnen.

Dienstag
Er ist krank und pleite, aber auf der Avenue Jean-Jaurès hebt Guillaume Dustan zum Abschied die Hand und zeigt das Victory-V, als wir uns trennen.

Mittwoch
»Ich bin der Mann, der durch die Straßen der Stadt läuft, nachts, auf der Suche nach Mädchen, und den Rosenkranz betet, um keine zu finden.« Das Tagebuch des Archibald Olson Barnabooth erzählt das Leben eines reichen jungen Mannes in Europa vor genau hundert Jahren. Vom Stil abgesehen, ist der Vergleich mit meinem Tagebuch frappierend: Alles hat sich so verändert (die Angleichung der Kulturen, die Verringerung der Entfernungen dank des technischen Fortschritts, die Lockerung der Sitten ...) und eigentlich gar nicht (es gibt immer noch die gleichen sozialen Ungerechtigkeiten, die gleichen Werke in den gleichen Museen, die gleichen Kirchen, die gleiche Schönheit, die gleichen »Liebchen«, ein paar unversehrte Landschaften ...). Barnabooth reiste in den Anfangsjahren

des 20. Jahrhunderts durch Italien, Deutschland, Rußland und England. Oscar Dufresne folgt ihm drei Weltkriege später auf den Fersen und ist genauso leichtfertig, empfindet die gleiche verwunderte Traurigkeit, die gleichen Widersprüche, was die Liebe betrifft ... und wenn die Zeit gar nicht existierte?

Donnerstag
Während Sie dies lesen, lebt Hugh Hefner im Pyjama mit seinen gelifteten und kollagenierten Lutschmäuschen, die seinen Schotter unter die Leute bringen und hoffen, ein paar Krümel von seiner Berühmtheit abzustauben. Während Sie dies lesen, spaziert er zwischen leeren Pools und warmen Jacuzzis herum. Während Sie dies lesen, empfängt er Stars im Ruhestand zu Privatvorführungen in einem altmodischen Kinosaal, auf dessen Leinwand ihre Jugend flimmert. Ich hätte so gern einen Beweis dafür, daß Hugh Hefner und Tom Ford nicht glücklich sind.

Freitag
Billy Wilder: »Wenn ich deprimiert war, machte ich Komödien. Wenn ich sehr glücklich war, Tragödien.«

Samstag
Der Vorteil des Kritikers (im Gegensatz zum Künstler) besteht darin, daß er sich in die Wirklichkeit eines anderen flüchten kann. Der Film eines anderen, die Sendung eines anderen, das Buch eines anderen, die Platte eines anderen – lauter Fluchten, um nicht an sich selbst zu denken. Der Kritiker lebt nicht gern. Der Kritiker hat keine persönlichen Erinnerungen: Sie werden durch die der Künstler ersetzt. Die Werke der anderen schützen ihn vor seinem Dasein. Die Kunst ersetzt ihm das Leben, das er nicht hat. Immer mehr Bewohner dieses Planeten leben in der wunderbaren Kritikerwelt, in der Probleme sich einfach auflö-

sen, die Traurigkeit aus einem Liebeslied stammt und elegante fiktive Gestalten an unserer Stelle leiden.

Sonntag
Man sollte sich nie mit Leuten treffen, die man haßt, sonst liebt man sie am Ende.

Montag
Ich nehme das Scheitern der Wahlkampagne von Robert Hue auf mich und ziehe mich aus dem politischen Leben zurück. Eine Erlösung! Die Demokratie ist zur optischen Täuschung verkommen, zum Demagogiewettbewerb. Mein Engagement an der Seite der erneuerten Kommunisten war das letzte Aufbäumen meiner zügellosen Romantik. Es ist vorbei, dabei wird mich keiner mehr erwischen: Politik ist unmöglich. Ich fühle mich wohler im Nihilismus, das ist viel bequemer. Ich glaube an nichts und niemanden mehr. Das Ergebnis des ersten Wahlgangs der Präsidentschaftswahlen widert mich an. Ich lasse jede Hoffnung fahren, jeden Wunsch nach Veränderung, jeden Traum von einer Revolution, jedes Bedürfnis nach Utopie. Ich bekenne mich schuldig, an den Fortschritt geglaubt zu haben. Von nun an betrachte ich mich als Individualisten. Ich wähle nur noch die Egoistische Partei Frankreichs. Ich werde ein dekadenter Hedonist sein, um keinen lächerlichen Frustrierten abzugeben. Ich gebe mich damit zufrieden, auf das Ende der Welt zu warten und meine Privilegien zu nutzen, statt sie zu teilen. Wozu Zeit vergeuden, indem man sich für die Leiden anderer interessiert? Das Unglück der Ausgeschlossenen geht mich nichts an. Mir reicht es, an anderes zu denken: an Françoise, die Kunst, die Sonne, den Sex, mein Konto, ein Gedicht, das Meer, die Drogen. Der Rest betrifft mich nicht mehr. Daß ja keiner das Wort »Optimismus« in meiner Gegenwart ausspreche! Und die Petitionen könnt ihr den Dummköpfen schicken.

Das war das letzte Mal in meinem Leben, daß ich politisch Position bezogen habe.

Mittwoch

Die neuen Stripteaseclubs sind so enttäuschend, daß sie sich am besten mit den Hostessenbars auf ein Pauschalangebot einigen sollten: Stringfellos + Baron, Pink Platinium + Japan Bar ... Erster Teil des Abends: Die Blondbombe besorgt dir 'nen Ständer. Zweiter Teil des Abends: Die Hurenschlampe besorgts dir mit der Hand in einer Nische. Das Begehren im Bordell ist anders: Du weißt, daß alle Weiber wollen, also bist du total objektiv. Entscheidend ist nur mein Geschmack, nicht der Gegenstand meines Begehrens. Folge: Die einzigen Momente meines Lebens, in denen nur meine Wünsche zählten (wie die eines Kunden, der auf dem Markt eine Frucht aussucht, meine ich), waren meine Bordellbesuche. Die einzigen Male der freien Wahl. Nur da erlebte ich die Macht, die Männer vor dem Feminismus hatten.

In letzter Zeit bin ich es, der später nach Hause kommt. Françoise entfernt sich und mit ihr meine letzte Chance. Meine Laschheit stößt sie ab. Ich habe die Kraft zu kämpfen verloren. Ich liebe sie, aber ich tue nichts dafür, ihr Sicherheit zu geben. Ich weiß, daß sie regiert. Ihre Vorwürfe sind eine Art, Sicherheit von mir zu verlangen. Sie hat sich den Falschen ausgesucht, sie hat sich in mir getäuscht. Wir betrügen einander, weil wir uns von Anfang an ineinander getäuscht haben. Sie wird mich bald verlassen, das spüre ich. Es ist ihr einziges Mittel, die Angst zu besiegen, verlassen zu werden: als erste gehen.

Donnerstag

Jacques Braustein zu Anna Gavaldas Roman *Ich habe sie geliebt:*

»Besser man erlebt was Trauriges als nichts Lustiges.«

Freitag

Wir reisen ins Land der Griechen, um es mal griechisch zu versuchen. In Athen fängt alles um Mitternacht an, aber wir sind zu müde, um ins Bee (Monastiras-Platz) oder ins Gouronakia (Skoufa-Straße) zu gehen. Also werfe ich mich in einen Ruhesessel, der im Frame (Kleomenous-Straße) von der Decke hängt, und verzichte ausnahmsweise darauf, die fortschreitende Clubbisierung der Welt zu untersuchen.

Samstag

Britney Spears verfolgt mich bis nach Hydra. Unmöglich, ihrem letzten Hit zu entgehen, selbst dort unten in einer kleinen Bucht, nach einer Stunde »Flying Dolphin« (Luftkissenfahrzeug auf griechisch). Doch ich vergebe ihr: Es ist doch eher positiv, wenn die Girlies weltweit ihre zu kurzen T-Shirts kopieren. Das tut der Landschaft keinen Abbruch.

Sonntag

Denn zu jener Zeit war der Nabel zur alleinigen Utopie geworden. Einziges Problem: Er war vom Piercing zerlöchert.

Montag

Irgendwann war ich so verspießert, daß ich alle Bücher haßte, in denen Ausdrücke wie »Arschloch«, »Schwanz«, »LSD«, »verdammte Scheiße«, »gib mir die Spritze« usw. nicht vorkamen. Jetzt, wo ich ein echter Trash-Hardcore-Neopunk-Rebell bin, geht es mir wie Virginie Despentes: Ich ziehe Begriffe wie »Glück«, »Kind«, »Liebe« und »Ehrlichkeit« vor.

Dienstag

Jet-Set-Demo auf dem Trocadéro: Alle französischen Stars haben sich hinter der Absperrung versammelt und singen die *Marseillaise*. Ich hatte schon das Schlimmste befürchtet: eine Promirevolution, mit der die Privilegierten, die sich mutig auf die Seite der Guten gegen die Bösen stellen, wieder nur unfreiwillig Le Pen unterstützen. Doch Edouard Baer und Atmen Khélif widerlegen meine paranoiden Vorurteile: »Die blau-weiß-rote Fahne Frankreichs gehört uns allen, die *Marseillaise* ist für alle da, laßt uns stolz sein auf diese Symbole, die die Rechtsextremisten allzu lange für sich gepachtet haben.« Wäre doch schön, wenn es in Discos hip würde, die Nationalhymne anzustimmen. Wäre doch schön, wenn der DJ »Es lebe Frankreich!« brüllen könnte, ohne daß er gleich out oder ein Nazi ist. Shit, ich rede schon wieder von Politik, wo ich doch versprochen habe, damit aufzuhören.

Mittwoch

Zurück von Hydra, braun gebrannt und neu verliebt. Françoise fällt auf, daß wir gar keine Fotos gemacht haben. Das ist nicht schlimm; so müssen wir die Bilder eben im Kopf bewahren: Esel statt Autos, die kleinen Restaurants am Hafen, wo das Brot heiß auf den Tisch kommt, die riesige australische Yacht mit dem Namen *Protect me from what I want*, das leere Haus von Leonhard Cohen, das Zimmer von Kennedy im Hotel Orloff, die Sonne, das Olivenöl, die Sonnenmilch auf deinen Brüsten, den griechischen Wein, die Mischung aus Himmel und Meer. Die Riesenbienen aus Plastik an der Decke der Bar, über die wir (unter space cake) eine halbe Stunde nonstop gelacht haben. Die gegrillte Dorade bei Jimmy and the Fish (in Mikrolimano) nach unserer Ankunft in Piräus. Und immer mit dieser drückenden Angst vor dem Glück im Bauch, dem Erschrecken darüber, daß es eines Tages aufhören könnte. Unser bester Fotoapparat heißt Gedächtnis.

Donnerstag

Gustave Flaubert, der im November 1862 keine Zeile zu Papier bringen konnte: »Ich bin dumm und leer wie ein Krug ohne Bier.«

Freitag

Genau das ist ein Schriftsteller, der nicht schreibt: ein Krug ohne Bier, ein Kuli ohne Tinte, ein Auto ohne Sprit. Ein nutzloser, platzraubender Gegenstand, ein untaugliches Werkzeug, und muß trotz allem weitermachen. Nichts ist deprimierender als ein Schriftsteller mit Schreibhemmung. Er ist lasch und prätentiös, er ruht sich auf seinen Lorbeeren aus und konjugiert sich im Imperfekt. Gary und Nourissier haben erschütternde Dinge darüber geschrieben. Apropos Nourissier, Themenwechsel: Ich habe im *Nova magazine* gelesen, daß man Parkinson vielleicht mit MDMA behandeln könnte! Wenn das stimmt, stehen nette Zusammenkünfte bei Drouant ins Haus! Mit Nourissier unter Ecstasy habe ich vielleicht sogar Chancen auf den Prix Goncourt.

Samstag

Mein Leben zerfällt in zwei Perioden: Bis zum Alter von 20 Jahren erinnere ich mich an nichts; und was danach kam, möchte ich lieber vergessen.

Sonntag

Zum ersten Mal ängstigt die Zeit mein Herz nicht mehr. Ich habe den Eindruck, daß diesmal die Liebe mit der Dauer wächst. Nur die fehlende Angst macht mir angst.

Montag

Sprich mit ihr von Almodóvar: ein Melodram, in dem zwei Männer, die ihre Homosexualität verdrängen, durch eine Tänzerin im Koma miteinander poppen. Ludo und ich?

Ich liebe die Szene des total-body-fucking in stummem Schwarzweiß: Ein zehn Zentimeter großer Mann betritt das Geschlecht einer schlafenden Frau. Das hat selbst Fellini nicht gewagt! Was den Rest angeht, kommt Almodovar mir erschöpft vor. Wahrscheinlich werden sich jetzt alle BoBos den Original-Soundtrack mit Caetano Velosos unplugged Version von *Cucurucucu Paloma* kaufen. Wenn ich mit Françoise ins Kino gehe, betrachte ich sowieso lieber ihr Profil als die Leinwand. Du verdrehst mir den Kopf. Ich bekomme einen steifen Hals. Der Film muß schon sehr gut sein, um es mit dir aufnehmen zu können. Ich sehe dir zu, wie du den Film siehst. Wenn du lachst, finde ich ihn komisch. Wenn du weinst, finde ich ihn ergreifend. Wenn du gähnst, schlafe ich ein.

Dienstag
Abendessen mit Thierry Ardisson im Avenue – wie erholsam, wenn der ganze Saal jemand anderen beobachtet. Der Mann in Schwarz erzählt:
»Marie-France Brière hatte mir prophezeit: ›Du wirst dann gut sein im Fernsehen, wenn du dort genauso bist wie im Restaurant.‹ Fünfzehn Jahre später bin ich im Fernsehen gut, aber im Restaurant ganz mies!«

Mittwoch
Und ich hielt mich für originell mit meinem Fotoapparat namens Gedächtnis! Vor einem Jahrhundert hat Proust (unwesentlich besser) dasselbe gesagt: »Es ist mit solchen Freuden wie mit Photographien. Was man in Gegenwart der Geliebten aufnimmt, ist nur ein Negativ, man entwickelt es später, wenn man zu Hause ist und wieder über die Dunkelkammer im Innern verfügt, deren Eingang, solange man andere Menschen sieht, wie ›zugemauert‹ ist.«. Nur Mut, schon La Bruyère hat gesagt: »Alles ist gesagt«, und das hat bestimmt schon jemand vor ihm gesagt.

Donnerstag
Was ist das Leben? Ein langes Brainstorming, um eine
Antwort auf diese Frage zu finden.

Freitag
Amsterdam ist schockiert von der Ermordung Pim For-
tuyns, des rechtsextremen Schwulen. Er war für die Eutha-
nasie, aber auch für die Schließung der Grenzen und die
Abschaffung des Euro. Dieser Glatzkopf, der mit seinen
beiden Hunden im Jaguar spazierenfuhr, salutierte wie
beim Militär und rief dabei: »At your service!« Sein Tod
wird ihn zur Kultfigur machen, davor war er nur gefährlich. Würde Le Pen seine eigene Ermordung inszenieren,
hätte der Front National für die nächsten Wahlen einen
Trumpf in der Hand. Nach meinem Vortrag soupiere ich
im Liegen auf einer Matratze im Supper Club. Danach
werde ich in den Keller (das heißt, in die Diskothek) gehen:
Fressen und gefressen werden. Ich mag den Werbeslogan
von Soul Kitchen (dem R&B-Club von Amsterdam): »Wir
spielen Musik aus der Zeit, als Michael Jackson noch
schwarz war.« Ich nehme an, daß Pim Fortuyn nicht ins
Soul Kitchen ging. Jedenfalls wird er dort nicht mehr hin-
gehen.

Samstag
Auf dem Rückflug nach Paris erkannte mich eine Ste-
wardeß:
   »Sie sind doch Schriftsteller, oder?«
   »Ja ...« (zufriedenes Erröten)
   »Entschuldigen Sie, aber ... wie war Ihr Name?«
   »Oscar Dufresne ...« (enttäuschtes Erblassen)
   »Ah, jetzt weiß ich's! Ich habe Sie bei Fogiel gesehen!«
   »Ja, da war ich mal, lange her ...« (wütendes Ergrünen)
   »Es tut mir leid, aber ich habe nichts von Ihnen ge-
lesen.«

Und so wird ein kleiner Aufschneider gedemütigt, auf seinen Platz verwiesen, als hätte er ihn sich angemaßt, wo er doch diesmal keinen nach seiner Meinung gefragt hat.

Sonntag

Man macht mir den Vorwurf, unstet zu sein wie ein Irrlicht, ein Fähnchen im Wind, ein Baske, der sich auf jede Neuigkeit stürzt und auf jedes flüchtige Ding hereinfällt. Das alles ist richtig. Doch wenn ich nicht so wäre, würde ich nichts schreiben. Weil ich schreibe, um zu erfahren, was ich denke.

Montag

Die Angst vor der Einsamkeit und die Furcht vor dem Tod sind die Gründe, warum ich abends ausgehe.

Lustig ist, daß Ludo mir versichert hat, das seien auch die einzigen Gründe für ihn gewesen, Kinder zu zeugen. Das Nightclubbing und die Fortpflanzung haben also die gleiche Wurzel: daß man lieber gesellig lebt als einsam stirbt.

Dienstag

Du schlägst die Zeitung auf und fühlst, wie Oscar Dufresne dir entgleitet. Alles mögliche wird über dich geschrieben, und du kommst nicht dazu, die Dinge geradezurücken, weil du von den Worten »Oscar« und »Dufresne« überrollt wirst. Sie sind überall und gehören allen und werden bei jeder Gelegenheit hervorgeholt. Du wirst zitiert und bist daran schuld. Du bist ein Beispiel, ein Gegenbeispiel, ein Prügelknabe, ein Sündenbock, ein Symptom, ein Symbol, eine Krankheit, ein Schandfleck, ein Komet, ein Produkt, eine Marke, kurz, alles, nur kein Mensch. Du hast gewonnen: Leute, mit denen du nichts zu tun hast, erzählen Lügen über jemanden, der deinen Namen trägt, aber nicht du ist. Yippie! Unbekannte kennen dich!

Mittwoch

Als ich mit 33 eine Depression durchmachte, habe ich es niemandem erzählt. Ich habe ein Buch geschrieben, das heißt, letztlich habe ich es allen erzählt.

Donnerstag

In Paris sind die schnellsten Autos langsamer als meine langsame Vespa.

Freitag

Dialog unter Freunden:
»Ich habe schon lange nichts mehr von V. gehört.«
»Ach? Meinst du, sie ist tot?«
»Nein, das hätte im Figaro gestanden.«

Samstag

Wir verbringen das Wochenende im Hotel Costes und scheißen auf das Festival von Cannes. Ich bleibe gern in Paris, ohne zu Hause zu bleiben. Am Empfangsschalter verkaufen sie Costes Eau de Toilette, Costes Shampoo, Costes Kerzen, Costes Platten (von Stéphane Pompougnac), Costes Seife, Costes Schaumbad – das ist kein Hotel mehr, das ist der reinste Supermarkt! Ich würde gern zu ihnen sagen: Viel ist das nicht, Brüder! Wir warten noch auf das »Costes Magazin« (die Monatszeitschrift mit den hoteleigenen Gerüchten: mit wem Jamel mittags gegessen hat, ob Palmade Patricia Kaas begrüßt hat, wie die Schlampe am Kamin heißt, wie man Emma im Restaurant ein Lächeln entlockt, ob man Spargel-Mousseline oder Spargel in Vinaigrette bestellen sollte, um wieviel Uhr Dominique Farrugia kommt, um wieviel Uhr Arno Klarsfeld geht usw.), auf »Costes TV« (einen Kabelsender, der 24 Stunden live überträgt, was in den Zimmern, im Schwimmbad, im Keller und vor allem im Hammam passiert, ganz wichtig, das Hammam mit den nackten, schwitzer den Models), auf »Costes den Roman« (ich will gerne Ghostwriter sein, sofern das in Suiten bezahlt wird), »Costes den Film« (Porno natürlich), »Costes Car« (das erste Cabrio Napoleon III., limitierte Serie, designed by Garcia), wieso ist da noch keiner drauf gekommen? An die Arbeit, Leute! Zeit ist Geld, bevor man das Zeitliche segnet.

Sonntag

Jérôme Béglé hat einen Hit komponiert, der noch blöder ist als der von den Bratisla Boys: »The final Condom« (zur Musik von Europe: »The Final Countdown«). Ein Song über das letzte Kondom sollte diesen Sommer Tausende von Jugendlichen begeistern. Zur Zeit scheint keine Plattenfirma wirklich überzeugt zu sein von dem Projekt. Wie? »Glück gehabt«?

Montag

Ich bin schon so lange auf der Flucht, daß ich vergessen habe, wovor.

Dienstag

Es wird Zeit, daß ich etwas sehr Schwerwiegendes beichte. Mit zehn war ich total pädophil. Völlig verrückt nach den Mädchen mit den kleinen sprießenden Brüsten unter den T-Shirts der Marke *Fruit of the Loom*. Enorm erregt beim Anblick ihrer unschuldigen Gesichter und ihrer kleinen Bikinis am Strand von Guéthary. Ich verliebte mich in ihre kleinen rosa Hintern, die meine Phantasie erregten. Ich lebte in einem Foto von Larry Clark und genoß das jede Sekunde. Was für ein Glück, daß es Beach-Volley gab! Ich nutzte das oft aus, um ihre flachen Bäuche zu tätscheln und in ihre winzigen Popos zu beißen. Ich schmiegte mich beim Schwimmen an ihre unfertigen Körper. Ich nahm sie an der Hand und sprang mit ihnen durch den Sand, besessen von ihren Knien mit den violetten Kratzern und ihren zart gebräunten Schlüsselbeinen. Mit zehn war ich Marc Dutroux, ganz legal, weil die Lolitas in meinem Alter waren. Liebe Leser unter zwölf, ihr wißt nicht, welches Glück ihr habt! Kostet es aus, Humbert Humbert zu sein, solange ihr es noch dürft!

Mittwoch

Ich würde meine Aktivitäten gern so streuen, daß die Leute am Ende denken, ich hätte einen Namensvetter. Meine Schizophrenie hat nichts mit Dilettantismus zu tun, sondern mit dem Traum von der Allgegenwart.

Donnerstag

Ich habe einen zauberhaften Nachmittag im Frauenknast von Fleury-Mérogis verbracht. Ich war der einzige Kerl unter all diesen Gefangenen! Zu meiner großen Enttäuschung wurde ich nicht vergewaltigt und am Ende des Tages wieder in die Freiheit entlassen … Ich stellte mir vor, daß ich dort festgehalten und als Geisel genommen würde, gezwungen, den Hunger Hunderter Nymphomaninnen zu stillen, oder von allen auf einmal gegangbangt! Nichts da, die Moderatorinnen von Radio Meuf (dem gefängniseigenen Radiosender) empfingen mich mit der allergrößten Freundlichkeit. Danke, Aude, Nawel, Yousra, Gilda, Zabou und alle anderen »Big Sisters von Fleury«, deren Vornamen ich vergessen habe, danke für diesen Moment der Flucht (wenn ich so sagen darf). Ich verspreche euch, daß ich mich nie wieder über meine Freiheit beklagen werde. Ich schwöre euch, daß ich nie mehr sagen werde, ich sei Gefangener eines Systems. Solange man nicht in einer sechs Quadratmeter großen Zelle eingesperrt ist, weiß man nicht, was es heißt, Gefangener eines Systems zu sein.

Freitag

Heute habe ich eine Aufstellung darüber gemacht, was die Welt mir bietet. Es war nicht viel. Aber die Welt genügt mir.

Samstag

Neulich träumte ich nachts, im Stringfellows zu sein, und es war besser als in echt, aus drei Gründen: 1. Das Tanzen kostete nicht 20 Euro; 2. die Tänzerin wollte von mir überall geleckt werden; 3. meine Haare haben nicht nach Kippen gestunken, als ich aufgewacht bin.

Sonntag

You must eat or you must die, sagt Jim Harrison. Aber was tun, wenn man nie Hunger hat?

Montag

Ich habe oft gesagt, daß man kein Flugzeug entführen kann, ohne einzusteigen. Wenn man aber erst mal drin ist, kann man auch seine Meinung ändern und sich in die erste Klasse setzen. Ein Glas Champagner von der Stewardeß, und im Nu haben sich virtuelle Luftpiraten in brave, bäuchige Businessmen verwandelt.

Dienstag

Der Knaller im amerikanischen Fernsehen sind »The Osbournes« auf MTV. Die Sendung gehört zu einem neuen Genre, der »Reality Celebrity Show«. Ozzy Osbourne, der Sänger der Gruppe Black Sabbath, und seine Familie werden rund um die Uhr von Filmkameras beobachtet. Man schaut zu, wenn er mit seiner Frau kocht oder barfuß durchs Hundefutter latscht. Auf der Bühne, bei seinen Konzerten, war es eher normal, daß er einer lebenden Fledermaus den Kopf abbiß. Er ist ruhiger geworden; jetzt liegt die Gewalt einzig in der Normalität. Warum läuft diese Sendung so gut? Weil die Zuschauer hinter die Kulissen sehen möchten, auch die Langeweile sehen wollen. Die meisten Stars verstecken sich lieber, damit niemand erfährt, wie beschissen ihr Leben eigentlich ist. Glücklicherweise findet man immer ein paar Exhibitionisten, die bereit sind, ihr Leben zu einer Sendung zu machen. Bald könnte jeder Promi es zu einem eigenen Fernsehsender bringen. Ich träume schon vom Zappen zwischen Chirac TV, Bin Laden Channel, Canal Zidane, De Niro Tivi, Clara Morgane XXX und natürlich Oscar Dufresne Live. Dieses Tagebuch wird eines Tages noch zu Ihrer Lieblingssendung. Und ich habe bereits einen Slogan zum Ausstrahlungsstart: »Ich lebe für Sie.«

Mittwoch

Roland Garros interessiert keinen. Ich kenne die Namen der Tennisspieler seit ungefähr 15 Jahren nicht mehr. Ich bin bei Vilas, Borg, McEnroe, Wilander und Noah stehengeblieben. Ich setze sowieso keinen Fuß mehr in den Central; zur Not gehe ich im Dorf umsonst essen. Es ist wie bei den Festspielen von Cannes, da fährt ja auch niemand hin, um Filme zu sehen. In Roland Garros taucht von Zeit zu Zeit ein leidenschaftlicher Jüngling auf, der sich für das Spiel interessiert. Die sind immer lustig, die kleinen Neulinge. Man erkennt sie daran, daß sie nach dem Spielstand fragen. Das bringt ein bißchen frischen Wind zwischen Birne und Käse.

Donnerstag

Reisen ist unmöglich geworden. Die ganze Welt ist von Touristen verstopft. Die Landschaften sind im Fernsehen besser als in echt. Es ist wie mit Roland Garros oder dem Mundial: Die Übertragung macht mehr Eindruck als die Wirklichkeit. Alle Reisen sind enttäuschend, ausgenommen jene, für die man das Haus nicht verläßt.

Freitag

Kennen Sie den Witz: Woran erkennt man einen Belgier im Swingerclub? Er ist der einzige, der seine Frau poppt. Nun, nachdem ich es getestet habe, muß ich sagen, daß ich den Partnertausch eher belgisch angehe. Aber was kann ich dafür, wenn Françoise immer die tollste in dem Laden ist?

Samstag

»Zum wirklichen Leiden, zur Hölle wird das menschliche Leben nur da, wo zwei Zeiten, zwei Kulturen und Religionen einander überschneiden. (…) Es gibt nun Zeiten, wo eine ganze Generation so zwischen zwei Zeiten, zwischen zwei Lebensstile hineingerät, daß ihr jede Selbstverständlichkeit, jede Sitte, jede Geborgenheit und Unschuld verloren geht.« Als Hermann Hesse das 1927 im *Steppenwolf* schrieb, wußte er noch nicht, daß der zweite Weltkrieg ihm recht geben würde. Er wußte auch nicht, daß er damit den Anfang des 21. Jahrhunderts beschrieb. Komisch, mir läuft es kalt den Rücken hinunter. Irgendwo muß es hier bei mir ziehen.

Sonntag

Humor der Unbekannten Tusse:

»Mein Kerl ist so gut bestückt, daß ich nur unter Periduralanästhesie mit ihm schlafen würde.«

Montag

Ich lande in Vilnius (Litauen), und der Flughafen ist der gleiche wie überall. Die Welt ist identisch. Man durchquert sie in gerader Linie über Rolltreppen, die von flackernden Neonröhren beleuchtet sind. Reisen ist wie eine Platte mit Sprung zu hören. Leben? Jeder Tag ähnelt dem vorangegangenen. Das »déjà-vu« kennt man schon; älter werden heißt, ins »déjà-vécu« einzutreten. Das entspricht einem virtuellen Tagebuch, in dem man stets den gleichen Absatz liest.

Dienstag

Ich lande in Helsinki (Finnland), und der Flughafen ist der gleiche wie überall. Die Welt ist identisch. Man durchquert sie in gerader Linie über Rolltreppen, die von flackernden Neonröhren beleuchtet sind. Reisen ist wie eine Platte mit Sprung zu hören. Leben? Jeder Tag ähnelt dem vorangegangenen. Das »déjà-vu« kennt man schon; älter werden heißt, ins »déjà-vécu« einzutreten. Das entspricht einem virtuellen Tagebuch, in dem man stets den gleichen Absatz liest.

Mittwoch

Ich lande in London (Vereinigtes Königreich), und der Flughafen ist der gleiche wie überall. Die Welt ist identisch. Man durchquert sie in gerader Linie über Rolltreppen, die von flackernden Neonröhren beleuchtet sind. Reisen ist wie eine Platte mit Sprung zu hören. Leben? Jeder Tag ähnelt dem vorangegangenen. Das »déjà-vu« kennt man schon; älter werden heißt, ins »déjà-vécu« einzutreten. Das entspricht einem virtuellen Tagebuch, in dem man stets den gleichen Absatz liest.

Donnerstag

Mein Gott, in den letzten drei Tagen bin ich wie Jack Nicholson in *Shining* geworden, der ewig den gleichen Satz niederschrieb. Dabei gab es zu Kubricks Zeiten die Tastenkombination »Kopieren-Einfügen« noch gar nicht. Was für ein Pionier! Ein Schriftsteller, der in alle Ewigkeit den gleichen Absatz wiederholt, wäre ein Weiser. Unser ganzes Unglück rührt daher, daß wir uns nie wiederholen wollen. Als gäbe es mehrere Wahrheiten.

Samstag

Ein Dîner mit Vincent McDoom ist jedesmal eine außerirdische Erfahrung, vor allem, wenn Motorola dir ein Handy schenkt, das aussieht wie eine Laserpistole. Vincent McDoom erzählt mir von seiner Katze Charlie, die nur Englisch versteht. Das erinnert mich an Françoise Lacroix, die immer sagte: »Meine Muschi ist einäugig!« Der Abend im Nobu ist schrecklich New Aristocracy. Das gesamte französische Show-Biz ist gekommen, um sich ein neues Gratishandy abzuholen (das hübsch ist, aber nie funktioniert). Ein paar Tage später wurde mir im Korova die neue Raymond-Weil-Uhr geschenkt, dann bei Castel die Sonnenbrille von Silhouette. Früher war ich ein Schnorrer, jetzt bittet man mich, mitsamt den Gaben für ein Foto zu posieren. Woran erkennt man, daß man in die PK-Kaste (Prinzipiell Korrupt) aufgestiegen ist? Es ist das ganze Jahr Weihnachten, und man wird gesponsert wie ein F1-Pilot — mit dem gleichen Risiko, bei lebendigem Leib zu verbrennen.

Sonntag

All diese Talente, die ich als Kind hatte: auf Befehl rot werden, zwei Minuten unter Wasser die Luft anhalten, problemlos Nasenbluten kriegen, mit einem Auge schielen … Ich interessiere mich sehr für dieses Buch, denn ich bin sein treuer Autor, Held und einziger Leser.

Montag

Um mich am Schreiben zu hindern, hat das System die adäquate Methode gefunden: Ich wurde zum Fernsehen befördert. Die Idee war einfach: Um mein Verstummen als Schriftsteller zu erreichen, wurde das Lärmen der Medien eingesetzt. Das beste Mittel, mich zum Schweigen zu bringen, war, mir das Wort zu erteilen. Bravo, ich verneige mich (schweigend).

Dienstag
Lolita Pille ist der Beweis dafür, daß der Vorschuß nicht altersabhängig ist.

Mittwoch
Françoise behauptet ununterbrochen, daß ich sie nicht liebe. Logisch: Wenn ich sie nicht liebe, glauben sie immer, ich liebe sie. Jetzt ist es eben umgekehrt.

Donnerstag
Ich mag den Refrain des neuen Eminem-Songs: *Now this looks like a job for me / So everybody just follow me / Cause we need a little controversy / Cause it feels so empty without me.*

Eminem, der amerikanische Oscar Dufresne? Ich liebe die Ehrlichkeit dieses Nestbeschmutzers, der es wagt, in einem Hit darüber zu schreiben, warum er einen Hit schreibt. Grob gesagt, bezeichnet er uns alle als Vollidioten, die sich ohne ihn langweilen würden, die ihm scheißegal sind und ihn genau dafür lieben. Früher waren Rockstars ehrlich aufsässig, heute sind sie nur noch zynisch. Die Klarsicht hat die Wut abgelöst. Sie ist die neue Form der Rebellion. Ein regloser Haß, ein zerbrochener Spiegel.

Freitag
Weiter mit der Klarsicht, weil sie anscheinend zur höchsten Qualität, zum ultimativen Wert meiner Generation geworden ist. In Wahrheit, meine lieben Brüder, schützt Klarsicht nicht vor der Wirklichkeit. Über das eigene Unglück zu theoretisieren, hindert es nicht daran, einzutreten. Ob man auf der Hut ist oder nicht, ist egal. So hilft mir mein Pessimismus in der Liebe nicht, die Angst vor dem Schmerz zu mildern. Das Wissen, warum man traurig ist, macht weniger dumm, aber nicht weniger traurig. Und so gehen wir durchs Leben, beladen mit unseren ungelösten

Problemen. Wir halten uns für genial, weil wir wissen, daß wir es nicht sind. Keine der früheren Generationen war so stolz darauf, die eigene Blödheit anzuprangern, keine hat mehr geprahlt mit ihren Mißerfolgen und ihrer Eitelkeit, keine war letztlich so selbstzufrieden. Der Kult der Klarsicht führt zur Machtlosigkeit; es ist eine nutzlose Klugheit. Nie hat die Welt eine so resignierte Jugend gesehen. Ich verbringe meine Zeit damit, meine politischen und sentimentalen Niederlagen zu analysieren. Aber was bringt es mir, meine Machtlosigkeit zu erkennen? Die Klarsicht verändert mich nicht.

Samstag
Allen Kritikern, die ich enttäusche, möchte ich ein für allemal sagen, daß ich vollkommen ihrer Meinung bin. Auch ich hätte es lieber, wenn meine Bücher besser wären.

Sonntag
Ardisson hat auf dem Geburtstag von Michèle Laroque bei Régine mit Muriel Robin getanzt. Soviel zur Info. Was die Promi-Szene betrifft, war der Geburtstag von Laroque wie der Motorola-Abend, nur daß man ein Geschenk mitbringen mußte, statt eins zu kriegen.

Montag
Letztendlich sollten wir stolz sein auf die französische Nationalmannschaft. An einem Tag genial, am nächsten total daneben, ist sie ein genaues Abbild unseres Landes. Wir sind groß im Gewinnen und groß im Scheitern. Halbe Sachen sind nicht unser Ding.

Dienstag
Françoise konkurriert mit Eminem. Bestürzt von meinen Stimmungsschwankungen, haute sie mir gestern abend um die Ohren: »Weißt du, was dir gut tun würde? Nichts.«

Mittwoch

Warum liebe ich diese Frau? Weil sie full options ist.

Donnerstag

Ein wirklich blöder Spruch? »Never change a winning team.« Damit hat die französische Fußballmannschaft verloren. Wahrscheinlich sagte sich Roger Lemerre diesen Unsinn immer wieder vor, während er dabei zusah, wie seine Veteranen-Auswahl den Bach runterging. Das Leben ist in ständiger Bewegung. Alles verändert sich; die Welt entwickelt sich mit rasanter Geschwindigkeit weiter. Man muß ständig alles neu überdenken, sich verändern, sich anpassen. Nur die Chamäleons und die Darwinisten werden überleben! Ein Team, das gewinnt, ist stets versucht, sich auf seinen Lorbeeren auszuruhen, statt zu einem Team zu werden, das noch einmal gewinnt. Ich schlage vor, diesen bequemen Satz durch einen anderen zu ersetzen: »Always change a winning team.«

Samstag

Das Fernsehen macht einen zum nationalen Star, ein Bestseller zu einem international Unbekannten. Wieder bin ich ins Land der 1001 Schnauzer eingeladen: Die Türkei, die sich fürs Viertelfinale qualifiziert hat, hört nicht auf, meine Werke zu übersetzen. Am äußersten Rand Europas, vom Ufer des Bosporus aus, sehe ich Asien auf der anderen Seite des Wassers glitzern. Auf der Bagdader Straße (Asiens Champs-Élysées) sind die Menschen sexy gekleidet, aber im Hotel Ciragan gibt es keinen X-rated Channel. Ich finde, die Türkinnen sollten nicht zu oft Köfte essen, sonst gehen sie in die Breite wie das Marmarameer.

Sonntag

Auf dem asiatischen Ufer sind die Fassaden der Holzhäuser aus dem 17. Jh. den ganzen Tag rosa; hier badet man von früh bis spät im Licht des Abendrots. Das Leben – ein ewiger Sonnenuntergang. Konstantinopel – ein Panorama unserer Possen. Laila, Reina, Angélique-Buz: Am Bosporus gibt es eine Freiluft-Disco neben der anderen. Man sieht, wie sich Frachter und Yachten kreuzen, und ihre Scheinwerfer sind wie Laserstrahlen vom Meer zum gelben Mond, der wie eine von Gott aufgehängte Discokugel am Himmel hängt. Ich bin ein Weihnachtsbaum, und Françoise ist meine Girlande. (Dieser Absatz ist ein Produkt der Trunkenheit.)

Montag
Liebe ist wie eine Berg-und-Tal-Bahn: rauf und runter, dann wieder rauf und wieder runter, bis man sich schließlich ankotzt.

Dienstag
Vor dem Spiel Türkei-Senegal war der Gesang der Muezzins zu hören – bei diesem Spiel standen einander auch Marabuts und Imams gegenüber. Nach dem Golden Goal verwandelt sich die Stadt in eine rote Oper, ein Freudenmeer vor dem Hintergrund einer katastrophalen Inflation. Unter dem klaren Himmel leuchten lächelnde Gesichter, und alle werden zu Sultanen eines endlosen Abends. Die Mondsichel und ein weißer Stern prangen am purpurroten Firmament – an diesem Abend wird selbst der Himmel zur türkischen Flagge.

Mittwoch
Der Prix Sade 2002 wurde im Castelas de Sivergues an Alain Robbe-Grillet verliehen. Das Spanferkel lockte, und Marie Morel mußte sich bei Schönbergs *Pierrot lunaire* sehr beeilen. Zuvor wurde der Jury, die aus Pierre Bourgeade, Guillaume Dustan, Catherine Millet, Emmanuel Pierrat, Chantal Thomas und meiner Wenigkeit bestand, der Zu-

tritt zum Château de Lacoste von dessen Eigentümer Pierre Cardin verweigert, obwohl Jeanne de Berg doch versprochen hatte, daß keiner würde büßen müssen. Pech für den traurigen Sire! Statt dessen erlaubte uns die Bezirksverwaltung von Vaucluse vor Ort die Besichtigung des Schlosses von Saumane, in dem der göttliche Marquis seine Kindheit verbracht hatte. Die öffentliche Stätte war besser als die private Ruine.

Freitag

Dinner in London mit Fred und Farid, den besten Kreativen der Welt (sie bekamen dieses Jahr in Cannes den Goldenen Löwen für den X-Box-Spot, der das Leben von der Geburt bis zum Grab in dreißig Sekunden zusammenfaßt). Wir sprechen vom Skandal als Medium: Wie man ihn organisiert, als Waffe benutzt, zielgerichtet einsetzt. Sie haben Robbie Williams in einem Clip zerlegt. Ich habe mich im Fernsehen ausgezogen. Was müßte man beim nächsten Mal machen? Elizabeth II. mit Sahnetorten bewerfen? Die Band Prodigy gibt uns den Anfang einer Antwort: eine Hymne auf Rohypnol. Ihre letzte Single *Baby's got a temper* wurde von der BBC gerade zensiert. Die sind stärker als Eminem! Doch unser aller Meister bleibt Salman Rushdie: Die Mullahs als PR (Public Relations) einzusetzen, dafür braucht man wirklich Rückgrat.

Samstag

»Fernsehen macht verrückt, aber ich paß auf mich auf«, sagt Bruno Masure. Ich würde seinen Satz gern wie folgt verändern: Fernsehen macht verrückt, sofern man nichts anderes tut. Eine gute Art, etwas dagegen zu tun, besteht darin, sich zu verzetteln. Das ist für mich eine Frage des Überlebens.

Sonntag

Was ich an den Engländern am meisten hasse, ist ihre extreme Höflichkeit: Sie sind die europäischen Japaner. Statt klar zu sagen: »Scher dich zum Teufel«, sehen sie dich unglücklich an und rufen: »I'm awfully sorry Sir but I'm afraid it's not going to be possible at the moment.« An einem bestimmten Punkt schlägt überzogene Höflichkeit in abgrundtiefe Verachtung um. Mir wäre lieber, sie sagten: »I'm awfully sorry Sir but I'm afraid you're going to have to go fuck your mother, indeed.«

Montag

Ein Buch schreiben, in dem kein Wort umsonst steht. Und es sehr teuer verkaufen.

Donnerstag

Man sagt: Angot hat Rhythmus. Das bedeutet, eine Dummheit einmal zu schreiben heißt, eine Dummheit zu schreiben. Sie zweimal zu schreiben nennt man Wiederholung. Und nach dem zwölften Mal ist es auf einmal Rhythmus.

Freitag

Freundschaft unter Männern: ein Hahnenkampf? Neidische Faszination? Versteckte Rivalität? Einsamkeit in der Gruppe? Platonische Homosexualität? Ein Wettbewerb der Schwänze? Oder ein Geheimnis, das plötzlich entsteht und sich genau so grundlos wieder lüftet?

Samstag

Das Wichtigste an der »Loft Story« waren die semantischen Probleme. Da geht es zum Teil komplizierter zu als bei Oulipo! Wie würde zum Beispiel der Eingangssatz der *Reise ans Ende der Nacht* in Verlan lauten: »Angefangen hat das os?« »Os das hat genfangan?« »Geost hada fangengan?« In keinem Stilwörterbuch steht etwas darüber, und auch die Académie hat sich noch nicht dazu geäußert. Deshalb hat die Sendung auch keine Quote: Sie ist zu literarisch.

Sonntag

Peng, plötzlich Sommer in Frankreich, und zwei Monate lang ist nichts mehr los. Ich bin stolz darauf, in einem Land zu leben, das vom 1. Juli bis zum 31. August einfach das Leben einstellt. Im Rest des Jahres passiert zwar auch nichts, aber man tut wenigstens so.

Montag

Woran erkennt man, daß man auf Korsika ist? Nach dem Mittagessen, ob im Cabanon bleu (Saint-Cyprien) oder im Maora Beach (Santa Manza), wird Myrte kredenzt. Das ist natürlich der hiesige Verdauungsschnaps, den man ohne Mätzchen oder deplazierte Witzchen à la »Ach, das ist ja tatsächlich Myrte« kippt. Und da die Sonne regungslos bleibt, kann man es ihr auch gleichtun.

Dienstag

Gestern abend hatte das Via Notte Geburtstag, der ultimative Nachtclub (bei Porto-Vecchio), das Ergebnis von zwei Jahren globalisierter Clubbisierung. Mein ganzes Leben habe ich schon auf dieses Fest gewartet. Sechstausend Personen in einer mexikanischen Hacienda, wie das Village in Juan-les-Pins, nur unter freiem Himmel, und Philippe Corti, der an einem Seil schwebend im Hubschrauber angerauscht kommt, und Wassernixen, die durchs smaragdgrüne Schwimmbecken gleiten, lauter Cécile Simeones mit phosphoreszierenden Strings und vorgeburtliche Laetitia Castas, die mit einem Augenaufschlag ihren BH ablegen, und eine Caipiroska-Dusche – die Apotheose der Nacht, der festliche Gral, das Muschi-Walhalla … jetzt kann ich endlich aufhören auszugehen.

Mittwoch

Pierre-Louis Rozynès hat recht: Der Satz der Woche ist unbestritten von Paul-Loup Sulitzer: »Ich bin in einem schlechten Roman, den ich selbst hätte schreiben können.« Unschlagbar.

Donnerstag

Gestern hat ein Neonaziarsch auf Jacques Chirac geschossen, um ein berühmter Neonaziarsch zu werden – noch ein Opfer des Herostrat-Syndroms. In einer E-Mail schreibt Maxime Dingsbums: »Schaut morgen Fernsehen, ich werde der Star sein«. Es ist unsere Pflicht, ihm dieses Vergnügen zu verweigern: Sein Name darf nirgends geschrieben stehen. Hervé Würstchen hat seine 22er long rifle herausgeholt. Jean-Pierre Blödmann hat seine Waffe angelegt. Serge Pfeife schrie: »Hurra, endlich wird man von mir reden!«, Und der Karabiner von Philippe Dumpfbacke machte »Peng« – ins Nichts.

Freitag

Im *Fall* von Camus finde ich einen Satz, der von Marc Niemand redet: »Um bekannt zu werden, genügt es im Grunde, seine Concierge umzubringen.« Besonders, wenn sie im Élysée Dienst tut.

Samstag

Mittagessen bei betuchten Werbern in Sperone, deren Haus aus kanadischer Zeder über einer türkisfarbenen Bucht liegt. Denen braucht man keine Ansichtskarten schicken: Sie leben schon in einer. Korsika bietet wunderbar unberührte Landschaften, jedenfalls für die Reichen: Keine Betonburg verschandelt die Küste, kein »Bricorama«-Plakat den Maquis. Deswegen lieben die Werber Sperone: Es ist der einzige Ort, den zu verunstalten ihnen noch nicht gelungen ist. An seiner Schönheit erholen sich ihre Augen von all der Häßlichkeit, die sie im restlichen Jahr produzieren.

Sonntag

Brillante Sätze in *Vingt ans avant*, einer Auswahl von Artikeln Bernard Franks. So liest man jetzt im Sommer 2002 die Sätze der Woche vom Herbst 1981: »Das Gebet des Schriftstellers ist die Erinnerung«, vom Frühjahr 1982: »Es ist nicht jeden Tag Chateaubriand«; vom Herbst 1982: »Unsere Intimität ist zu kostbar, als daß sie nicht möglichst viele kennen sollten« (eine wunderbare Rechtfertigung meines Tagebuchs); und vom Frühling 1984: »Paradoxon des Fernsehens: Es macht Sie bei Ihren Nachbarn bekannt und gleichzeitig lächerlich.«

Montag

In der Via Notta ist die Bar offen, ich nicht. Welche Verschwendung! Ich habe dann doch noch die nächtliche Apotheose gefunden, so daß ich keinen Schaden mehr anrichten konnte.

»Warum gibt es kein kalorienfreies alkoholisches Getränk?« fragte Françoise.

Philippe Corti stellte uns seinen Freund Canarelli vor, der sich um alles weitere gekümmert hat: drei Meter Wodka-Wassermelone (drei mal zehn »shots« auf ex). Jérôme Béglé ging auf die Herausforderung ein, dann konnte er gar nicht mehr gehen. Florence Godfernaux tötete Wespen mit bloßen Händen. Ich tanzte mit einer drei Meter großen Fliege. Eine einzige Frage nagte an mir: Ob Yvan Colonna sich im VIP-Bereich versteckte?

Dienstag

Der Börsencrash ist eine ausgezeichnete Neuigkeit. Er bestraft die Geizigen, die ihren Schotter auf die Seite bringen wollten. Er belohnt die Zikaden, die den ganzen

Tag singen, und ruiniert die Ameisen, die den ganzen Tag ackern. Werfen Sie schnell Ihr ganzes Geld zum Fenster hinaus! Denn auch dem Sparsamen bleibt nichts erspart.

Donnerstag
Immer wenn ich Hummer esse, denke ich, daß das Schalentier, um die Dinge zu sagen, wie sie sind, auf den Grill schreiben könnte: »Oscar hat mich getötet«.

Freitag
Alle bewundern Chirac, der, nachdem er knapp einem Anschlag entgangen war, ausrief: »Ah, gut!« Ich frage mich, was die Journalisten geschrieben hätten, wenn Chirac gerufen hätte: »Mannomann!« oder »Das geht mir doch am ... vorbei!« oder »Schwein gehabt!« oder »Gosh, das war knapp!« oder »Donnerwetter!«

Mich erinnert dieses »Ah, gut!« eher an den Kommentar Mac-Mahons zur Überschwemmung im Garonne-Tal: »Lauter Wasser!«

Samstag
Wenn ein junges Mädchen »kraß« sagt, heißt das »gut«. Wenn eine Frau über 30 »kraß« sagt, heißt das »schlimm«. Der Gebrauch des Wörtchens »kraß« erlaubt also eine Altersbestimmung Ihrer Gesprächspartnerin. »Kraß« ist sozusagen die Karbon-14-Methode für die moderne Frau.

Sonntag
Emmanuel Carrère hat gerade das außergewöhnliche Experiment einer »Literatur-Performance« gewagt. Sein Text, der morgen in *Le Monde* erscheint, ist ein Brief an seine Freundin, in dem er sie bittet, im Zug Paris-La Rochelle eine Anzahl erotischer Gesten auszuführen. Er benutzt eine große Tageszeitung, um ihre sexuellen Phan-

tasien anzuregen! Mich macht es glücklich, auf diese Weise zu erfahren, daß ich hier seit zwei Jahren »Literatur-Performance« betreibe, und ich bin schon sehr neugierig, ob es bei ihm funktioniert.

Montag
Die Kurzgeschichte Emmanuel Carrères mit dem Titel *L'Usage du monde* ist ein Meisterwerk. In meinem Haus auf Korsika haben die Frauen ihm aufs Wort gehorcht (das muß man sagen). Leider saß Sophie nicht im TGV Paris-La Rochelle! Ich hoffe, daß das mißglückte Experiment nicht zu einer Szene geführt hat:
»Warum hast du den Zug nicht genommen?«
»Wieso sollte ich? Das konnte ich doch nicht ahnen!«
»So ein Mist, ich habe alles bedacht, nur das nicht!«
»Du mußt unsere Bettgeschichten ja auch nicht in den Zeitungen herumerzählen, verdammt noch mal!«
»Du bist vielleicht bescheuert! Das war eine literarische Performance!«
»Deine literarische Performance kannst du dir sonstwohin stecken!«

Dienstag
Alles ist gut, aber der Weg zur Hölle ist mit Autofiktion gepflastert. Sein Privatleben live in der Presse zu erzählen ist die brutalste Erfahrung überhaupt. Françoise hat es satt, hier erwähnt zu werden. Wir kabbeln uns deswegen ununterbrochen. Mir gehen langsam die Argumente aus. Wäre das Tagebuch brillant, könnte es für sich selber sprechen.

Mittwoch
Zurück in Paris, tue ich, als ob ich arbeiten würde. Statt von der Brandung in den Schlaf gewiegt zu werden, werden wir von den Alarmanlagen der Limousinen geweckt.

Ich spaziere in einem hautengen, offenen Hemd von Tom Ford für YSL herum. Meine Bekanntheit ist zur Zeit so vollkommen wie meine Bräune. Ein Jammer, daß ich so treu bin! Was für eine Verschwendung! Man müßte sich bloß bücken, um sie aufzusammeln, diese frischen Früchtchen, die angesichts meiner Kohle mit den Wimpern ihrer Rehaugen klimpern! Bei der Hitze steigen die Ideen von der Hose ins Hirn: Wenn man schon schwitzt, sollte es wenigstens zu etwas gut sein, zum Beispiel, um Lippen zu laben! Jetzt, auf dem Höhepunkt der allgemeinen Völlerei, zwinge ich mich zu einer Diät. Der Sommer gefährdet das Partnerglück, deshalb trennen sich alle im August. Der Sommer ist die jährliche, von Gott organisierte Swingerparty! Und Paris die *Insel der Versuchung.* Doch daraus wird nichts: Was leicht ist, ist mir zu billig. Treue Männer machen ihrer Frau den Verzicht auf alle anderen zum Geschenk. Treue ist ein rituelles Opfer: Ich bringe Granaten und Sexbomben auf dem Altar unserer atomaren Liebe dar. (Das erinnert mich an die Antwort des Prince de Ligne auf die Frage seiner Frau: »Wart Ihr mir treu?« »Ja, oft!«)

Donnerstag

Bertrand Delanoë hat Sand und drei Palmen an die Quais der Seine gekarrt, und alle sind begeistert. Bravo! Ein Strand in Paris! Man lümmelt in Liegestühlen und atmet am Ufer eines vergifteten Flusses die dreckigste Luft Europas ein. Und Chirac hat versprochen, darin zu baden! Wenn er auch nur ein einziges seiner Versprechen halten würde, wäre mir dieses am liebsten, weil es am lustigsten wäre: der Präsident durchnäßt und radioaktiv verseucht und mit einem gebrauchten Kondom auf der Nase! Ich erinnere daran, daß es früher hier ein Freibad namens Deligny gab, und ein weiteres im 16. Arrondissement, das Molitor, die abgerissen wurden, ohne daß die Stadt reagierte. Egal, mir reicht das Polo, der Strand von Tout-Paris. Ja doch, Herr Bürgermeister, was Ihrem Strand noch fehlt, ist ein VIP-Bereich …

Freitag
Ich posiere für das Titelbild einer Zeitschrift. Die viele Zeit, die ich nicht mit Schreiben verbringe! Immer werde ich festgehalten, auf Fotos und sonstwie.

Samstag
Der Vorteil der Ferien für den Literaturkritiker ist, daß er endlich dazu kommt, alte Sachen zu lesen und darin phantastische Dinge zu finden, die sein Niveau deutlich heben: »Ich war in die Gegenwart eingeschlossen wie Helden oder Berauschte; im Augenblick völlig ausgelöscht, warf meine Vergangenheit nicht länger mehr jenen Schatten ihrer selbst vor mich hin, den wir Zukunft nennen.« Proust, natürlich.

Sonntag
Neulich lief auf France 2 *Die wiedergefundene Zeit* von Raoul Ruiz. Dieser Film hat mich wieder auf Proust gebracht. Er räumt mit vielen Vorurteilen auf und zeigt, daß es bei Proust um Reiche geht, die Nutten ficken, und um mondäne Schwule, die sich auspeitschen lassen. Auf einmal ist Proust gar kein Langweiler mehr! Eine Figur (Saint-Loup) macht sich sogar über die Leute lustig, die »Coco« statt Kokain sagen. Ich werde nie begreifen, warum ich ständig mit Bret Easton Ellis verglichen werde. Proust hat immerhin die Mode des Trash-Nachtschwärmens erfunden.

Montag
Mit Françoise passiert mir etwas ganz Merkwürdiges: Zum ersten Mal liebe ich *immer mehr*.

Dienstag

Braun gebrannt, wie ich bin, stoße ich jeden Abend Menschen zurück. Ich würde Françoise ja gern betrügen, aber die anderen haben alle den Fehler, daß sie nicht sie sind.

Mittwoch

Wieder im Pelicano in Porto Ercole (Toskana). Mathilde und Roberto Agostinelli planschen mit Victoire de Castellane und Thomas Lenthal im Wasser. Lee Radziwill sagt zu mir: »Nice to meet you«, obwohl sie mich schon kennt. Immerhin besser als »Disgusted to meet you«. Die See ist lila wie der Badeanzug von Jackie O.'s Schwester. Patrick Bruel probt am Pool *Le Limier* ohne seinen Leierkasten. Françoise hat im Meer unabsichtlich Patrice Chéreau angepinkelt – Risiken des Palastlebens ... »Delighted to meet you.«

Donnerstag

Ich habe den unangenehmen Eindruck, daß ein Buch zu veröffentlichen immer mehr zur Tanzbärnummer auf dem Jahrmarkt der Eitelkeiten verkommt, einmal hin, einmal her, rundherum, das ist nicht schwer.

Samstag

Blöd, daß ich das Sonar Festival in Barcelona verpaßt habe. Anscheinend ist dort eine neue Droge aufgetaucht, »liquid acid«, das im Gegensatz zum ekligen LSD-getränkten Löschpapier Anfang der 90er ein leichtes, sanftes Gefühl hervorruft. »So als ob der ganze Dreck aus meinem Hirn gespült würde«, berichtet Emilio am Telefon, »wie in den 3D-Werbeclips für Waschmittel!« Vielleicht war es doch ganz gut, das Sonar zu versäumen: Ich hätte eine Gehirnwäsche allzu nötig.

Sonntag

Ich lese die Romane des Monats – unvorhersehbar viel Dreck. Das erinnert mich an den mitleidigen Blick, den Pietro Citati mir in »Bouillon de Culture« zuwarf, als er sagte:»Die Literatur ist müde, sie ruht.« Hoffentlich wacht dieses Dornröschen auch einmal wieder auf.

Montag

Selbstverständlich unterstütze ich rückhaltlos den Vorschlag von Françoise de Panafieu, die Freudenhäuser wiederzueröffnen. Wenn ein Problem sich nicht lösen läßt, macht man eben eine Industrie daraus. In dieser profitorientierten Welt sind sowieso alle käuflich. »Lots of money? Love story. Got no money? I am sorry« (Sinnspruch vom Night Flight nach Moskau).

Dienstag

Das bringt mich auf eine Idee. Es gibt Frauen, die sich prostituieren, und Männer, die sich prostituieren, aber keine Paare, die sich prostituieren, warum eigentlich? Man könnte doch ein Paar fürs Wochenende oder eine ganze Woche mieten. Heureka! Warum ist mir das nicht früher eingefallen? So kann ich meine Ferien mit Françoise finanzieren!

Mittwoch

»Es ist das Ende der Welt, und ich fühl mich gut«, singt die Gruppe REM und faßt so die aktuelle Lage treffend zusammen. Das Klima ist gestört, Asien liegt unter einer braunen Wolke, Dürren und Überschwemmungen wechseln einander ab, der Sommer ist ein verlängerter Winter, Stürme verwüsten die Städte, und alle Welt scheint das ganz normal zu finden, die Unternehmen produzieren weiter, die Fabriken verpesten weiter den Planeten, das Wachstum regiert weiter, die Umweltverschmutzung nimmt weiter zu. »It's the end of the world and I feel fiiiiiine«: Michael Stipe ist der größte Philosoph der Gegenwart. Lüstern verfolgen wir unsere Selbstzerstörung. Der Durchschnittsmensch des 21. Jahrhunderts ist ein stoischer Dandy voll Stolz auf seine nihilistischen Glanzleistungen. Früher war diese elegante Pose einer Elite pessimistischer Schriftsteller vorbehalten (Leopardi, Schopenhauer, Amiel, Benjamin, Cioran, Jaccard, Rosset ...). Heute fordert die Masse ihre eigene Vernichtung und nimmt noch zweimal Dessert nach. Kollektiver Selbstmord macht hungrig.

Donnerstag
Eines Tages wird ein leichtsinniger Verleger vielleicht wirklich diese Hefte als Buch herausbringen. Dann werden meine Aufzeichnungen mit jener Nachsicht gelesen werden, die sonst nur großen Geisteskranken zukommt, oder mit einer meiner Faulheit angemessenen Strenge.

Freitag
Dominique Ferrugia legt Wert darauf, noch einmal hier erwähnt zu werden. Endlich einmal ein erfüllbarer Wunsch! Dafür hat es gereicht, mir eine Sendung auf Canal+ anzuvertrauen, ohne daß ich zu Kreuze kriechen mußte. Ich will nicht unerwähnt lassen, daß auch ich immer häufiger in den Werken meiner Kollegen vorkomme: in *Pourquoi le Brésil?* von Christine Angot, in *One Man Show* von Nicolas Fargues, in *Journal d'un oisif* von Roland Jaccard, in *Autogamie* von Thomas Bouvatier, in *La Peau dure* von Elisabeth Quin. Wenn ich schon kein Schriftsteller bin, dann wenigstens eine Romanfigur.

Sonntag
In Ermangelung einer wirklichen Revolution rebelliert man gegen winzige Kleinigkeiten. Ich schnalle mich bei-

spielsweise im Auto nicht an, ich fahre ohne Helm Vespa, ich rauche im Flugzeug Gras, ich pisse ins Schwimmbad meiner Freunde – meine Art, Wasser in ihren Wein zu gießen –, ich fahre im Bus schwarz, ich lache über jedes Foto von Jean-Pierre Raffarin usw. Bald wird es der Gipfel der Subversivität sein, nicht über den Zebrastreifen zu gehen. BoBos stehen ja in dem Ruf, die Vorzüge der bürgerlichen Bequemlichkeit mit der Lässigkeit der Bohème zu vereinen, tatsächlich aber sind sie doppelt resigniert: Zur Schande des Reichseins gesellt sich die Lächerlichkeit der Revolte.

Montag
Wir sollten die moderne Pornographie nutzen, bevor sie verboten wird. Gestern habe ich's mir dank der lieblichen Schweinereien japanischer und deutscher DVDs besorgt. Und Dominique Baudis beklagt sich darüber, daß unsere Jugend über solche Filme ihre sexuelle Aufklärung bezieht … Verdammt, hoffentlich hat er recht!

Dienstag
Sexualerziehung im Lycée Montaigne: Scheißdias, ein Pfeildiagramm, eine pickelige Lehrerin in weißem Kittel, die so fürchterliche Worte wie »Penis«, »Glied«, »Uterus«, »Gebärmutter« und »Eierstock« in den Mund nimmt. Ich hätte es lieber so gelernt wie die früheren Generationen (im Bordell) oder die kommenden (per Video).

Mittwoch
Von 1935 bis 1957, also in den letzten 22 Jahren seines Lebens, hat Valéry Larbaud nur einen einzigen Satz gesagt: »Guten Abend, ihr Dinge hier unten.« Nach einem Hirnschlag im November 1935 war er halbseitig gelähmt. Seine seltenen Besucher in der Rue Cardinal-Lemoine empfing er in seinem Sessel sitzend und sagte ununterbrochen:

»Guten Abend, ihr Dinge hier unten.« (Seine Biographen schreiben den Schlaganfall der Syphilis zu, die er sich bei einem seiner zahlreichen Bordellbesuche, meist mit Léon-Paul Fargue, zugezogen habe.)

Donnerstag

»Guten Abend, ihr Dinge hier unten.« Ich mache mir darauf meinen eigenen Reim. Ich meine, Larbaud tat nur so, als ob er krank wäre. In Wirklichkeit fand er bloß nichts Interessanteres zu sagen. Er hatte die schönsten Gedichte, die großartigsten Romane über junge Frauen, über Rom, über die Liebe und die Milliardäre geschrieben, er war gereist, er war erschöpft, also blieb er zu Hause sitzen. Er hat nicht gefaselt. »Guten Abend, ihr Dinge hier unten« erschien ihm einfach als der ultimative Satz, der alles umfaßt, das Leben, den Tod, die Schönheit der Welt, die Vögel, die Blumen und Wälder, Sex, Geld, den Lauf der Zeit, Freuden und Leiden und daß uns das eines Tages genommen wird. Ich sehe den Weg von Valéry Larbaud als den Weg des vollkommenen Schriftstellers: Auf der Suche nach einem einzigen Satz muß man sein Leben lang viele Seiten bekritzeln, und von dem Tag an, wo man ihn endlich gefunden hat, darf man nie mehr einen anderen Satz sagen (wie Nicholson in *Shining*). »Guten Abend, ihr Dinge hier unten« ist kein Satz der Woche: Es ist der Satz eines Lebens.

Samstag

Die Serviererinnen in den Restaurants werden immer attraktiver – das kann die öffentliche Ruhe empfindlich stören. Neulich waren wir mit Freunden essen, und die Frauen an unserem Tisch haßten die umwerfend schöne Kellnerin auf den ersten Blick. Als wir unsere Bestellung aufgaben, hätte ich sie gern nach den Sachen gefragt, die nicht auf der Karte standen: eine Fellatio, drei Cunnilingus, zweimal abspritzen, einen Kaffee und die Rechnung bitte, danke im voraus, bis bald, ich bitte Sie, aber natürlich, stets zu Ihren Diensten, keine Ursache. Ach, wenn ich im Leben nur einmal so mutig wäre wie in meinem Tagebuch!

Sonntag
Die Strenge der Kritiker mir gegenüber erklärt sich zweifellos durch die Tatsache, daß man keine Lust hat, einem verwöhnten Kind etwas zu schenken.

Montag
Die ganze Nacht nicht geschlafen, schreckliche Szene, Trennung ... Diesmal ist Françoise endgültig gegangen, ich habe sie verloren. Mein Leben ist ein Trümmerfeld. Sie hat sich in eine Frau verliebt, die wir gemeinsam angemacht haben. Sie treffen sich seit Monaten heimlich und wollen zusammenziehen. Und ich habe Ludo verdächtigt! Eine schreckliche Kälte lag in ihren Worten, als wäre ich schon eine alte Geschichte. »Ich verzichte auf dich und alle anderen deines Geschlechts.« Die ganze Nacht habe ich versucht, sie umzustimmen, einen Aufschub, eine letzte Chance zu erwirken. Sie bat mich am Telefon um Entschuldigung, per SMS und per Internet, aber nicht von Angesicht zu Angesicht. Sie war mir fremd. Das Atmen fällt mir schwer. Kann es denn sein, daß wir das ganze Jahr aneinander vorbeigelebt haben? Wie in zwei parallelen Welten? Es gibt zwei Momente, an denen Liebende ersticken: wenn sie lieben und wenn sie nicht mehr geliebt werden.

Dienstag
In einer Welt, die Egozentrik als Kardinaltugend propagiert, wird die Homosexualität logischerweise zur Norm der Zukunft. Die Heterosexualität entspricht nicht mehr

dem Zeitgeist. Man liebt die, die einem am meisten ähneln. Auch ich sollte damit anfangen. Ich sollte unbedingt einen großen Kurzsichtigen heiraten. So werde ich ein echter »Romantic Egoist«.

Guten Abend, ihr Dinge hier unten.

In dreißig Jahren wird die Heterosexualität die skandalöse, ungesunde und schockierende Perversion einer Minderheit sein. Es wird heterofeindliche Übergriffe auf den Straßen geben. Wenn ein Mann und eine Frau auf einer Parkbank knutschen, wird man sich schaudernd abwenden. Die Homoeltern werden ihren in vitro gezeugten Kindern die Augen zuhalten: Wie abscheulich, ein Wesen auf den Mund zu küssen, das so ganz anders ist als man selbst! Wie sollen diese Paare ein ausgeglichenes, normales Leben führen, wenn sie so weit voneinander entfernt sind? Guten Abend, ihr Dinge hier unten. Guten Abend, ihr Dinge hier unten. Guten Abend, ihr Dinge hier unten.

Mittwoch

Seit drei Tagen nichts gegessen. Ich dröhne mich mit Lärm zu. Das Nobu und das Korova sind pleite gegangen, aber das Cab und das VIP sind noch da … Ich habe zu den Nachtschwärmern zurückgefunden, zu den Montagabenden im Queen, den Stripperinnen und denen, die sich im Doobie's die Nacht um die Ohren schlagen … Die gleichen Leute sitzen am selben Platz, in denselben Bars, als ob sie auf mich gewartet hätten … Und ich habe mich für was Besseres gehalten, ich armes Schwein. Sie wärmen mich, sie sind meine wahre Familie. Mein Leben ohne Françoise beginnt, und es ist häßlich. Ich habe noch nie in meinem Leben so sehr gelitten, aber ich habe es kommen sehen: Wir hatten uns in der Normalität eingerichtet, mir waren die Phantasie, die Entschlußkraft abhanden gekommen, und sie verachtete mich dafür. Ich liebte sie schon, bevor ich sie liebte, und ich liebe sie jetzt, danach. Nur *währenddessen* habe ich sie nicht genug geliebt. Man liebt Menschen erst, wenn sie uns abweisen oder uns entgleiten. Ich hätte sie lieben können, ohne sie zu kennen oder zu berühren, ohne überhaupt in ihr Leben zu treten. Das alles ist meine Schuld: Die Geschichte ist zu Ende, weil ich sie angefangen habe. Es ist die Geschichte eines einsamen Mannes, der sich fragt, wer er ist und was er hier verloren hat. Er hält sich für frei, verliebt sich, findet das Glück, dann verläßt ihn das Glück, und er erkennt, daß er seine Freiheit haßt. Sogar der Pitch meines Lebens ist banal.

»Nichts ändert sich und das Alter der Welt wächst an mir.« Valery Larbaud, Tagebuch von A.O. Barnabooth.

Und ich habe sie für eine Irre gehalten! Überhaupt nicht: Françoise ruht in sich. Eine Frau, die mich nicht aushält, ist ausgeglichen. Sie hat mich nicht verlassen, sondern vernichtet. Ich beschließe, nie wieder egoistisch oder romantisch zu sein. Ich denke, ich werde einen guten Trunkenbold abgeben.

Donnerstag

Was du von mir verlangst, ist unmöglich. Ich kann nicht aufhören, dich zu lieben.

Liebe bleibt die schlimmste Droge. Du hast mir das Leben wiedergegeben und die Lust auf Gefühle. Wohin ich auch ging, sah ich nur deinen frischen Mund, und deine Abwesenheit verschleierte meine Augen. Ein Rest von Unschuld rötete meine Wangen. Von nun an bis zu meinem Tod wird sich mein Blick im Nichts verlieren, wenn ich deinen Namen höre. Die anderen werden sagen: »Er ist abwesend, hat zuviel getrunken«, aber das wird mir egal sein, weil ich schon weit fort bin, bei dir, in Los Angeles, in deinen Armen oder in Porto Ercole, in Istanbul, in Moskau oder in Amsterdam an deinen milchigen Brüsten, im Paradies der gegenseitigen Liebe, diesem unmöglichen Traum, zu dem du mir einmal die Türen geöffnet hast.

Freitag

Ich höre auf mit dem Tagebuchschreiben, in meinem Leben geschieht nichts Interessantes mehr. Sind Ihnen schon die Initialen von Oscar Dufresne aufgefallen? O. D. Overdone, Overdose. Ich bin meiner selbst überdrüssig. Normalerweise müßte ich jetzt, wo ich reich und berühmt, also fast schön bin, meinem Leben ein Ende setzen. Aber ich lebe lieber weiter, weil es praktischer ist, wenn man wissen will, was passiert. Auf dem Höhepunkt des Ruhms entscheide ich mich für den Abgang. In der Gesellschaft des Spektakels haben die Abwesenden immer recht. Oscar Dufresne wird verstummen, Sie werden ihn nicht mehr finden, und wenn Sie noch so sehr nach ihm suchen. Ihre Sehnsucht nach mir wird umso größer sein, als ich vor Ihnen fliehe. Ich werde der erste lebende Selbstmörder seit Isaac Albeniz sein (spanischer Musiker, ein Vorfahr von Cécilia Sarkozy, der seinen eigenen Tod inszenierte, um sich an den Lobeshymnen seiner schlimmsten Kritiker zu ergötzen). Oscar Dufresne – der literarische Zombie. Die Ermordung von Chirac, Bush oder Madonna ist nicht nötig, um in die Geschichte einzugehen. Man muß nur verschwinden. Keine Sorge, ich werde Sie unter Einhaltung des Sicherheitsabstands weiterhin überwachen. Irgendwann knallt's. Und beim Jüngsten Gericht will ich in der vordersten Loge sitzen.

Samstag

Von Zeit zu Zeit schaue ich aus meinem Hotelfenster, und jedesmal geht die Sonne über einer anderen Stadt auf. Gute Nacht, ihr Dinge hier unten. Manchmal habe ich spätnachts das Gefühl, daß mein Handy in der Jacke

vibriert, ich stürze mich drauf in der Hoffnung, daß du
es bist, aber es sind nur die Bässe aus den Verstärkern,
die alles zum Tanzen bringen ... Ich weiß, daß diese
mißglückte Liebesgeschichte das einzige ist, was ich nie
bereuen werde. Selbst wenn ich im Krankenhaus mit Mor-
phinschläuchen im Arm meinen Tod erwarte, werde ich
noch daran denken und stolz darauf sein, es erlebt zu
haben.

Sonntag
Man denkt ja, daß Liebe die Menschen verändert, doch die
Zeit der Hypnose ist begrenzt. Ich finde es besser, verlassen zu werden; es ist die schönere Rolle, und man wird von
allen bedauert ... Manchmal gebe ich mich großzügig und
behaupte, ich würde, wenn du wieder zurückkämst, zu dir
sagen: »Bleib bei deiner Geliebten, ich habe dir weh getan,
du brauchst mich nicht mehr, mir ist es lieber, wenn du
ohne mich glücklich bist« und solchen Schwachsinn (mir
ist es lieber, wenn ich unglücklich bin, und ich kann mich
nicht verlassen). Manchmal kommen die »Freunde« von
Françoise und lästern über das neue Paar. Und wenn sie
mir schwören, daß Françoise sich mit meiner vulgären
Rivalin bald langweilen wird, dann schnurrt mein verwun-
detes Herz wie der Motor einer englischen Limousine.
»Meint ihr? Glaubt ihr, daß sie zu mir zurückkommt?
Selbst wenn es nur eine Chance von eins zu einer Million
gibt, haltet ihr das für möglich? Mein Gott, warum habe
ich sie bloß gehen lassen!«
Dann wenden sie sich von mir ab.
Weil ich so jämmerlich schluchze.

Montag
Ludo trifft mich in einer Lounge und fährt mich an:
»Stimmt es, daß du dein Tagebuch aufgibst?«
»Ja ... ich bin nicht mehr mit dem Herzen dabei ...«

»Verrat! Du warst viel ehrlicher als Bridget Jones, verdammt noch mal!«

»Nein: männlicher. Einer mußte sich doch opfern, um dieser kleinen Gans zu erwidern, daß Männer, nur weil sie alle Frauen ficken wollen, sich davon nicht abhalten lassen, sie zu lieben. Gott sei Dank, denn das ist in einer zerfallenen Gesellschaft doch das Schönste, was es gibt ...«

»... aber ficken will man sie trotzdem!«

»Na klar.«

»Das genau wird mir fehlen: dein Zynismus.«

»Das war kein Zynismus, sondern ehrlich. Und ich kann dir sagen, das hat mir ziemlich viel Ärger eingebracht. ›Ehrlichkeit, mein schönstes Streben ...‹«

»He, bist du dir sicher, daß du aufhören willst?«

»Tagebuch zu schreiben? Nein. Aber es zu veröffentlichen. Jetzt, wo ich beim Digitalfernsehen bin, muß ich mich etwas zurückhalten. Sonst wird es womöglich zuviel! Außerdem geht es mir wie Marcel Dalio in der *Spielregel:* Ich habe den leisen Verdacht, daß ich ausgelacht habe.«

»Quatsch! Dir ist nur das Fernsehen lieber! Du opferst das Schreiben den Bildern! Dankst einfach ab! Du willst, daß man dich auf der Straße erkennt! Megalomane! Deserteur!«

»Ach, wenn es nur das wäre. Aber es ist schlimmer ... Es ist beschlossene Sache: Ich gebe die Frauen auf. Nicht Gott noch Geliebte! Sag mal ... schau mir in die Augen, Kleiner ... Was machst du eigentlich heute abend?«

»Hör mal, Oscar, es würde mich nicht stören, mit dir schwul zu sein, aber nur unter der Bedingung, daß wir nie miteinander schlafen.«

»O. k., das find ich gut. Aber du mußt mir einen Gefallen tun und dir den lächerlichen Drei-Tage-Bart abrasieren: Ich hasse es, kratzige Wangen zu küssen.«

»Auf gar keinen Fall. Aber ich bin gern bereit, mit dir Händchen zu halten vor den Paparazzi.«

»Ja, das wäre gut für dein Image. Hey, das ist ja komisch, riechst du das auch? Nein? Riechst du nichts?«

Dienstag
Was mir bleibt, wenn ich jetzt dieses Epos beende? Ein Geruch. Die Ausdünstungen der Ledersitze in den englischen Autos meines Vaters. Der widerliche Gestank des Luxus. Jaguar, Daimler, Aston Martin, Bentley – alle riechen gleich und zu stark. Ich erinnere mich an meinen Ekel vor diesen beigen Ledersitzen. Aber ich wollte dem Playboy gefallen, der immer so schnell unterwegs war. Also allen Frauen gefallen, wie er. Und dafür mußte ich jemand werden. Die ganze Welt sollte mich lieben, weil dieser Mann ein Teil davon war. Dann würde er mich lieben wie die anderen. Oscar Dufresne war kein Single auf der Suche nach einer Frau; er war ein kleiner Junge, der auf seinen Vater wartete. Die große literarische Ungerechtigkeit: Meine Mutter hat mich aufgezogen, und ich schreibe über meinen Vater. In den Familien haben die Abwesenden immer recht, und man schreibt nur über diese Gespenster.

Montag, 9. September 2002
Ich habe soviel Traurigkeit in mir, daß sie gelegentlich über die Ufer tritt wie die Seine. Das Licht der Straßenlaternen spiegelt sich im schwarzen Wasser und verwandelt den alten Fluß in eine glitzernde Milchstraße.

Ich denke an alles, was ich verloren habe und nie wiederfinden werde. Meine Smokingjacke ist fleckig. Ich kratze an dem Schmutz, aber er geht nicht ab.

Wenn niemand zu niemand gehört, dann kümmert sich auch niemand um niemand, und jeder bleibt bis in alle

Ewigkeit für sich. Ich bin wieder allein; ich fahre die schwarze Scheibe hoch und verberge mein Gesicht in den Händen, auf der Rückbank einer Limousine, die mich geräuschlos meinem Ende näherbringt.

Frédéric Beigbeder möchte sich bei Franck Maubert, Marc Dolisi und Jean-Marie Burn bedanken, ohne die es dieses Buch nicht gäbe.

Die Übersetzerin dankt den im litforum versammelten Übersetzern für ihre Hilfe.